This title won the 2021 Newbery Honor Medal for the U.S. edition published Candlewick Press in 2020.

이야기바다 시리즈 02

모두 열세 명

2022년 12월 24일 초판 1쇄 || 2023년 6월 15일 초판 2쇄

글 크리스티나 순토르밧 || **옮김** 이승숙
편집 정은주, 유순원, 이루리 || **디자인** 양태종, 이향령, 모수진 || **마케팅** 이경화, 신유정, 정용수
펴낸이 이순영 || **펴낸곳** 북극곰 || **출판등록** 2009년 6월 25일 (제300-2009-73호)
주소 서울시 마포구 독막로 320 B106호 || **전화** 02-359-5220 || **팩스** 02-359-5221
이메일 bookgoodcome@gmail.com || **홈페이지** www.bookgoodcome.com
ISBN 979-11-6588-228-0 44840 | 979-11-6588-199-3 (세트) || **값** 19,000원

크리스티나 순토르밧 지음

이승숙 옮김

모두 열세 명

태국 유소년 축구팀의 경이적인 동굴 구조

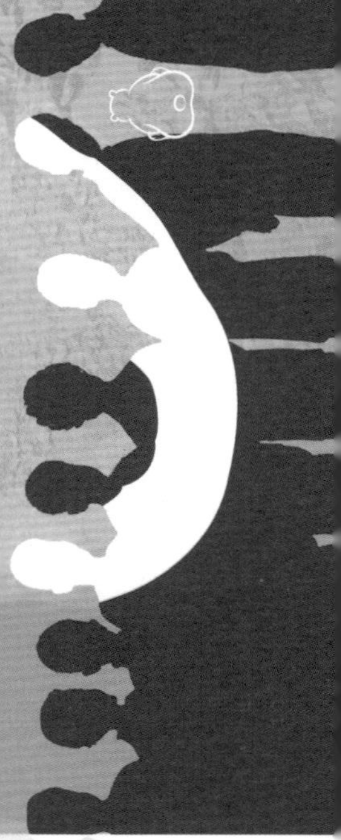

추천의 글

흔히 '드라마보다 더 드라마 같은, 영화보다 더 영화 같은 실화다.' 란 말을 한다. 이건 논픽션의 힘을 상징하는 표현이다. 논픽션은 가공의 이야기보다 힘이 세다. 마지막에 당도하면, 어떤 픽션보다 큰 울림이 있다. 단, 그때까지 참아내기가 힘들 뿐이다.

그러나 논픽션이라 하더라도 누구의 시점으로 이야기하느냐에 따라 수많은 변주가 가능하다. 그런 면에서, 『모두 열세 명』은 아주 영리한 논픽션이다. 축구팀 아이들이 탐험을 떠나고 동굴 속에 고립되고, 구조되는 일련의 과정을 '내가 그곳에 있는 듯한' 착각을 불러일으킬 만큼 주관적인 시점으로 이야기한다. 같은 사실을 둘러싼 사람들마다의 제각각인 입장과 감정을 잘 포착해 내고 있다. 여기에 현재 진행형의 이야기 전개는 독자를 고비 고비마다 구조 현장으로 불러들인다. 그래서 생생하며, 재미있고, 술술 읽힌다.

마지막 페이지를 닫았을 때, 난 잠시 생각에 잠겼다. 내 머릿속은 이야기의 처음으로 되돌아가 있었다. '야생 멧돼지'들이 겪었던 모험을, 지금 우리 아이들도 누릴 수 있을까? 아버지인 나는 허락했을까? 그리하여 내 아이는 야생 멧돼지들만큼 성장할 수 있을까….

더 이상 아이들의 모험이 용인되지 않는 시대를 우리는 살고 있다. 그보다 훨씬 중요한 게 많다고들 한다. 그러나 『모두 열세 명』은 진정 중요한 게 무엇인지 우리에게 많은 질문을 던진다. 내가 잘하고 잘 안다고 생각했던 논픽션을 읽었을 뿐인데, 톨스토이의 장편소설을 읽은 것처럼 많은 생각과 감동이 넘쳐나는 작품이다.

최삼호 PD

(SBS <그것이 알고 싶다> <꼬리에 꼬리를 무는 이야기> 기획/연출)

차례

목숨을 바쳐 다른 사람을 도운 사만 구난을 기리며

그리고 나의 아버지 암나즈 순토르밧을 위해

태국 매사이 프라싯차르트 학교 축구장

1
평범한 토요일

2018년 6월 23일

태국, 매사이의 축구장은 여느 토요일 아침과 다름없었다. 잔디밭을 가로지르는 소년들의 축구화에 축구공이 닿을 때마다 나는 '탁탁' 소리와 '삐익' 호루라기 소리, "막아!", "공간 확보!" 라고 내지르는 코치의 함성이 축구장을 가득 메웠다. 정확히 겨눈 발이 공에 닿자 펑, 세게 부딪치는 소리가 나더니, 가장 유쾌한 소리가 뒤따랐다. 축구공이 골키퍼 손끝을 스치고 날아간 순간 정적이 흘렀다. 곧이어 공이 그물 뒤쪽에 부드럽게 안착했다.

11세에서 17세의 소년들로 이루어진 지역 유소년 축구팀, 무 빠(태국어로 야생 멧돼지란 뜻. 이하 야생 멧돼지 표기)소속 선수들이 한창 연습 중이다. 계속 이렇게 골을 넣는다면 다음 경기에선 패하지 않을 듯했다.

다른 나라들처럼 태국에서도 축구는 스포츠일 뿐 아니라 열광적인 집착의 대상이다. 방콕 같은 대도시든 이곳 매사이

같은 소도시든, 온종일 축구 경기로 인한 몸싸움과 외침 소리가 울려 퍼진다.

연습이 끝나자, 소년들은 옹기종기 모여 물을 마시고 얼굴의 땀을 닦았다. 무더운 날씨지만, 구름 덕분에 무자비한 태양빛은 피할 수 있었다. 아이들은 월드컵 대항전에 관해 얘기하다가 이내 이제 할 일에 대해 말했다. 모두 엑 코치라고 부르는 25세의 부코치 엑까폴 찬타웡에게로 시선을 돌렸다. 그가 팀원들을 데리고 오늘 연습이 끝나면 동굴 여행을 가자고 약속한 참이었다. 소년들은 그 약속이 여전히 유효한지 궁금했다.

소년들에게 야생 멧돼지가 된다는 건 일주일에 두어 번 모여 축구를 하는 것 이상의 의미였다. 팀원들은 서로 다른 학교에 다니지만, 우애가 매우 깊었다. 모험심도 강하고 야외 활동을 좋아하기로 유명한 소년들이었다. 결코 오랫동안 가만히 있는 법이 없고, 늘 자전거를 타고 탐험을 떠날 준비가 되어 있었다. 엑 코치는 소년들에게 축구장을 뛰어넘는 운동선수가 되라고 독려했고, 정기적으로 아이들을 위해 하이킹이나 자전거 탐험을 계획하곤 했다. 소년들은 축구 연습이 끝나면 코치와 함께 종종 동네 체육 센터나 웅덩이로 헤엄치러 가곤 했다. 지난번에는 인근의 도이통 산 정상까지 자전거를 타고 오르기도 했다. 그때 다음엔 어디를 탐험할지 의논했다. 태국의 이 지역은 동굴로 잘 알려져 있는데, 그중에서 '잠자는 여인의 동굴'이라는 뜻의 탐루앙낭논이 가장 유명했다. 소년들과 코치는 다음엔 거기에 가기로 합의했다.

몇 명의 팀원들은 이 재미난 탐험에서 빠질 수밖에 없었다. 숙제가 많거나, 이런저런 이유로 부모에게 집에 가겠다고 약속했기 때문이다. 그들을 빼고 열두 명의 소년은 여전히 모험을 떠날 준비가 되어 있었다.

팀원 중 나이트란 아이가 오늘이 자신의 생일이라고 친구들에게 다시 상기시켜 주었다. 저녁에 나이트의 집에서 많은 친구와 가족이 함께하는 파티가 있을 예정이다. 축구팀도 초대받은 파티였다. 파티에 늦어서도 안 되고 진흙을 뒤집어쓴 채 가도 안 될 일이다.

"다섯 시까지는 돌아와야 해."

엑 코치가 아이들에게 당부했다. 모두 그 말에 동의했고, 한 시간 정도만 있다가 되돌아오기로 한다.

소년들은 자전거를 타고 동굴로 가기 전에 에너지 보충을 위한 간식거리를 샀다. 감자칩, 탄산음료, 그리고 벵벵이라는 아이들이 제일 좋아하는 막대 사탕 같은 정크 푸드였다. 소년들은 출발하기 전에 그것들을 게걸스럽게 먹었다.

야생 멧돼지 축구팀 소년들

태국에서는 공식적으로 쓰는 정식 이름과 성이 있고, 친구들과 가족 사이에선 한 음절이나 두 음절의 짧은 별명으로 서로를 부른다. 태국 사람들은 그들이 어떤 관계인지 설명하는 단어로 서로를 소개한다. 가령, 형제와 자매는 서로 피(나이가 더 많은 남매) 또는 농(더 어린 남매)이라고 부른다. 하지만 혈연관계가 없는 사람들도 존경과 애정의 표시로 이 말을 사용하기도 한다. 야생 멧돼지 축구팀 소년들은 서로 '형제'라고 부르고, 코치는 '엑 코치' 또는 '엑 형'이라고 불렀다.

야생 멧돼지들. 동굴에 들어갔을 당시 소년들의 별명과 나이
(뒷줄 왼쪽에서 오른쪽) : 노트(14), 나이트(16), 티(16), 턴(14), 맨체스터 유나이티드 축구팀 감독 게리 팰리스터, 믹스(13), 엑 코치(25), 닉(15).
(앞줄 왼쪽에서 오른쪽) : 아둘(14), 타이탄(11), 마크(13), 퐁(13), 돔(13), 뷰(14)

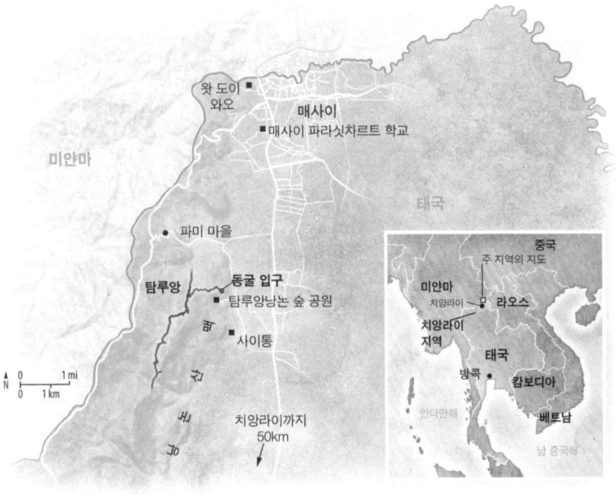

이곳은 매사이

소년들이 사는 매사이는 태국 북부 국경 지역의 작지만 분주한 소도시다. 시장 가판대엔 태국, 미얀마, 라오스, 중국 등지에서 온 온갖 종류의 상품이 진열되어 있다. 상품은 국경을 가로질러 오고 간다. 사람들도 마찬가지다. 으레 국경 도시들이 그렇듯이 매사이도 매우 다양한 색채를 띠는 도시다. 시장에 가면 태국어와 더불어 라오스어, 표준 중국어, 광둥어, 버마어(미얀마의 공식 언어), 지역 토착어가 들린다. 전 세계에서 관광객들이 이곳을 찾지만, 특히 중국, 유럽, 미국에서 많이 온다. 매사이 주민들 대부분은 불교도지만, 무슬림과 기독교도들 또한 그곳을 고향으로 여긴다. 매사이는 활기차고 붐비는 도시다. 오토바이가 차선을 들락날락하고 커피콩 바구니를 어깨에 멘 여자들은 자기 차례를 기다렸다 국경을 건너가곤 한다.

이 지역 사람들은 대부분 농부이거나 노동자이다. 야생 멧돼지들은 좋은 교육을 받는 게 중요하다는 점을 잘 알았다. 열심히 공부해 언젠가 좋은 직업을 얻으면 가족을 부양할 만큼의 충분한 돈을 벌 수 있다고 생각했다. 아마도 그렇게 되면, 자식들의 공부와 축구를 위해 쉴 새 없이 일하는 부모들에게 보답할 수 있을 거라 믿었다.

자전거를 타고 가며 아이들은 큰 소리로 웃고 떠들며 서로의 이름을 불렀다. 가장 나이가 많은 소년인, 티, 나이트와 나이트의 사촌 닉은 코치와 좋은 친구였다. 열네 살 아둘도 엑코치와 꽤 친했다. 팀에서 유일하게 불교 신자가 아닌 아둘은 매사이에 있는 교회에서 학교에 다니며 노래를 부르고 기타를 쳤다. 다른 교민들의 도움으로 좋은 학교에 다녔는데, 아둘은 모든 과목에서 우등생이었다.

아둘과 나란히 8학년인 노트와 턴이 페달을 밟고 달렸다. 뷰는 자전거를 몰며 친구들 사이를 누비고 다녔다. 그 뒤를 항상 뭉쳐 다니는 열세 살 소년들이 따라왔다. 이들은 같은 학교 친구들로 팀의 주장인 돔과 믹스 그리고 다른 애들처럼 학교 수업 따윈 가볍게 여기는 익살꾸러기 퐁이었다. 그 뒤로 '어린' 소년들이 뒤처지지 않고 잘 따라왔다. 마크는 열세 살이지만 팀에서 몸집이 가장 작았다. 나이가 가장 어린 통통한 볼의 열한 살 타이탄은 야생 멧돼지 팀에 들어가게 해 달라고 부모님을 졸랐다. 나이가 각각 다르지만, 열두 명의 소년들은 아주 좋은 친구들이다. 비록 어린 타이탄을 장난삼아 놀리곤 했지만, 말다툼을 한 적은 거의 없었다. 타이탄이 대개 활짝 웃으며 놀림을 받아들였기 때문이다.

탐루앙-쿤남 낭논 숲 공원 입구

소년들이 자전거를 타고 포장도로를 지나 흙길을 달려가자, 동네 개들이 달려와 반갑게 맞이해 주었다. 그들이 집과 아파트를 지나고, 앞문을 연 채로 가구며 식기류, 플라스틱 장난감을 파는 상점들과 정비소를 지나 달려갈 때, 그 너머로 흐릿한 진녹색의 낭논 산맥이 우뚝 솟아 있었다.

자전거를 타고 달린 지 몇 분 후에, 아이들은 구불구불 농장을 지나 산맥으로 이어지는 1차선 도로에 들어섰다. 야생 멧돼지 축구 팀원들은 이런 여행을 매우 좋아했다. 많은 숙제를 뒤로하고 이웃 마을 너머로 아른거리는 신록의 산으로 올라가는 여행 말이다.

부모들도 아이들이 모험을 좋아하는 것에 흡족했다. 집에

틀어박혀 텔레비전을 보거나 쇼핑몰의 인공 불빛 아래를 어슬렁거리는 것보다는 자연 속에서 몸과 마음을 단련하는 편이 훨씬 더 좋다고 생각했다. 게다가 아이들 곁엔 코치 그 이상의 엑 코치가 함께 있었다.

엑 코치는 자신의 임무가 그저 축구장에서 끝나지 않는다고 믿었다. 좋은 지도자가 되려면, 소년들을 개별적으로 이해해야 한다고 생각했다. 이러한 노력 덕분에, 어떤 경우엔 소년들이 부모의 말보다 코치의 말에 더 귀를 기울였다. 부모들은 화를 내기는커녕, 그가 아이들에게 끼치는 선한 영향력에 고마워했다. 엑 코치를 깊이 신임했고, 이따금 전적으로 코치에게 아이들을 맡겼다. 소년들의 부모 입장에선 엑 코치가 또 다른 아들이나 조카 정도로 젊지만, 수많은 인생 역경을 경험한 사람의 지혜와 성숙미를 지닌 젊은이였다. 그들은 아들이 엑 코치 같은 사람이 되기를 바랐다. 다행히 소년들도 그렇게 되길 원했다.

탐루앙은 축구장에서 겨우 몇 킬로미터 거리여서, 30분 정도 달리자 주도로를 벗어났다. 소년들이 자갈길에서 입구까지 자전거를 몰고 가자, 새들이 바나나와 여지나무('리치'라고도 불리는 과일이 열매인 나무로 고온다습한 곳에서 자란다.) 숲으로 후닥닥 날아갔다. 파인애플 농장이 그늘을 드리우는 울창한 정글로 들어서자, 황갈색 점무늬 나비들이 훨훨 날아갔다. 이제 자전거를 타고 언덕을 오르기만 하면 된다. 무덥고 땀이 솟았다. 곧이어 팀원들은 서늘하고 컴컴한 동굴 입구를 향해 기분 좋게 자전거를 끌고 걸어갔다. 그들은 동굴 밖 땅바닥에 자전거를 놓고 축구화를 벗고 슬리퍼로 갈아 신었다. 엑 코치가 소년들을 동굴 입구로 이끌며, 배낭에 넣어 온 가는 밧줄 뭉치와 손전등 같은 물건을 챙겼다. 보통 그맘때면 동굴에 홍수가 지는데, 그들은 '우기에는 동굴에 들어가지 말라.'는 빛바랜 경고판을 지나쳐 들어갔다.

때는 6월 23일이었고, 심한 우기가 되려면 아직 몇 주 더 있어야 했다.

구름이 낭논 산맥 위에서 맴돌고 있다.

2

물로 가득 찬 하늘

2018년 6월 23일

6월 23일 탐루앙낭논 숲 공원에서 일하는 공원 경비원들은 환한 날을 맞이했다. 성수기에 그들은 관광객을 동굴 안으로 가이드하는 일을 한다. 장엄한 동굴 입구로 사람들을 안내하며 동굴 구조물이 어떻게 형성되었는지 설명한다. 하지만 지금은 관광 성수기가 지나서, 탐루앙엔 소수의 방문객만 찾아왔다. 주로 셀카를 찍거나 동굴 입구 제단에 경의를 표하러 오는 사람들이었다.

조만간 탐루앙 방문객들은 완전히 끊길 터였다. 우기는 공식적으로 5월에 시작되지만, 지속적인 폭우는 7월이나 되어야 내린다.

태국은 더운 계절, 시원한 계절, 그리고 우기라고도 불리는 장마철, 이렇게 세 계절이 있다. 여기 동남아시아는 장맛비가 억수로 쏟아진다. 여름에 태양이 땅을 뜨겁게 달구고,

바다에서 습한 공기가 불어와 육지에 머문다. 태국 북부에는 구름이 몰려와 산맥 주위로 아주 낮게 드리우며, 우기 내내 그곳에 맴돈다. 대부분 하루에, 오후든 저녁이든 구름이 갈라지며 비가 오는데, 그 장마철 몇 달 만에 1년치 강수량의 90%가 쏟아진다. 이런 빗속에서 걸으면 폭포를 뚫고 걷는 듯한 느낌이 든다. 물이 억수같이 통째로 퍼부어서, 우산과 비옷은 거의 무용지물이다. 게다가 몇 달 동안 비는 오고 또 계속 온다. 온 빗물이 아래로 흘러가기 때문에, 도시의 거리와 골목은 작은 운하를 이룬다.

장마는 생명의 물이기도 하다. 산들은 잿빛 호우 덕에 푸르게 자란다. 푸르게 우거진 숲 사이로 비가 흘러내리며, 주변의 농장으로 영양분을 실어 나르고, 땅을 기름지게 하며 자라는 농작물을 무르익게 만든다. 비가 그치자마자, 커피 농장, 과일 농장과 채소 농장 그리고 논에는 풍요로움이 넘친다. 한때 란나 왕국이었던 이곳은 '백만 개 논의 땅'이라고 불린다.

우기는 대체로 예측할 수 있다. 홍수가 나면 어떤지 알기 때문에, 저지대에 사는 사람들은 집을 기둥 위에 짓고, 강이나 시내 가까이 사는 사람들은 강둑에서 먼 곳에 집을 짓는다. 그러나 아무리 대비를 해도 홍수가 온 도시를 뒤덮고, 온갖 길을 휩쓸며, 치명적인 산사태를 일으키고, 사람들은 고립되기도 한다.

근래엔 기후 변화로 계절을 예측하기가 점점 더 힘들어지고 있다. 뜨거워진 지구는 공기를 데우고, 더 더워진 공기는 더 많은 습기를 머금으며 습한 지역은 더 습하게, 건조한 지역은 더욱 건조하게 만든다. 전 남부 아시아에 걸쳐 강우량이 더욱더 극단적인 양상으로 변해가고 있다.

6월 23일까지 여러 날 동안, 탐루앙 동굴 주변 지역엔 유난히 비가 많이 왔다. 마치 무슨 일인가 더 많이 벌어질 것처럼 말이다. 온종일 산 위를 맴돌던 구름이 점점 낮게 드리우더니 마침내 비가 내리기 시작했다.

낭논 산맥 기슭의 전답

잠자는 여인의 얼굴과 몸의 윤곽을 형상화한 듯한 낭논 산맥

3

잠자는 여인의 동굴

2018년 6월 23일

엑 코치가 열두 명의 축구팀원들을 이끌고 계단을 올라 탐루앙 입구로 갔다. 가는 길에 그들은 잠자는 여인인 자오매낭논 사당에 절을 하고 경의를 표했다. 이 여인은 하인과 사랑에 빠진 고대 공주였다는 설이 있다. 왕인 아버지가 그와의 사랑을 절대 허락하지 않자, 공주는 연인과 도망쳐서 이 동굴에 숨었다 한다. 하지만 하인이 식량을 구하러 밖으로 나왔다가, 왕의 병사에게 잡혀 죽임을 당하자, 상심한 공주는 자살해 버리고 만다. 그녀의 피가 물이 되어 동굴로 흘러들고, 몸은 산이 되었다는 전설이다. 낭논 산맥을 정면으로 바라보면, 그녀의 얼굴과 몸의 윤곽이 보인다.

태국 북부 사람들은 동굴을 특히 신성한 장소로 여긴다. 옛이야기에서 동굴은 왕자를 꾀어내는 괴물들의 본거지다. 부처에게 패배한 거인들을 가두는 곳이기도 하다. 그 안에 완전한 사원을 갖추고 있는 동굴들도 있는데, 동굴 내부 어두운 곳에서 불교 승려들이 몇 년 동안 명상을 하기도 한다고 알려져 있다. 산은 힘이 있으며, 동굴은 사람들이 그 힘을 활용할 수 있는 방법을 제공한다. 그러나 잠자는 여인이 보여 주듯이, 그 힘은 매력적이면서 위험하다.

소년들은 탐루앙 동굴의 장엄한 입구로 걸어가면서, 축축한 공기와 젖은 이끼가 낀 석회암 냄새를 맡았다. 동굴은 천장이 약 30미터 높이까지 솟아 있고, 입구 안쪽은 747제트기가 들어갈 만큼 넓었다. 굵고 뾰족한 종유석이 용의 이빨처럼

동굴 입구로 올라가는 계단

매달려 있었다. 수천 년 넘도록 천장에서 떨어지는 물은 반짝이는 형태로 굳어진 미세한 칼슘 퇴적물을 남겼다. 떨어진 물방울이 동굴 바닥에 닿으면, 석순이라고 하는, 바닥에서 위로 자라는 광물질의 퇴적물을 만든다. 종유석과 석순이 만나면 석주나 하늘거리는 커튼처럼 반짝이는 돌이 형성된다.

야생 멧돼지 팀원들은 매끄러운 동굴 벽을 올려다보았다. 6미터 위에 지난 홍수 때의 최고 수위를 나타내는 거무스름한 진흙 선 자국이 보였다. 동굴 바닥은 건조하고 짙은 발자국 흔적이 가득했다.

탐루앙으로 들어가는 입구

탐루앙 동굴의 초입부 600미터는 입구처럼 바람이 잘 통하는 공간이다. 이 지점을 지나면 동굴은 좁아진다. 어떤 곳은 천장 높이가 겨우 몇십 센티미터밖에 안 되어서 방문객들이 몸을 웅크리고서 기어가야 한다. 여기서 동굴 탐험가들은 여전히 바깥세상의 빛이 와 닿는, '약광 지대 twilight zone'를 넘어선다. 이제 손전등이 없으면 완전히 깜깜하다. 폐소 공포증이 있다면, 이곳에서 발길을 돌려야 한다.

그러나 소년들은 좁은 공간에 단념하지 않았다. 전진하는 소년들을 막아 세울 장애물, 문이나 밧줄 같은 건 없었다. 동굴은 가파르고 미끄러운 곳 아래로 구부러진다. 약 1.6킬로미터 지점에 이르면 길은 급커브를 이루며 삼약이라는 갈림길에 다다른다.

소년들이 서 있는 곳에서 오른쪽은 몽크 시리즈(탐루앙 동굴 내부 명칭)로 알려진 덜 개발된 길이 계속된다. 왼쪽 벽으로는 낮은 구멍이 주 동굴로 이어진다. 동굴 탐험에서 '동굴이 간다.'라는 말은 막다른 곳 없이 계속 길이 이어진다는 의미다. 탐루앙은 왼쪽으로 꽤 멀리까지 '동굴이 간다.' 가장 최근 조사에 의하면 동굴 입구에서 동굴 끝으로 알려진 곳까지 측정 거리는 약 11킬로미터이다.

탐루앙 동굴 횡단면

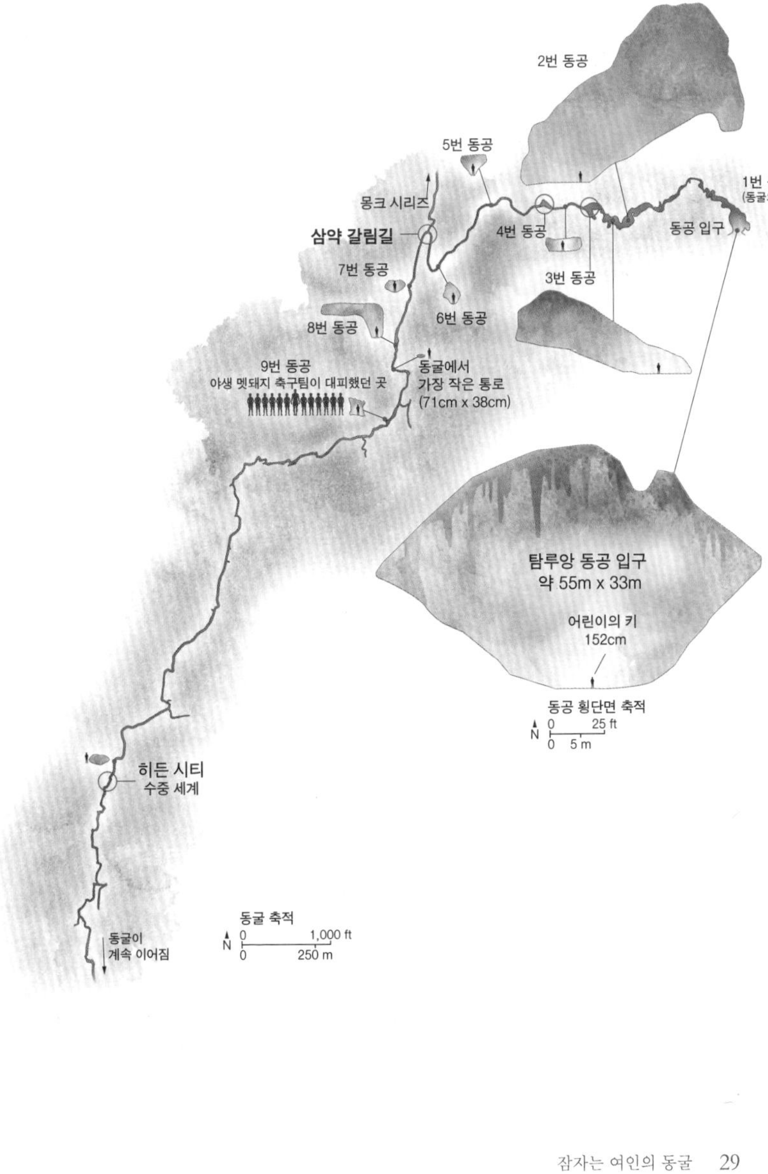

2번 동공
5번 동공
몽크 시리즈
1번 동공
(동굴의 공간)
삼약 갈림길
4번 동공
동공 입구
7번 동공
3번 동공
6번 동공
8번 동공
9번 동공
아생 멧돼지 축구팀이 대피했던 곳
동굴에서
가장 작은 통로
(71cm x 38cm)
탐루앙 동공 입구
약 55m x 33m
어린이의 키
152cm
동공 횡단면 축적
N 0 25 ft
0 5 m
히든 시티
수중 세계
동굴이
계속 이어짐
동굴 축적
N 0 1,000 ft
0 250 m

야생 멧돼지 팀원들은 처음엔 그렇게 멀리까지 갈 의도는 없었다. 벌써 한 시간이 지났고, 발길을 돌려야 할 시점이었다. 그러나 이미 동굴 깊숙이 들어와 버려, 동굴 탐험가라면 잘 아는 유혹에 빠져 버렸다.

조금만 더 가 볼까?

삼약에서 소년들은 신발을 벗어 배낭에 넣고 왼쪽으로 향했다.

갈림길을 지나면 탐루앙은 더 좁아진다. 폐소 공포증이 없는 사람이라도 배를 대고 가야 할 정도로 벽이 바싹 붙어 있어 불안할 수 있다. 몸의 위아래로 바위가 몇 킬로미터에 걸쳐 있다고 생각하면, 어찌할 바를 모르고 우왕좌왕할 것이다. 어쩌면 동굴에 갇혀 수백만 톤의 돌에 깔렸다고 상상할지 모른다. 자신과 비상구 사이의 통로가 여전히 몇백 미터나 떨어져 있다면 더욱 절망적으로 느낄 것이다.

그러나 동굴 안에 있다는 사실을 다른 관점으로 보는 사람도 분명 있다. 동굴은 사람이 갈 수 있는 가장 고요한 곳 중 하나다. 불교 승려가 장시간의 명상을 위해 동굴을 찾아간다는 건 전혀 놀랍지 않은 사실이다. 그곳은 시원하고 대단히 조용하다. 지상에서 우리를 에워싸고 정신을 흩뜨리는 것들이 없다. 벽에 닿고 돌아오는 자신의 숨소리처럼, 평소에 전혀 알아차리지 못한 작은 것들에 집중할 수 있다.

동굴은 무균 상태는 아니다. 자체의 생명력을 갖고 있다. 탐루앙 안에서, 가만히 있으면 동굴이 '숨 쉬는' 기운, 곧 동굴을 통해 흐르는 공기의 가벼운 속삭임을 느낄 수 있다. 아마도 여러분이 지구 깊은 곳에 있다면 지구 위 높은 곳에서 떠다니는 우주인과 같은 관점을 갖게 될지 모른다. 바로 자신이 광활한 우주의 아주 조그만 티끌이라는 생각이다.

소년들은 동굴 탐험가들이 개구멍과 '돌목 boulder chokes'이라고 부르는 좁은 공간을 꿈틀거리며 통과했다. 그곳에는 오래전에 천장에서 떨어진 돌들이 길을 막고 있었다. 팀원들은 모래 비탈과 자갈 비탈 위아래로 걸어갔다. 다시 위로 올라가기 전에 가파르게 하강하는 곳을 기어 내려가며, 소년들은 몇 년간 축구 시합으로 단단해진 맨발로 미끈거리는 바위를 꼭 디뎠다. 그들 앞에 갑자기 물웅덩이가 나타났다.

엑 코치가 잠깐 멈칫했다.

그는 전에 탐루앙에 와 본 적이 있었다. 동굴의 길을 따라서 물웅덩이가 있다는 걸 알기에 크게 걱정하진 않았다. 엑 코치는 아이들에게 명령하길 좋아하는 지도자는 아니었다. 대신에 축구팀원들이 서로 의견을 나누고 결정하는 것을 선호했다. 그는 모든 소년이 자신의 목소리를 갖고 그걸 드러내길 바랐다. 물을 만나자, 엑 코치가 아이들에게 계속 가고 싶은지 물었다.

열여섯 살인 티가 물이 얼마나 깊은지 살펴보자고 제안했다. 티가 물웅덩이에 들어가 물을 밀어젖히며 건너기 시작했다. 나머지 팀원들은 그 모습을 지켜보았다. 이내 티가 맞은 편에서 웃었다.

"괜찮아. 너희들 다 날 따라와도 돼!"

티가 팀원들에게 소리쳤다. 가는 동안 내내 티의 발가락이 바닥에 닿았다. 물이 살짝 차갑지만, 그들은 건너는 데 성공했다. 작은 소년들은 더 큰 소년들에게 업혀서 따라갔다.

오래지 않아 동굴 속 잔잔한 공기의 속삭임이 굉음이 되었다. 날카로운 바람이 느닷없이 얼굴에 물방울을 뿌렸다. 소년들은 깜짝 놀랐다. 그러나 엑 코치는 그곳의 위치가 어디쯤인지 잘 알아서 안심하고 소년들을 계속 이끌었다.

이윽고 그 지역 사람들이 히든 시티 또는 수중 세계라고 부르는 공간에 다다랐다. 이곳은 천장 아래 일 년 내내, 건기에도 마르지 않는 물웅덩이가 있다. 지금은 웅덩이의 수위가 높은데, 그 때문에 기류가 갇혀 돌풍이 더 빨리 일어나고 있었다. 바람이 거세도, 섬뜩하면서도 좀처럼 잊을 수 없는 아름다운 광경이 펼쳐지는 곳이었다. 벽에는 이곳에 왔다 간 탐험가들의 이름이 휘갈겨 쓰여 있었다.

아주 열정적인 동굴 탐험가들을 제외하곤 이 지점 너머로 들어가 본 사람은 거의 없었다. 그럼에도 탐루앙 '동굴은 여전히 가고 있다.' 처음부터 이렇게 멀리 와 본 사람도 거의 없었다. 몇몇 소년은 이전에 동굴에 들어와 본 적이 없었기에, 첫 방문에 이곳까지 왔다는 거 자체에 대단한 성취감을 느꼈다. 소년들은 거의 5킬로미터를 왔고, 그것도 대부분 맨발로 걸었다. 이런 순간에는 당연히 발길을 멈추고 물속에 들어가야 한다.

엑 코치가 물웅덩이 너머로 동굴이 계속 이어진다고 말했다. 하지만 동굴을 더 보려면 다시 물속을 걸어야 한다. 그것도 이번에는 머리까지 잠수해야 한다. 소년들이 더 가고 싶어 할까? 아니면 발길을 돌려야 할까?

유일하게 시계를 찬 티가 지금이 몇 시인지 알렸다. 벌써 동굴 안에서 거의 세 시간을 보낸 참이었다. 나이트의 생일 파티 시간에 맞춰 동굴에서 나가려면, 소년들은 날아서 집에 가야 할 판이었다. 결국 소년들은 돌아가기로 결정했다.

다들 앞다투어 입구로 향했다. 들어올 때 건넜던 물웅덩이를 다시 헤엄쳐 건넜다. 미끄러운 바위에 발목을 삐지 않게 조심하면서도 되도록 빨리 가려고, 일렬종대로 부리나케 서둘렀다.

그때 맨 앞에 가던 뷰가 엑 코치를 불렀다.

"코치님, 와 보세요! 여기도 물이 있어요!"

엑 코치가 아이들을 비집고 맨 앞으로 갔다.

"우리 길을 잃었어요?"

한 소년이 그의 뒤에서 물었다.

"방향을 잘못 잡았어요?"

"아니."

엑 코치가 소년들에게 단언했다.

"우린 길을 잃지 않았어. 나가는 길은 분명히 하나야."

소년들이 혼란의 근원지를 가리켰다. 이곳은 분명 갈림길인 삼약 근처여야 했다. 그런데 지금 여기엔 들어올 땐 없었던 와류(물이 소용돌이치면서 흐르는 흐름 - 옮긴이) 웅덩이가 있다.

물이 앞길을 꽉 가로막았다. 지나온 길이 소용돌이치는 물 아래 있을 텐데, 전혀 보이질 않았다.

탐루앙이 범람하고 있었다.

동굴 밖에 있는 소년들의 자전거

4

첫 번째 상황

2018년 6월 23일

결국 나이트는 생일 파티에 나타나지 않았다.

저녁이 한참 지났는데도 아들이 모습을 드러내지 않자, 나이트 가족은 걱정하기 시작했다. 먼저 친척들에게 전화하고, 이어서 나이트의 친구와 축구팀원들에게도 전화를 돌렸다. 부모에게 가는 곳을 알린 소년이 아무도 없었다. 곧이어 부모들은 연습이 끝나고 곧장 집으로 간 다른 팀원에게서 아이들이 탐루앙에 갔을 거란 얘기를 들었다. 가족들의 걱정은 실제적인 두려움으로 변했다.

6월 23일 토요일, 밤 9시 45분. 시암 루암 자이 매사이 구조대 대장인 상우트 크함몽크혼은 탐루앙 인근 마을의 촌장에게 전화를 받는다. 촌장이 말하길, 유소년 축구팀이 행방불명이 됐는데 동굴에 갇힌 게 아닌지 의심스럽다는 것이다.

상우트 대장은 자세한 이야기를 들으면서 놀라지 않았다. 탐루앙 인근 동굴에 갇힌 관광객이나 도보 여행자들에게 이런 전화를 받은 적이 있기 때문이었다. 대개는 손전등을 떨어뜨렸거나 건전지가 나갔기 때문이라서, 실종자를 찾는 데 시간이 오래 들지 않는다. 그는 구조 요강에 따라, 밧줄, 손전등과 응급 용품을 챙겨 빗속에서 트럭에 실었다.

상우트 대장이 고속도로에 접어들 즈음에, 비가 자동차 앞

매사이 구조대 대장 상우트 크함몽크혼

유리창을 거세게 때렸다. 어느새 폭우가 쏟아지고 있었다. 그는 조심스럽게 공원으로 들어섰다. 주차장에 트럭을 세우는데, 몇몇 부모들이 벌써 동굴 입구에 와 있는 모습이 보였다. 상우트 대장은 트럭에서 내려 가족들에게 다 괜찮을 거라고 단언했다. 이미 다른 구조대원들에게 전화해 둔 참이라, 신속하게 현장에 모인 열여덟 명의 구조대원들은 동굴 입구에 투광등(빛을 모아 일정한 방향으로 비추는 등 - 옮긴이)을 설치했다.

소년들이 땅바닥에 놓고 간 자전거는 옮겨져, 입구 난간에 축구화와 함께 걸쳐져 있었다. 상우트 대장은 소년들이 정말로 동굴 안에 있는지 확신할 수 없었다. 주변 다른 곳을 탐험하고 있을 수도 있었다. 하지만 비가 억수같이 쏟아지고 있어서 마음 한구석에 걱정이 스멀스멀 일었다. 동굴로 진입하기 전, 대장은 치앙라이시 근교에 있는 시리콘 구조 협회에 전화해서 탐루앙으로 와 달라고 요청했다. 시리콘은 상우트 구조대에 없는 특수 장비인 스쿠버 다이빙 장비를 갖고 있었다.

상우트 대장은 구조대를 이끌고 탐루앙으로 들어갔다. 바깥에서 몰아치는 세찬 폭우에도 동굴의 첫 번째 공간은 완전히 건조했다. 1시간 30분 후에, 구조대는 그릇 모양의 동공(아무것도 없이 텅 비어 있는 굴)인 삼약에 다다랐다. 그곳은 동굴의 주요한 세 갈림길이 만나는 곳이었다. 그곳의 왼쪽 더 아래쪽에 있는 통로는 남서쪽으로 이어진다.

적어도 평소에는 그랬다.

삼약은 물로 가득 차 있었다. 왼쪽 통로는 동공 안 나지막이 있는데, 갈림길 바닥에 웅덩이를 이룬 물이 통로를 완전히 덮고 있었다.

몹시 낙담한 상우트 대장은 발자국을 발견하고 갈림길 근처에서 배낭과 샌들 무더기를 보았다. 그는 손을 입에 모으고 아이들을 큰 소리로 불렀다. 온 힘을 다해 몽크 시리즈를 향해 목청껏 소리쳤지만 아무 소리도 돌아오지 않았다. 뱃속이 가라앉는 느낌이 들자, 상우트 대장은 아이들이 분명히 왼쪽으로 갔고 빈터를 지나 통로까지 괸 물 때문에 동굴 어딘가에 갇혔다고 판단했다.

오전 1시에 시리콘 구조 전문가들도 탐루앙에 도착해 동굴로 들어왔다. 스물두 명의 구조대원, 공원 직원과 그 지역 태국 왕실 육군까지 밧줄과 산탄 통을 들고 동굴 안 삼약까지 왔다. 갈림길에서 시리콘 잠수부들이 장비에 끈을 묶었다. 잠수복을 입고 있지 않아서, 왼쪽 통로를 찾으려 물속에 들어간다면 차가운 물에 충격을 받을 터였다. 그들은 연달아 소용돌이치는 물속으로 들어갔다 나오기를 반복했다. 그렇게 가까스로 진흙투성이 암흑에서 구멍의 위치를 파악했다. 하지만 통로가 너무 좁았다. 잠수부가 등에 진 거대한 공기탱크가 통로 꼭대기에 부딪힐 게 뻔했다.

시리콘 잠수부들은 호수나 강바닥에서 시체를 끌어낼 때 스쿠버 장비를 이용한다. 침수된 동굴에서 잠수하기 위해 장비를 사용하는 것이 아니다. 잠수부들은 비좁은 통로를 빠져나갈 수 있는 장비를 갖고 있지 않았다. 결국 잠수를 중단하고 계획을 의논하기 위해 동굴 입구로 나왔다.

오전 4시에 상우트 대장이 그들과 함께 동굴 밖으로 나왔다. 그는 바깥에서 기다리고 있는 가족의 수가 늘어난 걸 보고 놀랐다. 구조대원들만 나오자 가족들은 격분했다.

동굴 앞에 모인 소년들의 가족들

"뭐 하는 거예요? 어떻게 찾는 걸 멈출 수 있어요?"

구조대원들을 향해 가족들이 외쳤다. 이 동굴에 여러 번 들어가 본 적이 있는 소년들의 사촌들이 대원들을 헤치고 앞으로 나아가려 했다. "우리가 길을 알아요!" 이렇게 말하며, 동굴로 들어가 형제들을 직접 끌어낼 태세였다.

소년들의 부모들은 목소리가 갈라지도록 동굴에 대고 계속 외쳤다.

"아들, 내가 왔다! 집에 가자! 널 기다리고 있어!"

상우트 대장은 이런 종류의 좌절을 잘 알기에 그 외침을 듣자 가슴이 무너졌다. 그는 가족들을 진정시키면서도, 삼약 갈림길의 물에 대해선 언급하지 않았다. 가족들을 공포에 빠뜨리고 싶진 않았다. 대신 너무 늦어서 구조대가 동굴 밖으로 나와야 했다며, 날이 밝는 대로 수색을 곧장 재개할 거라고 말했다. 가족들은 마지못해 이 상황을 받아들였지만, 현장을 떠나진 않았다.

치앙라이 주 나롱삭 오솟타나콘 주지사가 현장에 도착했다. 그는 모든 구조대원을 공원 본부 건물 중 한 곳으로 불러 회의를 열었다. 모두가 적절한 장비 없이 잠수할 경우 몹시 위험하다며 구조를 잠시 멈추는 데 동의했다. 아울러 동굴을 폐쇄하기로 의견을 모았다. 그 누구도 검문소를 거치지 않고는 동굴을 들락날락할 수 없게 되었다. 마지막 합의 사항은 주지사가 짊어지기로 했다. 바로 부모들에게 동굴 안 홍수로 인해 소년들이 동굴에 갇혔다고 알리는 일이었다. 가족들이 공포에 사로잡힐 게 뻔했지만, 어쨌든 진실을 숨길 순 없었다.

하늘에서 떠도는 구름처럼 무거운 마음으로 상우트 대장은 회의장을 떠난다. 그는 탐루앙 동굴에 대해 정통했다. 그 시기쯤 물이 삼약에 도달하면, 우기가 끝날 때까지 수위가 내려가지 않는다는 사실을 잘 알고 있었다.

그날 밤 상우트 대장은 길고 긴 구조 활동을 하게 되리라고 생각했다.

탐루앙 동굴 입구의 구조대원들

개울에는 낭논 산맥에서 흘러내리는 물이 흐른다.

5
동굴에 갇히다

2018년 6월 23일

야생 멧돼지 팀원들은 자전거에서 내려 1시간 30분쯤 걸어 들어왔다. 동굴 입구에서 겨우 1.6킬로미터쯤 떨어져 있을 뿐이었다. 그들은 좀 전까지 마른 땅이었던 그곳에서, 발치에 괸 물을 내려다보았다. 물빛이 커피우유처럼 뿌옜다. 앞쪽 통로가 전혀 보이지 않지만, 그곳에 통로가 있다는 건 알았다.

엑 코치는 홍수가 얼마나 심한지 궁금했다. 만약 홍수가 난 곳이 얼마 안 된다면, 헤엄쳐서 나갈 수 있을 거 같았다. 그가 먼저 시도해 보기로 했다.

엑 코치는 가져온 밧줄 뭉치를 풀어 한쪽 끝을 자신의 허리에 단단히 묶고, 다른 쪽 끝은 티와 나이트, 아둘에게 건넸다.

그러고는 뒤뚱뒤뚱 물속으로 걸어가며 아이들에게 지시

했다.

“일단 내가 헤엄쳐 들어가서 길을 못 찾으면 밧줄을 두 번 당길게. 그러면 너희가 날 도로 잡아당겨. 내가 밧줄을 안 잡아당기면, 나갈 길을 찾았다는 뜻이야. 그럼 너희는 날 따라서 헤엄쳐 오면 돼.”

소년들은 고개를 끄덕이며 밧줄을 단단히 움켜쥐었다. 코치가 심호흡하고 물속으로 뛰어드는 모습을 지켜보는데, 아이들의 심장도 고동쳤다.

차가운 물살이 엑 코치 주위로 소용돌이쳤다. 거센 물살이 그를 자꾸 밀어냈다. 소년들이 코치가 앞을 볼 수 있게 수면에 손전등을 비췄다. 하지만 눈을 크게 떠도, 엑 코치는 흙탕물 앞이 보이지 않았다. 그는 팔을 몇 번 휘둘러 앞으로 헤엄치며, 발끝을 아래로 쭉 뻗어 바닥에 닿는지 살펴보았다. 발가락에 모래가 차였다. 머리 위로 손을 뻗어 보았다. 물이 바위 위쪽까지 꽉 차 있었다. 고개를 내밀어 숨 쉴 공간이 전혀 없는 셈이다.

침수된 부분이 좁은 통로 아래라면 어떨까? 아마 그 표면이 겨우 몇 미터 떨어져 있을 거다. 엑 코치는 잘하면 그곳에 갈 수 있을 거 같았다. 그런데 그때 숨이 차올랐다. 조금만 더 간다면, 되돌아갈 만큼의 공기가 폐에 충분하지 않을 수도 있다. 그가 설령 맞은편에 닿는 데 성공하더라도, 소년들이 건너올 수 있을지 의심스러웠다. 게다가 그가 헤엄쳐 소년들을 도우러 되돌아갈 수 없다면?

엑 코치는 잽싸게 밧줄을 두 번 홱홱 잡아당겼다. 밧줄 끝에 있는 소년들이 잡아당기는 게 느껴졌다.

엑 코치가 물을 뚝뚝 흘리고 추위에 벌벌 떨면서 물 밖으로 나왔다. '갇혔다.'고 말한다면, 아이들이 공포에 사로잡힐 게 분명하다. 그는 물이 너무 높이 차올라서 지금은 이곳을 나갈 수 없다고 침착하게 설명한다. 하지만 기다리면, 물이 좀 빠질 테고 그때 헤엄쳐서 나갈 수 있을 거라고 말한다.

소년들은 서로를 바라보았다. 쉽게 이해할 수 없었다. 방금 이 길로 왔는데, 어떻게 물이 이렇게 빨리 솟아오를 수 있지?

이 상황을 제대로 이해하기 위해선 탐루앙 동굴의 구조와 특성에 대해 잘 알아야 한다. 탐루앙은 태국에서 네 번째로 긴 동굴이다. 세계에서 가장 긴 동굴인 미국 켄터키 주의 매머드 동굴과 비교하면 탐루앙, '잠자는 여인의 동굴'이라고도 불리는 이 동굴은 아기 동굴에 지나지 않는다. 하지만 동굴의 위험 요소는 동굴의 길이만이 아니다. 동굴에서 어떤 식으로 홍수가 나는가이다.

탐루앙 동굴이 있는 산은 카르스트 석회암으로 주로 이루어져 있다. 카르스트 석회암은 동남아시아를 비롯해 전 세계에서 발견되는 구멍투성이 돌이다. 카르스트 지형(석회암 등의 물에 녹기 쉬운 암석으로 구성된 대지)인 곳이면 거의 어디나 동굴이 발견된다.

베트남 할롱 베이의 카르스트 형성층

낭논 산맥에 비가 내리면, 바로 지표면으로 흘러내리지 않는다. 상당량의 빗물이 산맥의 수백만 개 구멍으로 곧장 스며들며, 스펀지처럼 땅을 흠뻑 적신다. 야생 멧돼지 소년들이 탐루앙 동굴 안으로 걸어갔을 때, 그곳은 메말라 있었다. 소년들은 며칠 전 그 지역을 강타한 폭우가 발아래 땅을 완전히 적셔 놓았다는 것을 미처 깨닫지 못했을 것이다. 방금 걸어온 메마른 땅 표면 아래로는 물이 가득 찼다는 사실 말이다.

소년들이 동굴 안으로 들어가고, 또다시 비가 내리기 시작했다. 더 불어난 물은 갈 곳이 없어 동굴로 흘러들었다. 그것도 아주 빠르게! 카르스트 동굴(석회암 동굴)은 순식간에도 홍수가 일어날 수 있다고 알려져 있다. 카르스트 산의 터널들은 지하에서 흐르는 강과 같다. 지표면 가까운 곳의 작은 통로들이 빗물을 산속으로 더 깊이 나르고, 그곳에서 통로는 넓어지고 더 큰 개울과 합류하며, 훨씬 더 큰 시내로 연결된다. 맹렬한 강물이 바위를 통해 흘러내려서, 허연 급류를 만드는 동굴들도 있다.

동굴의 생성

모든 석회암처럼, 태국의 카르스트 지형은 해양 생물의 사체로 시작된다. 약 2억 5천만 년에서 5억 년 전에, 태국의 지표면은 실제로 동물들로 가득 찬 바다 아래에 있었다. 산호, 대합조개, 산호충과 다른 수백만 종이 바다에 살았다. 그것들이 죽어 바닥에 가라앉으면 사체는 분해되지만, 탄산 칼슘인 조개껍데기와 뼈의 광물질은 남게 된다. 점점 더 많은 죽은 유기물의 잔해가 가라앉고, 탄산 칼슘은 위아래의 진흙과 결합한다. 수백만 년 이상, 꼭대기를 내리누르는 바다의 압력이 모든 탄산 칼슘층을 눌러 석회석이 형성되는 것이다.

겉보기에 지구는 단단해 보이지만, 실제로는 끊임없이 진화하고 있다. 지구의 지각은 흐르는 마그마 위에서 떠다니는 대륙판으로 구성된다. 인도 대륙판은 아시아 대륙 아래로 미끄러지듯 움직이며, 아시아 대륙을 솟아오르게 한다. 수백만 년 이상, 그러한 상승 작용으로 예전에 해저였던 곳이 산 정상이 될 때까지, 태국의 석회암은 점점 더 높이 솟아올랐다. 산 위로 올라온 석회암은 비를 포함해 기후에 노출되었다. 태국 같은 열대 지역은 아주 많은 비가 내리는데, 그 빗물은 약산성이다. 숲에 비가 내리고 숲 바닥의 썩어 가는 나뭇잎 사이로 흘러내릴 때, 빗물은 훨씬 더 산성을 띠게 된다. 산성은 석회석의 탄산 칼슘을 녹여서, 카르스트라고 하는 새로운 형태의 지형을 만든다.

투명한 식초가 든 잔에 석회석을 떨어뜨리면, 식초의 산이 돌의 탄산 칼슘을 녹이면서 공기 방울과 다른 방울이 일어나는 것이 보인다. 태국 북부의 석회석 산맥에서도 똑같은 일이 일어난다고 생각해 보자. 다만 수백만 년에 걸쳐 아주 느리게 일어날 뿐이다. 그러면 탐루앙 같은 동굴이 어떻게 만들어지는지 상상할 수 있을 것이다. 물이 카르스트 지형에 구멍을 내면, 산비탈과 돌의 틈새를 통해 물이 구멍에서 다른 구멍으로 흐를 수 있게 된다. 시간이 충분히 흐르고 물이 충분하면, 긴 터널과 거대한 공간들이 지하 깊숙이 형성된다.

카르스트 동굴

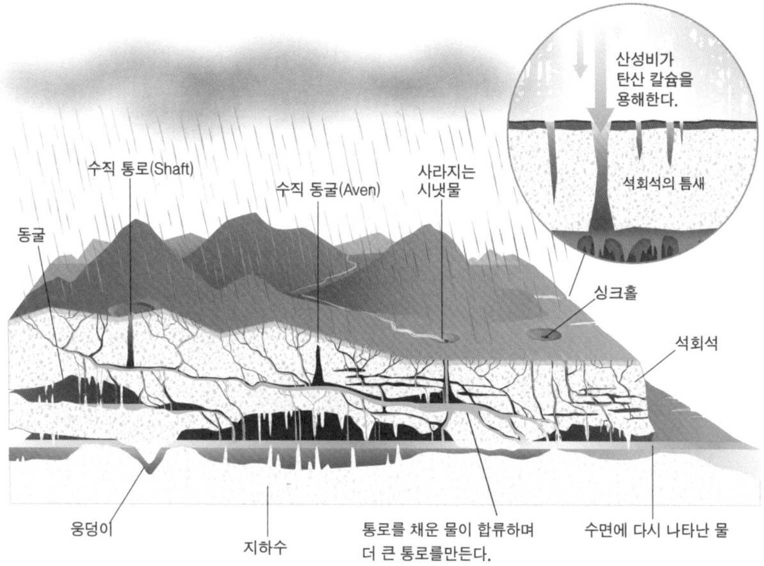

산성비가
탄산 칼슘을
용해한다.
석회석의 틈새
수직 통로(Shaft)
수직 동굴(Aven)
사라지는
시냇물
동굴
싱크홀
석회석
웅덩이
지하수
통로를 채운 물이 합류하며
더 큰 통로를만든다.
수면에 다시 나타난 물

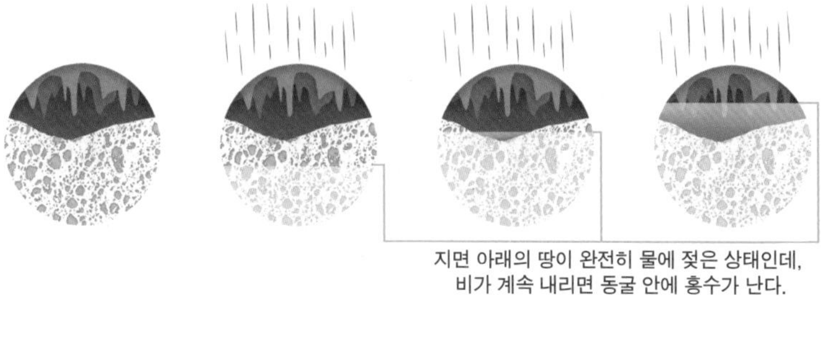

지면 아래의 땅이 완전히 물에 젖은 상태인데,
비가 계속 내리면 동굴 안에 홍수가 난다.

동굴에 갇힌 야생 멧돼지 팀원들의 상황은 훨씬 더 나빠질 수 있다. 지금은 탐루앙이 부분적으로 물에 잠겼을 뿐이고, 비가 산 내부에 대홍수를 일으키진 않았다. 아직은….

토요일 오후 5시, 아이들은 동굴에 갇힌 자신들보다 부모님이 훨씬 더 걱정되었다. 아무도 가족에게 어디에 간다고 알리지 않아서였다. 마크는 밤늦게서야 집에 들어왔다고 꾸지람을 들을까 봐 걱정이었다. 티는 노발대발할 엄마 모습이 떠올랐다. 몇몇 소년들은 미처 하지 못한 학교 숙제가 생각났다.

엑 코치는 물이 흘러가도록 물길을 파낼 수 있을지 궁리했다. 아주 깊이 파낸다면, 물이 가라앉고 헤엄쳐 통과할 수 있는 충분한 공간을 만들 수 있을 듯했다. 그래서 모두가 돌을 움켜쥐고 자갈이 깔린 흙을 파기 시작했다. 파고 또 팠지만, 수위엔 아무런 변화가 없었다.

갑자기 다들 녹초가 되었다. 꽤 늦은 시간은 아니었지만, 갇혔다는 사실을 깨닫고 치솟던 아드레날린이 점점 약해지며, 한 트럭의 피로가 그들을 덮쳤다.

티가 다시 시계를 보니, 오후 6시였다.

"코치님, 잘 곳을 찾아봐야 하지 않을까요?"

소년들은 쉬면서 물이 빠지길 기다려 보자는 데 모두 동의했다. 엑 코치가 동굴 더 깊숙한 곳의, 바닥은 모래이고 바위벽에서 물이 떨어지는 곳으로 소년들을 이끌었다.

나이트는 자신의 생일 파티와 초대한 친구들, 그리고 가족을 생각했다. 엄마가 오후 내내 만들었을 음식과 케이크도 떠올려 보았다.

다른 아이들도 음식을 생각하고 있었다. 저녁으로 손전등을 먹을 게 아니라면, 생각해 보았자 아무 소용없는 일이었지만 말이다. 그들에겐 갖고 있는 음식이 없었다. 동굴 안에 들어오기 전 간식을 먹었을 뿐이다. 다행히 몸이 꼭 필요로 하는 가장 중요한 것은 있었다. 바로 물이다.

엑 코치는 동굴 바닥에 고인 웅덩이의 탁한 물을 마시면 위험하다고 일렀다. 그 물은 곧장 땅을 지나 동굴 안으로 흘러들어 온갖 해로운 세균이 득실거릴 수 있었다. 그러나 벽에서 떨어지는 물은 위쪽 바위들을 아주 느리게 통과하면서 여과되어 아마도 다소 깨끗해졌을 거라 짐작했다.

소년들은 손을 오므려 떨어지는 물을 받아서 최대한 마셨다. 물은 샘물처럼 깨끗하고 맛이 좋았다.

그리고 나서 가장 마른 곳을 찾아 다 함께 누웠다. 아이들이 당황하지 않도록 코치는 자신부터 침착하고 긍정적이어야 한다고 맘먹었다. 다행히 모두 괜찮아 보였다. 앞으로 맞닥뜨릴 부모님의 엄청난 꾸지람을 걱정하는 것 외엔, 어떤 소년도 당황한 기색은 없었다. 엑 코치는 집에서 잠자기 전에 하던 대로 함께 기도하자고 제안했다.

기도를 끝내고, 엑 코치가 소년들에게 걱정하지 말라며 안심시켰다. 물은 가라앉을 테고, 공원 직원들이 곧 찾아낼 것이라고 했다. 아이들은 밖으로 나갈 내일을 떠올리다가 어느 틈에 하나둘 스르르 잠이 들었다.

동굴 탐험가 번 언스워스가 탐루앙으로 비집고 들어가고 있다.

6

동굴 탐험가

2018년 6월 24일~ 25일

상우트 대장과 다른 구조대원들은 동굴에 대해 더 잘 아는 전문가에게 도움을 요청해야 한다는 데 동의했다. 번 언스워스(이하 번)는 동료인 워라난 라트라위파쿤(이하 틱)과 함께하기 위해 7년 전 태국 매사이로 이주한 영국인 동굴 탐험가였다. 그는 태국 북부를 찾는 많은 방문객처럼 그곳에 푹 빠져 있었다. 아름다운 산, 인정 많은 사람들, 무엇보다도 동굴에 매혹되었다. 번은 10대 시절 영국의 고향 주변 산에서 동굴 탐험을 시작했고, 40년이 지난 지금도 여전히 동굴에 사로잡혀 있었다.

대부분의 탐험가처럼, 동굴 탐험가들도 미지의 세계가 주는 전율에 열광한다. 위를 바라보며 올라가는 산악인들은 그들이 올라가는 산의 정상을 볼 수 있다. 하지만 이와 달리, 동굴 탐험가들은 손전등 빛 너머에 무엇이 그들을 기다리는지 전혀 모른다. 그것은 꽉 조이는 곳일 수도 있고, 혹은 인간이 건축한 성당처럼 아름답고 경외심을 일으키는 종유석이 드리워진 틈새 공간일 수도 있다. 어떤 인간도 도달한 적 없는 곳에 발을 들여놓는 그 순간의 감격은 이루 다 말로 표현 못 한다고 그들은 얘기한다. 어떤 동굴 탐험가들은 마치 손으로 보물이 가득 찬 궤짝 속을 파내는 해적인 된 느낌이라며, '전리품을 퍼내는 것'이라고 부르기도 한다. 탐루앙은 관광객을 유혹하는 드넓은 동공 입구 너머로, 여전히 퍼 담을 수많은 보석이 있는 동굴이었다.

번은 열정적으로 구불구불한 동굴 길의 지도를 그리고, 통로가 다른 터널과 연결되는 곳을 찾아 나갔다. 그것은 마치 거대한 지하 퍼즐을 맞추는 일과 흡사했다. 그해 초에, 그는 절친인 로브 하퍼와 함께 동굴의 가장 먼 거리를 조사하고 지도를 업데이트했다. 번은 태국의 많은 친구를 탐루앙으로 이끌었고, 기꺼이 모험하려는 그들을 안내했다. 매사이는 사람들이 한 다리만 건너면 서로 잘 아는 아주 작은 고장이다. 따라서 탐루앙에 가 본 적이 없는 사람들도 동굴 탐험가 번을 알고 있었다. 그날 밤 구조대가 그에게 전화한 것은 전혀 놀랄 일이 아니었다.

운 좋게 우연의 일치로, 번은 이미 짐을 싸고 탐루앙으로 갈 준비를 하던 참이었다. 소년들이 실종되던 날 방문할 계획이었는데, 그 계획은 지연되었다. 그는 공원 입구로 차를 몰고 가면서, 원래 계획대로 진행했다면 자신도 동굴 안에 갇혔을지도 모른다고 생각했다. 소년들이 엄청난 불운을 겪고 있는 것이다.

번은 소년들이 갇힌 다음 날 새벽 6시 30분경에 동굴에 차를 세웠다. 삼약 갈림길까지 걸어가서는 그곳에 물이 아주 많은 걸 보고 놀랐다. 물이 몽크 시리즈에서 동공으로 쏟아져 들어오고 있었다. 물론 번은 탐루앙이 범람하고 있다는 걸 알았다. 매년 물이 동굴을 채우면 1번 동공까지 도달했다. 하지만 작년(2017년)에는 7월 15일이 되어서야 홍수가 시작되었다. 올해는 3주나 빠른 셈이다.

구조대원들은 번에게 축구팀 아이들이 몽크 시리즈까지 갔을지 물었다. 번은 그럴 가능성은 없다고 대답한다. 그 통로가 '좋지 않다.'며 조심스럽게 덧붙였다. 몽크 시리즈에서 몇백 미터에 이르는 비좁고 날카로운 진흙투성이의 통로를 기어가려면 긁히고 멍이 든다. 번처럼 작은 체구의 사람도 몸을 짓이겨 넣어야 해서 등에 긴 상처가 난다. 재미있는 모험에 나선 아이들이 갈 길은 아니었을 것이다.

그렇다면 소년들은 왼쪽으로 갔을 가능성이 훨씬 더 크다. 번은 조사했던 고도에 근거해서, 소년들이 삼약을 지나 약 500미터쯤 되는 고지대에 대피해 있으리라 추측했다. 그릇

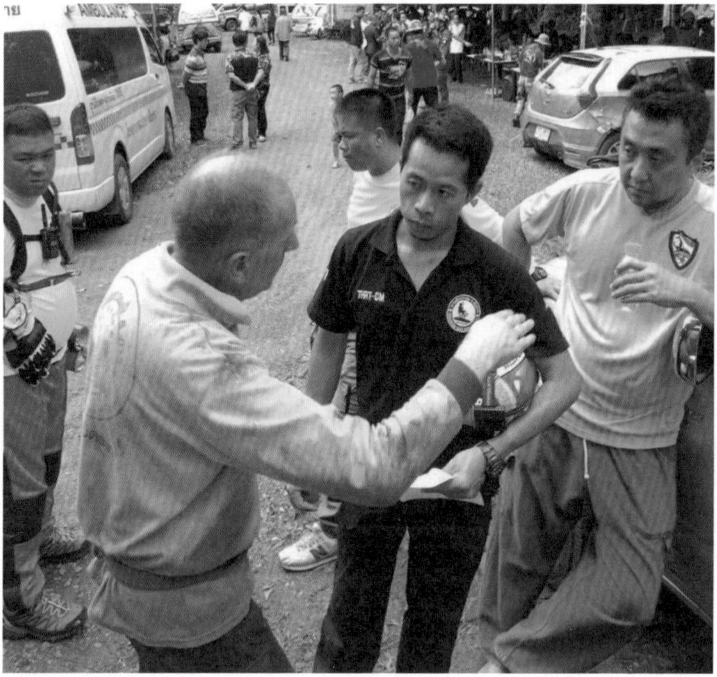

탐루앙 베이스캠프에서 현지 구조대원들과 말하고 있는 번 언스워스(왼쪽)

모양의 공간인 삼약은 동굴의 다른 곳보다 현저히 낮다. 그곳의 갈림길이 물로 채워지는 동안에도, 팀원들이 피난처로 쓸 만한 마른 공간은 높은 지대에 여전히 존재한다.

동굴 안에선 휴대폰이 무용지물이다. 63세인 번은 외부 구조대에게 정보 사항을 알리려면 직접 걸어 나가야만 했다. 이날 그는 물이 가득 찬 삼약 갈림길까지 다섯 번이나 왕복했다. 그 거리는 총 20킬로미터 정도였다.

인부들이 몽크 시리즈에서 밀려드는 물을 막기 위해 동굴 안으로 모래주머니를 날랐지만, 너무 많은 물이 몰려와서 별반 도움이 되질 않았다. 아이들에게 다가가려면 물에 잠긴 통로를 따라 잠수할 사람이 필요했다.

탐루앙 동굴 내부

태국 언론이 점점 길어지는 이 이야기를 보도하려고 현장에 도착했다.

"이 아이들은 운동 선수입니다. 그들은 민첩하고 언제나 활동적입니다. 분명 계속 이동하며 살아남으려고 최선을 다하고 있을 것입니다."

주지사는 기자의 질문에 이렇게 단언했다.

야생 멧돼지 팀의 감독이자 엑 코치의 상관인 노파랏 칸타웅이 동굴 밖에서 소년들의 가족과 함께 애타게 기다리고 있었다.

"저는 이 순간까지 우리 팀원과 부코치가 여전히 살아 있을 거라고 믿습니다. 그들은 서로를 절대 포기하지 않을 겁니다."

노파랏 감독이 말했다.

소년들의 가족은 감정적으로 메말라 있었다. 벌써 월요일 오전이었다. 그들은 토요일 저녁에 탐루앙에 도착한 이후로 그곳을 떠나지 못하고 있었다.

"잠을 잘 수가 없어요. 우리 아들은 강한 아이예요. 아직 희망이 있어요."

스트레스로 계속 기절하기를 반복한 마크 엄마가 말했다.

친척과 친구들도 동굴 밖에서 밤을 지새웠다. 그들은 꽃과 부처 이미지로 장식된 신전 앞에서 웅얼웅얼 연달아 기도를 드렸다.

월요일 오전 이른 시간, 태국 왕립 네이비실이 다이빙 장비를 끌고 치앙라이 공항에 착륙했다. 드디어 또다른 희망이 도착했다.

네이비실은 태국의 엘리트 특수 작전 부대다. 미국 네이비실 프로그램을 모델 삼아 훈련하는 부대다. 실(SEAL)은 바다(Sea) 공중(Air) 그리고 육지(Land)의 약자다. 그들은 종종 해안에서 해적을 소탕하고, 국경에서 정보를 수집하며, 테러리스트의 공격을 막는 일과 같은 매우 위험한 비밀 작전에 투입되었다. 수중 폭탄 처리와 광산의 지뢰를 제거하는 일도 이들의 임무였다. 이것이 그들이 가장 고도로 훈련된 바다 잠수부들인 이유를 설명해 준다. 네이비실은 경험이 아주 많은 잠수부들이어서 은퇴한 후엔 제2의 직업으로 스쿠버 다이빙 강사를 하기도 했다.

탐루앙 동굴 내부에서 발견된 슬리퍼들

태국 네이비실이 탐루앙에 도착한다.

태국 네이비실 지휘관
아파콘 유우콩깨우 해군 소장

네이비실 지휘관 아파콘 유우콩깨우 해군 소장이 부대를 이끌고 탐루앙에 도착했다. 아파콘 소장은 좀처럼 고함치는 법이 없고 온화한 지도자로 부대원들의 존경을 받는 인물이었다. 게다가 약속을 철저히 지키고 역경을 만나면 조용히 인내하는 것으로도 명성이 자자했다. 정확히 이번 임무에 필요한 자질이었다. 아파콘 소장은 소년들에 관해 최악의 상황을 미리 고려해 두려워할 필요는 없다고 생각했다.

"저는 여전히 아이들이 모두 살아 있다고 믿습니다. 하지만 몹시 지쳐 있을지 모릅니다. 오늘 좋은 소식이 있을 겁니다."

그는 기자들에게 이렇게 말했다.

다이빙 장비를 장착하고 잠수복을 입은 네이비실 대원들의 강인하고 듬직한 모습은 가족들에게 희망을 줬다. 그들은 마침내 이 상황을 해결하러 온 슈퍼영웅처럼 보였다. 틀림없이 이들이 아이들을 발견할 수 있을 터였다. 하지만 사실 탐루앙 외부에선 그 어느 누구도 동굴 내부의 물 상태가 얼마나 위험한지 몰랐다.

태국 네이비실 대원들이 거친 조류를 헤치고 탐루앙 안으로 들어가고 있다.

7

동굴 잠수의 위험성

2018년 6월 25일

6월 25일 동트기 직전, 네이비실 잠수부들이 물에 잠긴 삼약 갈림길까지 들어갔다. 전조등이 탁한 물에 섬뜩한 초록색 빛을 비추었다. 대원들은 각자 압축 공기를 가득 넣은 철제 원통을 하나씩 등에 메고 있었다. 병에 든 사이다처럼 원통 안의 공기는 고압으로 저장된다. 잠수부들은 이 공기를 조절 장치를 통해 호흡해야 한다. 조절 장치가 숨을 들이쉴 때 공기의 압력을 낮춰 주는 역할을 한다.

네이비실 대원들은 예비용 다중 조절기를 메고 공기 공급기와 연결된 부력 조끼를 입었다. 조끼에서 공기를 추가하거나 배출함으로써 대원들은 얼마나 물에 뜰지 또는 잠길지 조절할 수 있다. 그들은 전조등이 장착된 전면 마스크를 쓰고, 차가운 물에 체온을 뺏기지 않도록 막아 주는 잠수복을 입었다.

대원들은 번이 설명한 왼쪽 통로를 가까스로 발견했다. 그 통로는 예상했던 것보다 훨씬 더 좁은 데다 약 2미터에 이르는 물에 가려져 있었다.

한 대원이 구멍 안으로 발을 집어넣었다. 그 너머에 공간이 있지만, 통로가 돌과 진흙으로 막혀 있었다. 대원들은 쇠 파이프를 이용해 구멍을 파고, 잔해와 파편을 치워 통로를 넓혔다. 그럼에도 등에 공기통을 메단 채 통과하기에 너무 좁았다. 그들은 위험할 정도로 아슬아슬하게 어깨를 뿌리쳐 공기탱크를 떼어 내 그것을 먼저 통로 아래로 밀어 넣었다. 물살을 헤치고 한 걸음도 나아가기 힘들었다. 조류가 무엇이든 통로 벽으로 내동댕이칠 듯이 거세게 대원들 방향으로 몰아쳤기 때문이다. 물이 흐르는 고무호스의 노즐을 엄지손가락으로 막으면 물이 더 작은 틈으로 나온다. 이때 유속은 훨씬 빨라진다. 네이비실 잠수부들이 삼약 너머의 좁고 들쭉날쭉한 통로를 헤치고 나아가려고 사투를 벌인 이유가 바로 이러한 상황 때문이다.

네이비실 대원들은 공해상에서 수백 시간 다이빙 훈련을 했지만, 동굴 다이빙을 해 본 대원은 아무도 없었다. 탐루앙처럼 다이빙하기에 최악인 동굴을 만난 적도 결코 없었다.

수중 동굴은 지구상에서 가장 아름다운 광경 중 하나이다.

청록빛 그늘마다 맑고 투명한 물이 가득 차 있고, 사탕 나라 처럼 종유석이 드리워진 곳이다. 하지만 물이 아무리 맑아도 풍경이 아름다워도, 동굴 잠수는 위험하다. 공기가 있는 위쪽으로 쉽게 올라갈 수 있는 바다와 달리, 동굴에서는 잠수부가 수면에서 멀리 어둡고 구불구불한 통로 아래까지 가게 된다. 그곳에는 위험천만한 요소가 가득하다.

우리의 몸은 공기 중에서 사는 데 아주 잘 진화되어 있다. 인간의 안구 렌즈는 공기를 통해 물체를 보도록 설계되어 있

삼약 갈림길의 번 언스워스와 태국 구조대원들

고, 골격은 자신을 압박하는 대기 중 80킬로미터의 공기 무게에도 손쉽게 자기 몸을 지탱한다. 일부러 의식적으로 노력하지 않아도, 횡경막(배와 가슴 사이를 분리하는 근육 - 옮긴이)은 팽창하고 수축을 거듭하며 폐로 귀중한 산소를 공급해 준다.

하지만 물속에 들어가는 순간, 모든 것이 바뀐다.

세계 최고의 프리 다이버들(산소통 없이 잠수하는 사람들)도 물속에선 겨우 약 10분간 숨을 참을 수 있다. 그 전에 수면 위로 돌아와야 한다. 인간이 숨을 참으면, 몸 안에선 서서히 세포가 제 기능을 하는데 필요한 산소를 다 써 버리고, 이산화탄소를 발생시키기 시작한다. 이산화탄소가 쌓이면서, 횡격막과 흉곽(등뼈, 갈비뼈, 가슴뼈와 가로막으로 이루어지는 원통 모양의 부분으로 심장, 허파, 식도 따위를 보호하고 흉근으로 운동하여 호흡 운동을 도움 - 옮긴이) 주위의 다른 근육에 신호를 보내서 폐를 부풀린다. 계속 숨을 참으면 횡격막은 고통스럽게 경련을 일으킨다. 숨 쉬라고 몸이 보내는 경고인 것이다. 이 순간 폐는 팽창하려 하고 누구라도 입을 활짝 벌려 숨을 들이키고 싶어진다. 이런 상황에서 여전히 물속에 있다면 익사하게 된다.

물론 동굴 잠수의 최종 위험은 수면으로 돌아가기 전에 공기가 바닥나는 것이다. 하지만 이것 말고도 다이버를 암울한 상황으로 내모는 수백 가지의 일이 있다. 장비가 제대로 작동하지 않거나, 동굴 출구로부터 너무 멀리 와서 제시간에 밖으로 못 나갈 수도 있다. 몸이 꽉 끼는 곳에 갇히거나, 장비가 바위나 동굴 벽에 걸려 찢어질 가능성도 있다.

가시성(얼마나 멀리 볼 수 있나)은 동굴을 통과하고 출구를 찾는 데 핵심이다. 손전등을 떨어뜨리거나 건전지가 나가면 완벽하게 깜깜한 어둠에 빠지게 되어 동굴 벽을 더듬어 가야 한다. 수면에서 방향을 잡아 주는 빛이 없다면, 하강이 상승이 될 수 있다. 실제로는 동굴 안으로 더 멀리 밀고 들어가면서도 출구를 향해 헤엄치고 있다고 착각하는 상황이 발생할 수도 있다.

떨어진 손전등만이 길을 잃게 하는 것은 아니다. 많은 동굴의 통로 바닥에는 오랜 시간에 걸쳐 물에서 걸러낸 미세한 침전물층이 있다. 실수로 오리발을 가볍게 스치기라도 하면, 곧바로 침전물이 구름을 일으키며 맑은 물을 혼탁한 흙탕물로 바꾸어 버린다. 잠수부는 동굴의 미로 같은 터널에서 길을 잃을 수도 있고, 밖으로 나가는 길을 찾느라 귀중한 공기를 다 써 버릴 수도 있다.

태국 네이비실 대원들은 동굴 잠수에서 가장 중요한 규칙을 미처 모르는 듯했다. 그건 바로 하나의 지침을 지속적으로 이용해야 한다는 것이다. 동굴에 들어가는 첫 번째 잠수부 그룹은 언제나 출구와 관계를 유지하면서, 지나가는 벽과 바위에 안내 밧줄을 부착하여, 다른 사람들이 따라올 수 있도록 해야 한다. 그 중요한 줄이 놓일 때까지, 첫 그룹은 천천히 조심해서 길을 가야 한다. 마른 동굴이라면 관광객의 감탄사를 유발하는 종유석과 석순이 동굴 잠수부에겐 엄청난 위험이 된다. 그 돌출 부분에 줄이 엉키거나, 날카로운 단면에 줄이 싹둑 잘라질 수도 있다. 탐루앙처럼 탁한 물속에서는 잠수부들이 머리를 그대로 부딪치고 나서야 암석에 다가가고 있었다는 것을 알게 된다.

게다가 동굴 통로는 한 지점에서 다른 지점까지 직선이 아니다. 탐루앙은 주 동굴에서 튀어나와 어떤 곳으로도 통하지 않는 막힌 통로들이 많다. 잠수부가 이 통로를 따라가는 실수를 하게 되면 막다른 곳에서 머리를 부딪칠 수 있다. 그러면 되돌아서 헤엄쳐 나와야만 하는데 통로가 너무 좁아서 방향을 틀 수 없는 경우도 있다. 그땐 뒷걸음질하듯 출발했던 지점까지 천천히 조금씩 뒤로 물러나며 빠져나와야 한다.

아무런 지침도 없이 네이비실 대원들은 놀랍게도 삼약을 간신히 지나 더 높고 마른 지역에 다다랐다. 여기서 대원들은 발자국을 보았다. 그러나 소년들의 흔적은 발견하지 못했다. 그 너머로는 검은 물이 범람하는 통로 외에는 아무것도 보이지 않았다. 이제 대원들은 더 이상 갈 수도 없고 갔다가

탐루앙의 종유석

돌아오기에도 공기가 충분하지 않았다.

삼약 갈림길로 돌아온 대원들은 다른 대원들에게 나쁜 소식을 전했다. 설상가상으로 삼약의 수위가 점점 더 높아지고 있었다. 게다가 동굴 밖에서는 비가 세차게 내리고 있었다.

잠수 규칙

잠수부들은 일련의 엄격한 규칙을 따라야만 안전한 동굴 탐험을 할 수 있다. 이 규칙은 1970년대 셰크 엑슬리라는 젊은 동굴 탐험가가 개발하였다. 당시 미국 플로리다에서는 동굴 다이빙이 점점 인기를 얻었고, 그와 더불어 점점 치명적인 사고가 잦아졌다. 많은 사람이 동굴 다이빙을 하다가 사망하자 정부에서는 이를 금지하기로 했다.

엑슬리는 동굴 다이빙 사망자 숫자에 걱정했다. 그는 다이빙 사고 기사를 면밀히 조사하여 많은 사망자가 제대로 된 준비 없이 동굴 다이빙을 한 바다 잠수부였다는 사실을 발견했다. 바다에선 편안하고 능숙하게 잠수한다는 사실에 그들은 자만심을 가졌을 것이다. 그 그릇된 자신감이 그들을 죽음으로 이끌었다.

엑슬리는 오늘날까지도 다른 생명을 구하고, 동굴 잠수부 자신의 생명도 지키는 일련의 규칙을 만들었다.

1. 잠수하는 동안에는 동굴 입구부터 단일 연속 지침을 계속해서 사용한다.
2. 항상 3자 규칙을 사용한다. 공급된 공기는 들어가는 길에 1/3, 나오는 길에 1/3을 사용하고, 비상사태에 대비해 1/3을 비축한다.
3. 동굴에서 깊이 잠수하는 것은 피한다.
4. 천천히 경험을 쌓고 비상사태에 대비함으로써 공포를 피한다.
5. 잠수부 1인당 적어도 세 개의 손전등을 지닌다.
6. 가장 안전한 스쿠버 장비를 사용한다.
7. 바닥의 침전물을 휘젓지 않는다.
8. 잠수하기 전에 동료와 긴급 절차를 연습하고 자주 그것을 되풀이해 본다.
9. 항상 비상용 장비를 휴대하고 그것의 사용법을 익힌다.
10. 위의 규칙들 가운데 어겨도 괜찮은 것이 있다고 과신하지 않는다.

동굴 잠수부가 지침을 따르며 탐험하고 있다.

동굴 생물학자 장 크레즈카가 동굴의 홍수가 진 통로에 손전등을 비추고 있다.

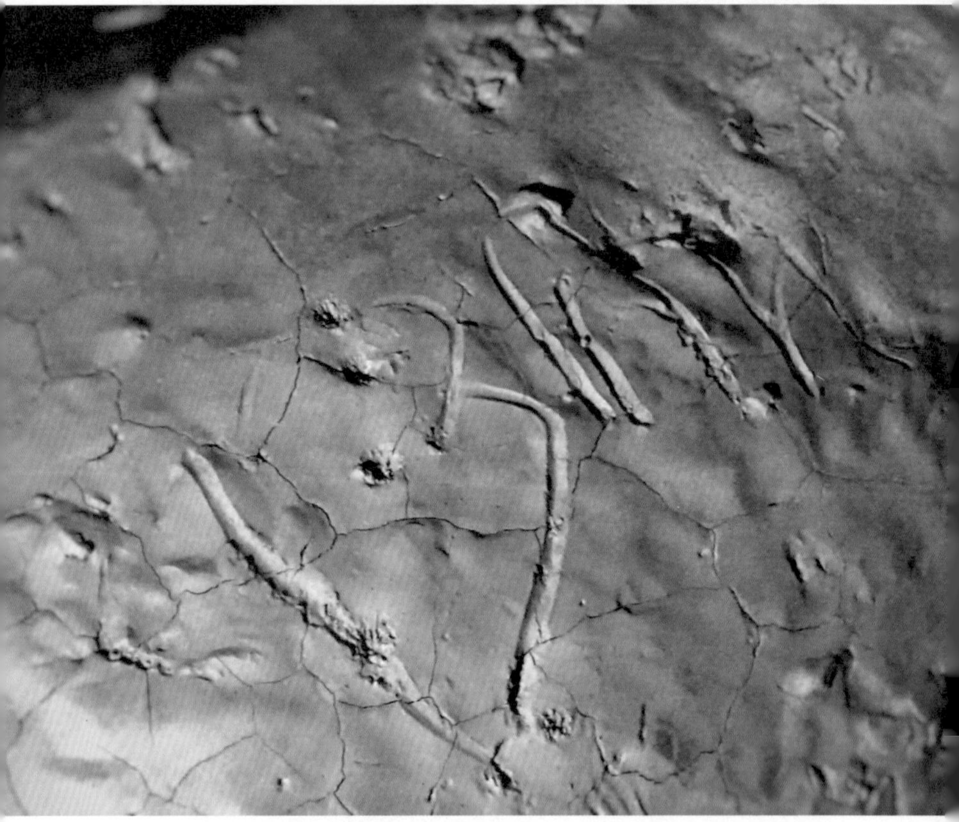

구조되기를 바라며 소년들이 남긴 메시지

8
굶주린 배, 또렷한 정신

2018년 6월 26일

야생 멧돼지 팀원들은 지하에서 꼬박 사흘째 날을 맞이하고 있었다. 처음 이틀은 동굴에 갇혀서 울다가 서로를 위로하다가 다시 울기를 반복하며 보냈다. 왜 여태까지 아무도 우리를 찾지 않는 걸까? 얼마나 오래 이곳에 있어야 하지?

눈물이 말라 버린 지금은 기다리는 것 말고는 하릴없이 한 자리에 앉아 오랫동안 있어야 해서 더욱 절망적이었다. 이 소년들은 가만히 앉아 있는 타입의 아이들이 아니다. 아이들은 무언가를, 아무것이라도 하고 싶었다.

앞을 가로막은 물을 하염없이 살펴보지만, 수위는 내려갈 기미가 보이지 않았다. [6월 26일: 열세 명의 소년이 구조되어야 한다.]라고 동굴 벽을 긁어서 메시지를 남겼다. 누가 이 메시지를 보게 될지 모르지만, 적어도 그것 덕분에 소년들에겐 뭔가 할 일이 생겼다.

뷰와 돔이 예전에 동굴 뒤쪽에 밖으로 나가는 길이 있다는 말을 들었다고 얘기했다. 하지만 정말로 오래전 일이었다. 그 지역 주민들은 탐루앙 깊숙이 들어갔다가 달빛에 비친 지상으로 이어지는 수직 통로를 발견한 남자의 이야기를 하곤 했다. 그 남자는 위로 올라가서 산골짜기에 자리한 외딴 마을을 발견했다. 그 이후 그는 동굴로 돌아가는 길을 잃어버리는 바람에 40년간 그 마을에서 지냈다. 그러다 다시 동굴을 발견하고 탐루앙을 통해 자신의 백성들에게 돌아갔다는 얘기다.

햇빛이 카르스트 동굴 안의 부처상을 비추고 있다.

지상에서 동굴로 비치는 희미한 달빛을 상상하면 정말 아름답다. 그보다는 밖으로 기어 나오는 상상을 하는 것이 훨씬 더 좋을지도 모른다. 하지만 그런 통로가 정말 존재할까? 그냥 이야기일 뿐일까? 소년들은 자신들이 얼마나 지하 깊숙이 있는지 전혀 몰랐지만, 몇백 미터는 될 거 같았다. 만약 지상으로 나가는 통로를 발견해도 어떻게 올라갈 수 있을까? 그곳을 찾으러 가다가 동굴 더 깊숙이 갇히게 되면 어떻게 하나?

적어도 여기는 깨끗한 물이 잘 들어온다. 물은 깨끗한 맛이 나고, 지금까지 물 때문에 아픈 아이는 없다. 엑 코치는 이렇게 중요한 자원을 두고 떠나기가 내키지 않는다. 결국, 그들은 지금 있는 자리에서 더 기다려 보기로 한다.

사흘째 되던 날, 소년들의 눈물은 멈췄지만 배고픔이 배가 되었다. 가장 어린 타이탄은 굶주림으로 배가 아팠다. 음식 생각을 안 하려고 애써도, 그러기가 너무 어려웠다. 볶음밥과 북부식 카레처럼 가족이 만든 맛있는 음식이 너무나 먹고 싶었다. 그런 생각을 하는 건 타이탄만이 아니었다. 다들 음식 꿈을 꾸고 있었다.

엑 코치는 소년들에게 쉬면서 되도록 에너지를 최대한 아껴야 한다고 강조했다. 우리 몸은 음식을 빼앗길 때, 생존을 위해 신진대사를 낮춘다. 신진대사란 우리의 몸이 음식을 에너지로 바꾸는 속도다. 신진대사가 낮을수록 먹지 않고도 더 오래 살아남는다.

어떤 포유류는 동면으로 음식을 먹지 않고도 몇 달 동안 생존한다. 그 동물들은 동면하는 동안, 깊은 잠에 빠져 신진대사가 느려지고 체온이 떨어진다. 그러다가 봄에 마르고 굶주린 채 깨어난다. 야생 멧돼지 소년들도 동면할 수 있다면 좋을 텐데! 하지만 인간은 약 섭씨 37도 정도의 체온을 유지해야 한다. 소년들이 쉬는 동안에도 그들의 몸은 체온을 유지하기 위해 스스로 열량을 소비한다. 음식으로 열량을 얻을 수 없으면, 몸속에 저장해 둔 지방을 태우기 시작한다. 먹지 않고 충분히 오래 버티기 위해, 몸이 알아서 온기를 유지하며 살아남으려고 결국 자신의 몸을 소비하기 시작하는 것이다.

축축하고 추운 동굴의 환경은 도움이 안 된다. 일 년 중 이맘때의 따뜻한 날씨에 익숙한 태국 아이들에게는 섭씨 22도도 추운 편이다. 팀원들이 웅덩이를 건널 때 흠뻑 젖은 몸은 아직 완전히 마르지도 않은 상태였다. 소년들은 반바지를 무릎까지 당기고 소매 안으로 팔을 집어넣었다. 모래에 도랑을 파고서 그곳에 옹기종기 모여 몸에서 방출되는 열을 가두려고 애썼다.

엑 코치는 계속 손전등을 세심하게 확인하며, 이 가장 강력한 도구를 아껴 썼다. 물을 마셔야 할 때만 한 번에 딱 한 개만 켰다. 전등을 끄면 동굴 안은 새까만 암흑이 되었다.

집에서 가장 어두운 방의 가장 어두운 구석으로 들어가 문을 닫고 불을 껐다고 생각해 보자. 몇 분이 지나면, 눈이 적응하면서 우리의 안구는 어떻게든 빛의 입자를 찾아낸다. 그러나 동굴 안에서는 그렇게 되지 않는다.

동굴의 완전한 어둠은 어떤 사람들에겐 환각을 일으키고, 시야 가장자리에 알록달록 번쩍이는 불꽃이 보이게 할 수도 있다. 너무 오랫동안 이런 어둠 속에 머물면, 떠밀려 오는 어둠의 중압감에 억눌리게 된다. 한번 들어오면 동굴 안에서 몇 주씩 보내는 동굴 전문 탐험가들은 이 상태를 사람을 깊은 지하에 붙잡아 두는 공황 발작인 황홀경이라고 설명한다. 동굴에서 사람이 마주치는 위험 가운데 가장 무서운 일은 정신을 잃는 것이다.

엑 코치는 축구팀이 공황의 희생양이 되게 두지는 않겠다고 결심했다. 그는 소년들이 자신의 지시를 따르리라는 것을 잘 알았다. 그러므로 자신이 냉정함을 유지한다면, 아이들도 냉정해질 것이다. 코치는 아이들을 돕기 위해 명상하라고 말했다.

야생 멧돼지 팀원들은 모두 명상 수행에 익숙하다. 대부분 소년과 엑 코치는 불교도이다. 엑 코치는 선수들이 시합에 집중할 수 있도록 경기 전에는 항상 명상 훈련을 하도록 했다. 축구장에서처럼, 소년들은 코치의 지도를 따랐다. 호흡하면서, 그들은 이 동굴 안에서 다스릴 수 있는 한 가지, 곧 그들 자신의 마음의 주인이 되기로 한다.

명상

명상은 꼭 사원에 가서나, 돗자리에 앉아 눈감고 해야 하는 건 아니다. 명상은 누구나 언제든지 수행할 수 있다. 숨 쉴 때마다 어떻게 가슴이 오르락내리락하는지 세심하게 주의를 기울이는 것처럼 단순한 것에 집중하면서 시작할 수 있다. 또는 자신의 마음을 두 개의 창문이 있는 방이라고 상상하면서 시작할 수도 있다. 굶주림, 고통, 수치심 같은 생각이 한 창문을 통해 들어오면, 그것들을 알아차린 다음 곧바로 다른 창문 밖으로 흘러가게 한다. 이렇게 함으로써 온갖 어수선한 생각으로부터 마음의 방을 깨끗이 유지한다. 마음이 혼란스럽지 않으면 자신의 몸을 진정시키고 세상을 더욱 명확하게 볼 수 있다. 결국, 부처는 명상을 통해서 오늘날의 모든

명상하는 초보 승려

불자를 인도하는 위대한 가르침의 근간을 세웠다.

부처는 사람들에게 인생의 고통과 번뇌에서 벗어나는 방법을 가르쳤다. 동굴에 갇힌 소년들은 굶주림과 공포 때문에 정말 고통스럽다. 공복통에 사로잡히거나, 음식을 먹는 환상에 사로잡히거나, 결코 나가지 못할 수 있다는 걱정에 굴복한다면 그들의 고통은 더욱 심해질 뿐이다. 명상과 호흡에 집중함으로써, 팀원들은 그런 생각을 떨치고 신체적 고통과 정서적 고통을 인지할 수 있다.

명상은 소년들의 굶주림과 의심을 없앨 수 없지만, 그들을 짓누르는 억압을 제거하도록 도울 수는 있다.

탐루앙을 통해 흐르는 물

9

물과의 전쟁

2018년 6월 25일~26일

6월 25일 월요일에는 온종일 폭우가 내렸다. 이전보다 훨씬 더 많은 물이 몽크 시리즈에서 삼약 갈림길의 웅덩이로 쏟아졌다. 거센 물살이 모래주머니를 들어 올려 하류로 쓸어버릴 정도다. 구조대는 소년들이 몽크 시리즈 안으로 들어가지 않았다고 거의 확신했다. 그래도 보초를 세워 아이들의 옷이나 운동화, 물병 같은 것들이 물살에 떠밀려 내려오는지 살폈다.

삼약의 수위는 점점 더 높아지고 있었다.

며칠 후, 구조대는 탐루앙의 주요 지역을 숫자로 표시했다. 1번, 2번, 3번 동공으로 불리게 될 곳에서는 사람들과 장비 소리가 웡웡거렸다. 태국 왕립 육군 요원들과 구조대원들이 어두운 동공을 밝히기 위해 투광 조명등을 가져왔다. 그들은 3번 동공에 베트남전 때 쓰던 50년 된 현장 전화 통신소를 설치했다. 그것은 보기 흉한 네모 상자지만, 꽤 믿을 만한 물건이었다. 적어도 이젠 사람이 안팎으로 왔다 갔다 하며 정보를 전달하지 않아도 되었다.

번과 틱, 구조대원 니콘차이 포프루차이가 동굴 지도를 보며 회의하고 있다.

삼약의 수위를 낮추기 위해 펌프가 설치됐다. 처음에 펌프에서 휘발유가 흘러나왔다. 기계에서 내뿜는 연기가 금세 동공을 가득 채워 작업 환경이 위험해졌다. 산소 부족으로 기절하는 인부들도 나왔다. 전기로 작동하는 펌프로 대체했지만, 이것 역시 동력이 필요하긴 마찬가지다. 두꺼운 전기 케이블이 구불구불한 통로를 통과하여, 내부의 모든 장비를 지상의 발전기와 연결시켰다.

펌프를 최대한 가동해도 동굴 속 물은 여전히 불어났다. 물이 차오르는 속도로 보아, 번은 물이 북쪽 몽크 시리즈에서 삼약으로 들어올 뿐 아니라, 남쪽에서 동굴 주요 통로로 흐르는 게 분명하다고 여겼다. 번은 남쪽의 물이 어디서 흘러오는지 정확히 모르지만, 그 물이 차갑다는 건 알았다. 그건 깊은 지하에서 흘러나온 물이라는 의미다. 물의 원천은 미얀마에서 국경을 가로지르며 시작될 가능성이 있다. 그렇다면 탐루앙의 수위가 조만간 내려갈 가능성은 현저히 적다.

태국 네이비실 대원들이 다시 삼약을 지나 잠수를 시도하지만, 지난번보다 더 멀리 가지 못한다. 이제는 물살이 어찌나 센지 잠수부가 머리부터 들이밀지 않으면, 물살에 마스크가 찢어질 정도다. 6월 26일에는 수위가 너무 높아져 네이비실 대원을 비롯한 모든 구조대원이 삼약에서 완전히 철수한다.

번은 진흙투성이가 되어 낙담한 채 동굴에서 나왔다. 파트너 틱에게 구조 작전이 엉망으로 끝날까 봐 걱정이라고 말한다. 네이비실 대원들은 투지와 체력은 충분하지만 동굴 다이빙 경험과 장비가 없다는 사실은 여전했다.

그날 오후에, 번은 작전 지휘관인 나롱삭 주지사에게 동굴 안의 끔찍한 상황을 설명한다. 물은 차갑고 물살은 세고, 시야는 너무 좁아서 마치 커피 통에서 잠수하려고 하는 것 같다고. 이런 물에서 잠수가 가능한 사람은 세계에서 몇 사람이 안 되며, 즉시 그들을 탐루앙으로 데려와야 한다고 의견을 피력한다.

마지막엔 이렇게 덧붙였다.

"주지사님, 그것이 이번 구조의 마지막 기회입니다. 제 제안을 받아들이지 않으시면 소년들은 죽게 될 겁니다."

미 공군 소령 찰스 하지스가 태국 육군 장군 반차 두리야판과 악수하고 있다.

10

문제 해결자

2018년 6월 27일 ~ 28일

찰스 하지스 소령은 일본 오키나와에 주둔한 미 공군 제320 특수 전술 대대 지휘관이다. 지휘관이 된 지 겨우 일주일이 지났을 무렵, 태국 정부로부터 부대의 지원을 요청하는 전화를 받았다. 그는 텔레비전으로 태국 북부의 상황을 지켜보고 있었지만, 어린 소년들이 코치와 함께 침수된 동굴에 갇혔다는 정도밖에는 알지 못했다. 그의 대대는 신속히 집합해 6월 27일 저녁 치앙라이로 가는 C-130 수송기에 올랐다.

하지스 소령은 대대를 지휘하는 건 처음이지만, 수년간 훈련을 통해 배운 훌륭한 지도자가 명심해야 할 지침을 되새겼다.

- 초기에 최대한 많은 정보를 수집한다.
- 전문 지식과 기술을 가진 사람들로 강한 팀을 구성한다.
- 문제 해결에 관한 많은 다양한 아이디어에 귀를 기울인다.
- 뒤로 물러서서 팀원이 최선을 다하도록 한다.

많은 지도자가 자신의 통제력과 권한을 내려놓지 못해 좋은 해결책도 결국엔 포기하고 만다. 다행히 하지스 소령은 '내 방식대로 하든지, 아니면 떠나든지'라는 유형의 지도자가 아니었다. 그런 점에서 그는 엑 코치와 약간 비슷한 성향이었다. 그는 자신의 팀이 인도-태평양 지역에서 이런 극단적인 수색 구조 작전을 펼치기에 장비를 가장 잘 갖춘 팀이란 걸 알고 있었다. 대원들은 지진 후 붕괴한 건물에서 생존자를 끌어내는 임무도 수행했고, 공해(어느 나라의 주권에도 속하지 않으며, 모든 나라가 공통으로 사용할 수 있는 바다 - 옮긴이) 상에서 헬리콥터 추락으로 인한 시신을 수습한 적도 있었다. 또한 적진에 떨어진 조종사 구출 작전을 수행하기도 했다. 그의 팀은 전투 경험뿐 아니라, 응급 의료 경험, 수년간의 공해 잠수 경험을 보유한 베테랑들이었다.

하지만 그들도 이렇게 어린이들로만 이루어진 집단을 구조해 본 경험은 드물어서, 이번 임무는 특별한 도전이 될 듯했다. 하지스 소령은 아이가 네 명이고, 많은 부대원들 또한 부모였다. 그는 부대원들에게 작전이 어렵겠지만, 감정 따위는 잊어야 한다고 당부한다. 그들이 이 구조 작전에 도움을 주려면 개인적 감정 따위로 문제 해결 능력을 흐리게 해서는 안 되기 때문이다.

하지스 소령 팀이 6월 28일 새벽 1시에 탐루앙에 도착하자마자, 이 임무가 얼마나 특별하고 어려운 일인지 안내받는다. 하지스 소령이 1번 동공으로 향하는데 동굴 입구로 돌아가라는 다급한 목소리가 들렸다. 불과 몇 분 전까지만 해도 말라 있던 1번 동공 지역에 흙탕물이 발목까지 차올랐다. 물이 더 높이 솟구치며 동굴 입구까지 채우자 소령의 팀 뒤로 태국 네이비실 대원과 다른 구조대원들이 운반할 수 있는 장비를 되도록 많이 끌고서 뛰어오고 있었다.

이번 임무는 하지스 소령에게 단순한 동굴 탈출이 되지 않을 게 분명했다. 소령은 지금까지 입수한 정보를 검토하기 위해 그의 팀을 공원의 본부 빌딩 한곳으로 모이게 했다. 공해에서 스쿠버 다이빙 복구 작업을 수행한 경험은 많지만, 그들은 태국 네이비실 대원들보다 동굴 잠수를 할 준비는 미흡했다. 미국 팀이 네이비실 대원들을 돕는다면, 잠수 기술로써가 아니라 문제 해결 기술로 도와야 할 것이었다.

가장 먼저 할 일은 '생명의 증거'를 입증하는 일, 곧 소년들과 엑 코치가 살아 있다는 걸 알아내는 일이었다. 만약 그들이 살아 있다면, 음식과 물, 의료 서비스가 절박하게 필요할 것이다. 하지스 소령 팀은 그들을 찾기 위해 다양한 방법으로 브레인스토밍을 했다.

첫 번째 방안은 산 측면에 구멍을 뚫는 방법이다. 2010년 칠레에서 33인의 광부들이 무너진 광산에 갇혔을 때, 땅속으로 700미터 구멍을 뚫어서 그들을 지상으로 끌어올려 구조했다. 야생 멧돼지 축구팀은 저 깊은 지하 어디에 있는지 모른다. 구조대원들이 직경 10~15센티미터의 구멍을 뚫을 수 있다면, 아래로 카메라나 마이크를 내려서 소년들이 살아 있는지 알아낼 수 있을 것이다.

두 번째 방안은 동굴 밖으로 물을 충분히 빼내서, 구조대원들이 잠수하지 않고 수영하거나 걸어 들어가는 방법이다. 태국 군대가 수위를 낮추기 위해 입구에 펌프를 설치해 놓았다. 하지만 최근에 내린 비로 펌프는 수량을 감당해 내지 못하고 있다. 하지스 소령은 스스로에게 물었다.

'지하에서 거대한 양의 액체를 퍼내는 일을 세계에서 누가 가장 잘할까?'

떠오른 답은 정유 회사였다. 그는 태국의 정유 회사에 연락하여 어떤 유형의 장비와 전문 기술을 지원해 줄 수 있는지 확인했다.

세 번째 방안은 동굴로 들어가는 다른 입구를 찾는 것이다.

탐루앙처럼 긴 카르스트 동굴에는 분명히 지상과 연결된 다른 구멍이 있다. 현지인들이 숲에 탐루앙으로 들어가는 숨겨진 구멍을 알고 있다고 주장한다. 정말로 다른 입구가 존재할까, 아니면 그저 전설일 뿐일까? 모든 사람이 세 번째 방안을 시도해 봐야 한다고 결론을 내린다.

그 일은 예상보다 어려웠다. 낭논 산맥은 빽빽한 밀림 숲으로 덮여 있다. 일 년 내내 꾸준히 내리는 비와 풍부한 햇빛 덕분에 숲은 생명력으로 가득 차 있다. 나왕이라 불리는 곧게 뻗은 나무들이 하늘 높이 치솟고, 한 나무가 끝나고 다음 나무가 시작되는 곳이 어디인지 알 수 없게 덩굴에 덮여 있다. 산 정상에서 바라보면 온통 초록빛이다. 멀리서 구경하면 아름답지만, 그 안에서 하이킹하기에는 끔찍하다. 많은 비로 땅은 진흙투성이에 미끄러워 위험한 조건은 모조리 다 갖추고 있는 셈이었다.

태국 국립 공원 직원들과 태국 왕립 군인들이 육상 조사를 주도하는 임무를 맡았다. 그들은 소년들의 자전거가 발견된 날부터 줄곧 탐루앙에 머물고 있는 번과 상우트의 구조대원, 그리고 오스트레일리아와 중국에서 온 수색 구조 전문가들을 포함한, 수천 명의 자원봉사자와 하지스 소령의 미 공군과 합류했다.

현지 가이드들이 울창한 숲으로 그들을 이끌며 도왔다. 이

가이드들은 태국의 고지 토착민으로, 수백 세기 동안 태국 북부 산맥 사이 골짜기에 터전을 잡고 사는 사람들이었다. 많은 이가 조상의 고국인 미얀마에서 핍박을 피해 태국으로 이주해 온 사람들이었다. 나머지는 라오스나 중국에서 건너온 사람들이었다. 그들에게는 그들만의 언어와 전통이 있고, 마을은 작고 서로 꽤 멀리 떨어져 있었다. 그들은 마을을 둘러싸고 있는 숲을 잘 알고 있어서, 수색대를 숲의 깊은 구멍까지 안내했다.

문제는 그곳이 얼마나 깊은가였다.

수색에 참여한 자원봉사자 중에는 태국 남부 트랑 지역에서 치앙라이까지 1,600킬로미터를 이동해 온 무리도 있었다. 그들은 태국과 중국에서 귀한 별미로 통하는 새 둥지 수프의 재료인 절벽의 제비집을 찾기 위해 동굴을 뒤지는 새 둥지 전문 수집가들이었다. 그들은 밧줄과 굳은살이 박인 거친 손으로 헬멧도 안 쓴 채, 밧줄에 매달려 머리부터 칠흑같이 깜깜한 통로로 내려갔다. 좁은 통로가 너무 꽉 끼어서 돌 부스러기를 뒤따라오는 동료들에게 넘기며, 손으로 돌을 하나하나 치워야 했다.

나롱삭 주지사는 헬리콥터와 드론을 띄워 그 지역 사진을 찍게 했다. 수색자들은 산속으로 30미터 깊이까지 닿는 통로를 몇 개 발견했다. 하지만 모두 막다른 통로였다. 그래도 포기하지 않았다. 더 많은 비가 머리 위로 쏟아지는데도 수색 팀은 계속 산을 샅샅이 뒤졌다. 너무 멀리까지 와서 어두워지기 전에 돌아갈 수 없을 때는 땅바닥에 웅크리고 앉아 숲 속에서 잠을 잤다.

베이스캠프에는 밤낮으로 동굴 앞에서 기도하는 가족들을 위해 비닐 방수 시트가 세워졌다. 가족들은 동굴의 영혼인, 낭논의 잠자는 여인에게 바치는 온갖 제물 앞에서 무릎을 꿇고 빌었다. 아이들을 보호해 달라고 간청했다. 잠자는

밧줄을 든 등산가들이 동굴로 들어가는
다른 입구들을 찾아서 밀림을 뚫고 걸어가고 있다.

우리 곁의 영혼들

태국에서는 불교와 다른 영적 신앙들이 서로 연관되어 있다. 수많은 태국의 불자들은 부처의 가르침뿐만 아니라, 다른 영혼들도 우러러 공경한다. 불교 사원을 보호하는 영혼인 '파야 나가'라고 하는 물뱀같이 생긴 조각품과 조각상을 흔히 볼 수 있다. 태국의 많은 가정과 사업체는 건물 어딘가에 나무로 만든 작은 제단을 갖추고 있는데, 이곳이 영혼의 집이다. 그곳을 보살피는 영혼을 위한 집이며, 전에 그곳에 살았던 사람들에게 경의를 표하는 장소이다. 사람들은 영혼들에 대한 존경의 표시로 제단에 음식과 꽃 같은 공물을 바치며, 그 대가로 신령들이 호의를 베풀고 사람들을 괴롭히지 않기를 바란다.

태국인들은 자연계 영혼이 만물, 곧 숲, 강, 산을 살핀다고 믿는다. 밀림을 걸어가든 분주한 도시의 거리를 걷든, 커다란 고목의 줄기에 매어 놓은 화려한 리본을 흔히 볼 수 있다. 그것은 땅을 지키는 신령들에게 경의를 표하는 또 다른 방법이다. 어디에나 신령은 존재하며, 그들은 때론 온화하게 인간을 보살펴 주지만, 때론 변덕스럽고 복수심에 불타기도 한다. 어떤 쪽이든, 신령들을 살아 있는 사람들처럼 정중하게 대우해야 한다.

여인은 화가 나도, 기꺼이 사람들을 용서하고 아이들을 보내 줄까? 사람들은 징을 치고 북을 두드렸다. 그들은 동굴에서 잃어버린 소년들을 낚시하는 것을 상징하는 의식으로 그물을 들었다.

동굴 탐험을 가지 않은 축구팀원들이 가족들을 찾아왔다.

공물을 올려놓은
매사이의 사당

그들은 동굴에 갇힌 소년들과 몇 년 동안 함께 축구를 해 온 사이였다. 모두 실종된 친구들에 대해 상실감을 느꼈다. 자신은 무사한 것에 감사하면서도 친구들과 함께 탐루앙에 가지 않은 어떤 죄의식 때문에 마음이 찢어졌다. 그들도 동굴 안에 갇혔을 수 있다. 친구들이 지하에 갇혀 있는데 어떻게 침대에서 편하게 잠을 잘 수 있겠는가? 축구가 삶의 일부여도, 같은 팀 선수들도 없는데 축구장에 나갈 배짱이 있는 아이는 아무도 없었다.

소년들의 선생님과 반 친구들도 동굴을 찾았다. 모두가 같은 말을 한다. 교실이 너무 조용하다고, 친구들의 빈자리를 보면 공부하기도 싫고, 집중하기가 몹시 힘들다고. 모든 것이 정상으로 돌아가기를 기다리느라, 열두 명의 소년이 살아나오길 기다리느라, 많은 이들의 삶이 정지된 듯하다.

소년들을 애타게 기다리는 이들에게 한 줄기 희망 같은 방문객이 베이스캠프로 찾아왔다. 바로 존경받는 수도승 크루바 분첨이다. 그는 깊은 진창에도 불구하고, 늘 그렇듯이 맨발로 걸어왔다. 그는 매우 존경받는 숲 명상 승려로 태국을 비롯한 이웃 국가 사람들에게도 유명했다. 태국, 미얀마, 라오스 사이를 걸으며 기도하고 추종자들을 가르쳐서 '삼국의 수도승'이라고 불렸다. 그가 탐루앙에 도착하자 사람들이 그를 둘러싸고 정중하게 깊이 머리 숙여 인사했다. 그는 가족들과 함께 기도하고 동굴 주변의 영혼들에게 말을 걸었다. 그러고는 그들이 해야 하는 말에 귀 기울였다. 그는 떠나기 전, 동굴에 갇힌 소년들의 부모들에게 걱정하지 말라고 했다. 아이들이 아주 잘 있고, 며칠 후에 나올 것이라고 했다. 그의 평온함에 가족들은 안도했다. 크루바 분첨이 희망을 가지라는

크루바 분첨이 탐루앙에 도착한다.

데, 어떻게 그러지 않을 수 있을까?

하지스 소령은 가족들의 공간을 따로 마련해 주었다. 부분적으로는 기자들이 떼를 지어 탐루앙에 도착하기 시작했기 때문이다. 어디를 가든 기자들이 팀을 따라다녔다. 소령은 부모들이 원치 않는 관심을 받게 하고 싶지 않았다. 하지만 거리를 두려는 또 다른 이유는 자신 내면의 충고를 받아들여 누구에게도 감정적으로 연결되지 않기 위해서였다.

그의 지휘관이 전화로 정직한 보고를 요구하며 물었다.

"아이들을 발견할 수 있을 것 같소?"

"아닙니다, 함장님. 전 제가 긍정적인 사람이라고 생각하지만, 이 아이들이 아직도 거기에 있는지는 모르겠습니다. 동굴 환경이 호의적이지 않습니다. 만약 거기 있다면, 아마도 죽었을 겁니다. 운이 좋으면, 유해는 찾을 수 있을 겁니다."

태국 공군은 침수된 입구 통로를 통과하기 위해 수중 드론을 사용했다. 드론은 수중 상태가 어떤지에 대한 귀중한 정보를 알려 줄 수 있다. 하지만 수중 드론은 물은 통과해도 동굴의 마른 곳으로 건너가 소년들 수색을 계속하는 건 불가능하다. 지금까지 아무도 물속을 헤엄쳐서 마른 땅에 올라갈 수 있는 수륙 양용 로봇을 발명하지 못했다. 탐루앙의 어두운 뱃속으로 들어가는 유일한 방법은 인간을 보내는 것뿐이다.

잠수부를 보내는 일은 하지스 소령 팀이 생각한 네 번째 방안이다. 하지만 가장 불가능한 방법으로 보였다. 세계 최고 동굴 잠수부만이 해 볼 만한 시도이다.

하지스 소령이 아직 모르고 있었지만, 정확히 바로 그런 사람이 탐루앙에 막 도착했다.

탐루앙 동굴 입구

11
웅덩이 잠수부들

2018년 6월 27일~28일

6월 26일에 번 언스워스가 나롱삭 주지사에게 '단 한 번의 마지막 기회' 밖에 없다고 경고했을 때, 주지사는 처음엔 그 의견을 무시했다.

번은 딱히 놀라지 않았다. 그는 돕고자 하는 절박함에 상대방의 감정은 생각하지 않고, 다른 사람들이 다 있는 앞에서 주지사에게 목소리를 높였던 것이다. 번은 오랜 태국살이 덕에 자신이 지휘관의 체면을 구기고, 기분을 상하게 했다는 걸 알았다.

다행히 그날 밤, 번은 자신의 주장을 펼칠 기회를 한 번 더 얻는다. 태국 관광부 장관과의 면담에서, 전문 동굴 잠수부의 필요성에 관해 설명하는 자리였다. 그가 장관에게 휘리릭 메모를 쓴다.

시간이 없습니다!

1. 로브 하퍼
2. 릭 스탠턴
3. 존 볼랜턴

세계 최고 동굴 잠수부입니다.
최대한 빨리 영국 대사관을 통해
이들에게 연락해 주십시오.

장관이 번의 요청대로 전화를 했다. 하지만, 번은 장관이 세 명의 영국인 아마추어 잠수부가 이 문제를 해결할 수 있을지 의심스러워한다는 것도 눈치챘다. 결국, 미 공군, 베트남, 중국과 오스트레일리아의 수색 구조 전문가들과 함께 태국의 최우수 군대가 탐루앙 현장에 왔다.

번이 요청한 세 사람은 정말 아마추어 트리오일 뿐이다. 그들은 군 계급도 없다. 기술의 대가를 지급해야 하는 전문 기술 단체도 아니다. 자신들이 하는 일을 그저 취미라고 여기는 사람들이다. 하지만 바로 그 '취미'가 지금 이 순간 소년들을 찾는 데 정확히 필요할 수도 있다.

탐루앙의 상황은 바다 잠수부들이 감당하기에는 너무 벅찼다. 대다수 동굴 잠수부가 하기에도 너무 어려운 여건이다. 이 상황에서 필요한 사람은 위험하고 불쾌한 웅덩이와 맞설 수 있는 잠수부들이다.

동굴 웅덩이가 어떤지 눈으로 확인하고 싶다면 부엌 싱

크대 아래 캐비닛을 열고, 파이프를 보라. 싱크대의 배수관은 아래로 이어지다가, 다시 위로 구부러지며 부엌 벽 속으로 사라진다. 그 아래 U자형 부분이 바로 그 웅덩이다. 수도꼭지를 틀면, 물이 하수구로 배출되면서 파이프에 물이 가득 찬다. 그런데 수도꼭지를 잠가도, 웅덩이에는 여전히 그곳에 갇힌 물이 남아 있다.

이런 일이 동굴 안에서도 똑같이 일어난다. 물이 고르지 않게 바위를 침식하거나, 지각이 이동하고 상승함에 따라 동굴이 이동할 때 웅덩이가 형성된다. 동굴이 범람하면, 물이 동굴 통로를 채운다. 하지만 홍수가 가라앉은 후에도, 움푹 들어간 웅덩이에는 물이 남는다. 일 년 내내 물이 찬 웅덩이들도 있고, 홍수가 났을 때만 물이 들이찼다가 그 뒤에 서서히 빠지는 웅덩이들도 있다.

동굴 잠수부들에게 웅덩이는 불쾌한 경험이다. 겨우 몇십 년 전만 해도 동굴 탐험가들은 이 웅덩이들에는 그 길의 끝을 의미하는 '웅덩이 종착지'라고 지도에 꼬리표를 붙였다. 하지만 이제는 동굴에서 물을 발견하면 그 물이 어딘가로 흘러간다는 것을 안다.

동굴 잠수부는 등에 산소통을 매달고 웅덩이로 잠수해서 그 너머 동굴을 탐험한다. 많은 동굴 잠수부가 처음에 동굴 탐험가로 시작한다. 그들은 탐험 도중에 불쑥 나타나는 피할 수 없는 웅덩이를 지나면서 잠수 기술을 배우게 된다. 그 뒤엔 잠수에 깊이 빠져들어, 그것을 통해서 수많은 것을 발견하고 기록을 세우는 기회를 얻는다.

짧은 순간의 잠수라도, 웅덩이 잠수는 격렬하고 위험한 일이다. 멀리 떨어져 의료 지원을 받을 수 없고, 바깥세상과 어떤 통신도 할 수 없는 땅속에 있을 때는, 단 한 번의 실수도 치명적일 수 있다.

세계에서 가장 악명 높은 웅덩이 중 많은 곳이 영국 제도에 있다. 미국 플로리다나 멕시코 동굴의 드넓고 투명한 물과 달리, 영국 동굴의 웅덩이는 대체로 차고, 좁으며, 탁하다. 세계 최고의 웅덩이 잠수부 중 몇몇이 영국 동굴 구조 위원회(BCRC) 회원이라는 점이 놀랍지 않다. 영국 동굴 구조 위원회는 동굴에서 실종되거나 동굴에 갇힌 사람들(그리고 농장 동물들!)을 찾고 구조하는 일을 전문으로 하는 자원봉사 단체다. 해마다 회원들은 전 영국에 걸쳐 수십 건의 구조 활동을 하며, 또한 국제적인 구조 도움 요청에도 협력한다. 그들은 온라인으로 태국의 상황을 지켜보고 있었다. 그래서 태국 당국의 연락을 받았을 때 그리 놀라지는 않았다.

영국 동굴 구조 위원회로부터 통지를 받자마자, 릭 스탠턴과 그의 오랜 잠수 파트너인, 존 볼랜턴은 지상에서 둘을 도와줄 동료 로브 하퍼와 함께 재빨리 런던 히스로 공항으로 달려갔다. 로브는 잠수부는 아니지만, 50년간 동굴 탐험을 함께했다. 몇 달 전에는 탐루앙에 가서, 번 언스워스와 새 통로의 지도를 만들기도 했다.

릭과 존은 A팀으로 불렸다. 동굴 잠수부들 사이에서도 그들은 유명 인사였다. 동굴 잠수 세계 최고 기록의 상당 부분을 보유한 팀이었다. 하지만 그들은 명성이나 인정을 받기 위해 기록을 세운 건 아니다. 동굴이 다른 부분과 어떻게 연결되는지 발견하는 만족감 때문이다. 그리고 아무도 발을 내딛지 (혹은 오리발을 휘젓지) 않은 곳에 발을 들여놓는다는 흥분이 그들을 계속 전진하게 했다.

6월 27일 저녁. 릭, 존, 로브 세 사람이 치앙라이 공항에 도착하자 틱이 그들을 곧장 동굴로 데려갔다. 기자들이 주변으로 몰려들며 어떤 발표를 하는지 들으려고 따라다녔다. 존 볼랜턴은 간단하게 대답했다.

"우린 지금 할 일이 있습니다."

그들은 동굴을 먼저 살펴보고 잠수 계획을 이야기하길 바랐다. 그날 밤늦게까지 번이 동굴 안을 안내하자, 그들은 탐루앙이 얼마나 적대적인 동굴인지 바로 알아차렸다. 찰스 하지스 소령 부대가 깜짝 놀랐던 그때와 똑같이 동굴이 범람해 모든 사람이 앞다퉈 출구로 달려 나가야 했다. 영국 잠수부들에게 그럭저럭 해 볼 만한 동굴 구조가 될지 어떨지 묻는다면, 방금 탐루앙이 대신 그 답을 해 준 것이다.

다음날인 6월 28일 목요일에 존과 릭은 잠수복과 장비를 갖추고 범람한 1번 동공으로 들어간다. 어제 그들은 3번 동공까지는 모든 통로를 걸어갈 수 있었다. 오늘은 돌발 홍수로 그곳까지 가기도 전에 웅덩이 세 곳을 건너야 했다. 전기 케이블과 전선이 웅덩이 물속에서 구불구불 지나간다. 태국 당국이 모든 전력을 차단했다고 거듭 확답했지만, 혹시나 감전될까 봐 여전히 긴장되었다.

물은 탁한 커피 우윳빛이다. 일 년 중 몇 달이 건조한 탐루앙 같은 동굴에서는 첫 번째 홍수가 건기 동안 쌓인 침전물과 진흙을 마구 휘젓는다. 그뿐 아니라 물이 휘몰아치며, 너무 빨리 흘러 작은 소용돌이를 이루며 수위는 계속 상승한다. 릭과 존은 보통 이런 상황을 알게 되면, 곧바로 되돌아간다. 그러나 어서 소년들을 찾아야 하는 긴박한 상황을 고려해서, 그들은 3번 동공을 지나 그 너머에 무엇이 있는지 확인하기로 한다.

반쯤 침수된 2번 동공에서 흙탕물을 튀기며 걷다가, 짧은 웅덩이 두 곳에서 잠수한다. 그들이 세 번째 웅덩이를 건너 3

번 동공으로 들어가려 할 때, 어떤 소리가 들렸다.

소년들을 발견한 걸까? 그건 아니었다. 그렇게 쉽게 발견할 리가!

어두운 동굴 안으로 빛을 비추었을 때, 그들이 발견한 것은 네 명의 성인이었다! 지난 7일 동안 3번 동공에서 물 퍼내기 작업을 하던 태국 우물 협회 인부들이었다. 그들이 들

구조대원들이 탐루앙 입구에 모여 있다.

어올 땐 3번 동공은 건조했고, 고생스럽게 입구까지 갔다가 돌아오지 않아도 될 만큼 음식과 마실 물이 잘 비축되어 있었다. 3번 동공에서 작업하던 다른 사람들처럼, 이들도 오랜 시간 녹초가 되도록 일했고, 어두운 구석에 쓰러져 몇 시간 잠을 잤다.

그들이 잠자는 사이에, 물이 빨리 솟구치기 시작했다. 태국 네이비실은 3번 동공 인부들을 대피시켰다. 하지만 급박하게 서둘러야 하는 바람에 잠이 든 인부들은 간과했던 것이다. 당시 동굴 입구의 검문소는 제대로 운영되지 않았고, 동굴 안에 남겨진 네 명의 출입 기록도 모두 유실되었다. 많은 사람이 동굴 안에서 일한 탓에 산소 농도가 외부보다 약간 더 낮아져 있었다. 낮은 산소 농도 때문에 사람들은 비틀거리고 명확하게 생각하기가 어려웠다. 바로 이 점이 주변 사람들이 대피하느라 소란을 피우는 동안에도 그들이 깨어나지 않은 이유이다. 마침내 잠에서 깼을 때, 그들은 반쯤 홍수가 진 동굴에 자신들만 남았다는 걸 알았다.

릭과 존이 발견했을 때, 인부들은 춥고 겁에 질려 있었다. 그들은 헤엄쳐 나가려고 시도했지만, 도저히 첫 번째 웅덩이를 빠져나갈 수 없었다. 그렇게 허리까지 차는 물속에서 24시간을 버티며, 누군가 자신들을 구조하러 오기를

1번 동공에서 구조대원들이 허리까지 차오른 물에 서 있다.

간절히 기도했다.

그러나 지금 릭과 존은 구조 준비가 전혀 안 되어 있었다. 여분의 산소탱크와 전면 마스크를 가져오지 않았다. 게다가 스쿠버 다이빙을 해 본 적 있는 인부도 아무도 없었다. 3번 동공의 물엔 버려진 장비가 떠다니고, 수면에는 기름기가 소용돌이쳤다. 상황은 끔찍했다. 시시각각 물이 계속 솟아오르고 있었다. 그건 빨리 행동해야 한다는 의미다.

릭과 존은 계획에 없던 구조 작업을 하기로 한다. 둘이서 번갈아 가며 고립된 인부들을 데리고 웅덩이를 건너기로 했다. 먼저 릭이 자신의 장비를 벗어 한 일꾼에게 착용시키면, 존이 그를 이끌고 첫 번째 웅덩이를 건넜다. 그러고 나서 존이 그 장비를 다시 챙겨 헤엄쳐서 남은 인부들에게 돌아왔다. 모든 사람이 빠져나갈 때까지 릭과 존은 이 과정을 계속 번갈아 가며 했다.

마침내, 인부들이 살았다는 안도감과 이 기적 같은 행운에 감사하며 동굴 입구에 모습을 드러냈다. 릭과 존도 운이 좋았다. 물이 조금만 더 빨리 차올랐더라도, 장비를 벗은 잠수부는 공기가 없는 웅덩이 먼 곳에 갇혀 버렸을지도 모른다.

이 경험은 릭과 존을 정신이 번쩍 들게 했다. 그들은 이제 탐루앙의 물 상황이 얼마나 끔찍한지 절실히 깨달았다. 인부들은 성인임에도 구조 내내 불안해하며, 공포에 질려 가까스로 빠져나왔다. 궁극적으로 소년들도 똑같은 방법으로 동굴에서 끌어내야 한다면, 그들은 훨씬 더 깊이 잠수하고 훨씬 더 멀리 헤엄쳐야만 할 것이다.

물론, 그렇게라도 하려면 소년들을 발견하는 것이 우선이지만….

12

엑 코치

2018년 6월 28일

야생 멧돼지 팀원들은 느닷없이 쏴아, 콸콸 물 흐르는 소리를 들었을 때 9번 동공에서 쉬고 있었다. 엑 코치가 잽싸게 손전등을 켜고 어둠 속으로 빛을 비췄다. 물이 그들을 향해 밀려오고 있었다. 그들 뒤는 '수직 동굴'이라고 불리는 약 9미터 높이의 솟아오른 바위와 자갈로 이뤄진 매우 가파른 비탈이었다. 그곳은 수면에 닿지 않는 매우 높은 수직 공간이었다. 소년들은 후닥닥 이 비탈을 기어올랐다. 채 한 시간도 안 돼 물이 거의 3미터나 치솟았다.

물이 얼마나 차오를까? 계속해서 더 범람할까? 다행히 물은 소년들 있는 자리에 닿기 전에 멈췄다. 하지만 이제 그들은 작은 침실만 한 비교적 편평한 공간, 자갈 언덕 꼭대기에 갇히게 되었다. 그 언덕은 동굴 벽 한쪽에 맞붙어 있었다. 아래로는 물이 그들 주위로 휘몰아치며, 강처럼 흘렀다. 앞서 그들의 길을 막고 있던 물은 삼약에서 그들 쪽으로 흘러온 듯했다. 그러나 지금 이 물살은 탐루앙 깊은 곳 어딘가에서 흘러나와 반대 방향으로 움직이고 있었다.

소년들과 엑 코치는 애초에 그들을 가두었던 물이 몽크 시리즈에서 흘러왔다는 사실을 깨닫지 못했다. 그러나 지금은 산 바깥에서 계속 퍼붓는 비로 인해 동굴의 주 통로부터 홍수가 지기 시작했다. 즉 소년들과 엑 코치는 양쪽으로 불어나는 물로 인해 이중으로 갇힌 셈이었다.

위험한 상태지만, 소년들은 희망의 끈을 놓지 않았다. 구조된 후에 뭘 할지 계획을 세우며, 서로 진지하게 약속도 했다. 동굴에서 나가면, 서로 영원히 돌봐 주기로. 그리고 또 하나! 다음부턴 어디에 가더라도 목적지를 반드시 가족들이랑 주변인에게 말하고 가겠다는 것.

소년들이 절망에 빠지지 않게 하는 유일한 일은 가족을 생각하는 것이었다. 엄마, 아빠, 할머니, 할아버지, 형제자매, 그리고 친구들의 얼굴이 꿈속에나 깨어 있을 때나 마음을 가득 채웠다. 사랑하는 사람들과 함께할 미래를 상상하자 위안이 되었다.

지금 이 순간, 엑 코치의 마음을 다잡아 줄 사랑하는 사람은 거의 살아 있지 않았다. 그가 현재 사랑하는 사람 대부분은 바로 여기 동굴에 함께 있는 아이들이었다. 그는 국경 너머 미얀마 산악 지대인, 샨족 마을에서 태어났다. 그의 나이

겨우 아홉 살에 부모와 형제를 전염병으로 갑작스럽게 잃고, 그는 할머니에게 맡겨졌다.

이민자 아이들은 태국에서 거친 역경에 직면한다. 절반은 학교에 다니지 못하고 4분의 1만이 의료 혜택을 받는 것으로 조사된다. 아이들이 부모를 잃으면 고난은 더욱 증가한다. 다른 가족이 돌볼 수 없다면, 아이들은 결국 노숙자가 되어 거리에서 살 수밖에 없다. 그곳에서 납치당하거나, 학대받거나, 마약 중독에 빠지는 경우도 많다.

다행히 엑 코치는 길거리로 내몰리진 않았다. 그의 할머니가 아홉 살의 엑을 매사이 남쪽 도시인 람푼의 사원으로 보냈기 때문이다. 그곳에서 그는 '나인', 곧 초보 승려가 되는 의식을 치렀다. 이것은 태국 소년들에게 흔한 경험이긴 하지만, 엑은 대다수의 경우보다 훨씬 더 길게, 거의 11년 동안 초보 승려로 살았다.

초보 승려가 된다고 어려움이 없는 것은 아니다. 승려들은 해가 뜨기 전인, 오전 4시경에 일어난다. 그들은 새벽에 탁발을 나가서 마을 사람들을 만나 음식을 얻는다. 그러고는 사원으로 돌아가서 음식을 먹고 기도를 한다. 그런 다음 정오에 아주 가볍게 음식을 또 먹는다. 하지만 그 이후 영적 단식을 수행하며 다음 날 해가 뜰 때까지 아무것도 먹지 않는다. 저녁에 단식하는 목적은 승려가 수행하고 공부와 명상에 집

초보 승려가 그 지역의 가족이 준비한 음식을 받고 있다.

중할 수 있도록 하기 위함이다.

아무튼, 좋은 생각이다. 하지만 어린 초보 승려에게 사원 생활은 익숙해지기 힘들다. 명상하며 가만히 앉아 있기가 힘들다. 등은 쑤시고, 텅 빈 위장은 먹을 거 내놓으라고 요란하게 소리친다. 마음속은 집에 있는 음식이나 침대 생각으로 휘몰아친다. 어떻게 계속 이렇게 지낼 수 있을까? 불가능해 보인다!

첫날을 성공리에 보내고, 이어서 또 하루를, 그렇게 일주일을 버틴다. 어느덧 자신의 몸과 마음이 생각했던 것보다 한층 강해진 것을 깨닫게 된다.

일단 하나의 도전을 정복하면, 다음과 같은 생각이 들기 시작한다. 넌 불가능한 게 또 뭐가 있다고 생각하니? 극복할 수 없다고 믿었던 것이 또 뭐가 있을까? 아마도 불가능하다는 생각은 오직 우리의 마음속에만 있는 것일 거야.

엑 코치는 스무 살이 되자, 람푼을 떠나 매사이로 이주했다. 그는 미얀마 국경이 내려다보이는 산 높이 자리 잡은 '왓 도이 와오'라는 고요한 사원에서 봉사하며 거의 모든 시간을 보냈다. 엑 코치는 그곳 주지 스님의 호감을 얻었다. 스님은 조용한 젊은이가 특히 아이들과 잘 어울린다는 것을 알았다.

엑 코치는 인내심이 있고 아이들에게 친절하며, 함께 운동하기를 정말 좋아했다. 아이들은 그를 신뢰했고 다른 사람의 말은 듣지 않아도 그의 말에는 귀를 기울였다.

더는 승려가 아니었지만, 엑 코치는 사원에 머무는 게 좋았다. 절대로 문제를 일으키지도 않았다. 밤늦게 외출하거나, 술을 마시거나, 담배를 피우거나 다른 사람을 괴롭히지 않았다. 매사이 밖으로 여행갈 때도, 거의 언제나 근처 사원에 들렀다. 엑 코치에게 사원은 안전한 곳이자 집이었다.

엑 코치는 친절하고 쾌활했지만, 그에게는 깊은 고통을 겪은 사람만이 지니는 온화한 지혜가 있었다. 그는 언젠가는 분명히 승려가 될 인물처럼 보였고, 다들 그가 훌륭한 승려가 되리라고 생각했다.

불교 신앙 외에도, 엑 코치가 아주 중요하게 생각하는 하나가 바로 축구였다. 그의 아버지는 진심으로 멋진 축구 경기를 사랑했고, 아들에게 그 열정을 물려주었다. 병든 가족을 잃고 외롭고 아픈 시절을 보내면서도 언젠가 자신만의 축구팀을 이끌겠다는 꿈이 엑 코치를 위로했다. 그래서 야생 멧돼지 감독이 그를 보조 코치로 고용했을 때, 그는 그 꿈이 실현된 것 같았다.

엑은 야생 멧돼지 축구팀 코치로서 지난 몇 년간, 승려 시절 배운 많은 가르침을 선수들에게도 가르쳤다. 그건 어린 선수들을 경기장 안팎에서 점진적으로 더 강하고 튼튼하게 만들었다. 시합 전 명상은 그들이 동굴에 갇혔을 때, 소년들뿐 아니라 코치 자신에게도 필수 훈련이었음이 증명된다. 엑 코치는 '어린 형제들'이 힘든 순간을 잘 헤쳐 나가도록 이끌었다. 그는 소년들에게 자신이 얼마나 강인한지 일깨워 주었다. 결국, 그들은 산에서 자전거를 타고 강에서 헤엄쳤으며, 두려움 없이 동굴 끝까지 들어간 팀이었다. 그들은 스스로 알고 있던 것보다 더 강했다.

슬픈 일이긴 하지만, 엑 코치는 자신이 직접 겪은 어린 시절 시련 덕분에 어린 아이들이 얼마나 강해질 수 있는지 잘 알았다. 그래서 아이들에게 그런 마음이 있다는 걸 알아서 동굴에서 하룻밤 견디자고, 그러고는 하룻밤 더, 또 하룻밤을 더 견디자고 부탁하기가 힘들었다.

그 대신에 엑 코치는 소년들에게 계속 싸우자고 말했다. 사람들이 우리를 찾고 있고, 마침내 발견해 낼 테니 이 상황과 한번 맞붙어 계속 싸워 보자고!

태국의 무국적자들

엑 코치와 야생 멧돼지 팀원 중 세 명이 '무국적자'이다. 그 말은 공식적인 태국 시민권이 없고 법률적으로 어떤 나라에도 속하지 않는다는 의미다. 태국에 숨어 사는 무국적자의 수가 정확히 얼마인지 가늠하기는 어렵다. 하지만 350만 명에 이르며, 그들 중 많은 사람이 어린이다.

몇 세기 동안, 동남아시아에는 크고 작은 이주가 있었다. 미얀마, 라오스와 중국에서 많은 이가 일자리와 더 나은 기회를 찾아 태국으로 국경을 넘어온다. 이런저런 이유로 자신들의 고향인 나라에서 그들의 미래는 몹시 암울하기 때문이다. 공식적인 허가 없이 태국에서 살며 일하다가는 체포되어 추방당할 위험이 있다. 날마다 태국으로 건너와 한쪽 국경에서 일하고 다른 쪽 국경에서 잠을 자는 사람들도 있다.

폭력과 박해를 피해 태국으로 오는 이주민들도 있다. 엑 코치가 태어난 미얀마의 샨족 지역은 무력 충돌이 잦아 민간인들은 안전한 곳을 찾아 어쩔 수 없이 국경을 건넌다. 미얀마의 로힝야족 같은 부족들은 정부군의 박해를 받고 처형당하기 때문에, 조상의 땅에서 탈출했다. 이 난민들은 갈 곳이 없다. 그들의 운명은 이웃 국가들이 연민을 보여 주느냐 보여 주지 않느냐에 달려 있다. 2018년 현재 태국은 로힝야족을 난민으로 인정하지 않고 그들을 구속하거나 미얀마로 돌려보낸다. 그곳에서 그들은 계속되는 폭력과 심지어 죽음에 직면한다.

태국의 무국적자들은 학교에 가고 의료 서비스도 받을 수 있다. 하지만 태국 정부의 허가 없이는 대학에 갈 수 없고, 더 높은 임금을 받는 직업에 지원할 수 없으며, 투표권도 없고, 땅을 사거나 나라 밖으로 여행 다닐 수도 없다. 심지어 태국에서 태어난 아이들도 그들의 부모가 출생증명서를 받을 적절한 서류를 구비하지 못하면 결국 무국적자가 된다. 부모들이 무국적일 경우, 적발되어 추방당하는 것이 두려워 태국에서 낳은 자신의 아이를 출생 등록하는 것을 몹시 무서워한다. 이런 식으로 무국적자의 설움이 대를 이어 계속된다.

태국 당국은 시민권에 대한 장벽을 없애 무국적자 수를 줄이겠다고 약속했다. 하지만 인종주의, 차별, 정치력 부족 등이 개혁 과정을 늦추기도 한다. 그러는 사이에, 태국의 무국적 어린이들은 가난과 질병, 인신매매라는 가장 취약한 상태에 놓이게 된다.

야생 멧돼지 팀원인 아둘처럼 겹겹이 쌓인 수많은 장벽에도 불구하고 그럭저럭 성장하는 아이도 있다. 아둘의 부모는 아둘이 겨우 여섯 살 때 폭력과 미래의 불확실성에 직면해, 미얀마에서 매사이의 국경을 건너 몰래 아들을 보냈다. 그 후 아둘은 교회의 보호를 받으며 근처 학교에 다니고 있다. 아둘의 학교 교장은 그를 '최고 중의 최고'라고 일컬으며, "무국적 아이들에게는 그들 자신을 뛰어나게 만드는 투지가 있다."고 말한다.

엑 코치에게도 확실히 그런 투지가 있었다. 그것이 없었다면, 조국이 그에게 부담 지운 역경을 딛고 결코 생존할 수 없었을 것이다.

태국의 불교

오늘날 약 4억 8,800만 명의 사람들이 스스로 불교도라고 칭하며, 대부분 아시아에 산다. 불교도는 약 2,500년 전에 인도에서 태어난 싯다르타 고타마라고 하는 남자의 가르침을 따른다. 싯다르타는 깨달음, 곧 삶과 우주에 대한 깊은 이해에 도달했을 때 부처가 되었다. 그는 그의 깨달음을 가르침으로 전수했고, 그것은 사람들에게 어떻게 사는 것이 좋은 삶인지 보여 준다. 모든 불교도가 부처의 가르침을 따르지만, 나라와 문화에 따라서 각각 고유한 방법으로 종교를 실천한다. 대부분 태국 불교도들에게 사원과 그곳의 승려들은 종교와 일상생활의 중심이 된다.

왓 도이 와오 사원의 제단

매사이 왓 도이 와오 사원

사람들은 사원을 방문해 '공덕'을 쌓는다. '공덕'이란 공물을 바치고, 기부하며, 선행을 베푸는 일 등을 가리킨다. 사람들은 종교 의식, 잔치, 장례식을 치르거나 조언이나 기도가 필요할 때 잠깐 사원에 들르거나 승려를 찾아간다. 태국의 공립학교 제도가 세워진 약 백 년의 역사 그 이전에는, 사원이 어린이들 교육을 맡아 하는 초등학교이기도 했다.

태국의 소년과 남성은 '나인', 곧 초보 승려로 시간을 보내는데 이는 매우 흔한 일이다. 소년 시절 아주 짧게라도 나인의 삶을 경험하지 않으면 성인이 못 된다고 믿는 태국인들도 있다. 아홉 살의 어린 소년들이 여름철에 몇 주 혹은 몇 달 동안 사원에서 지내기도 한다. 초보 승려 의식을 통해 소년은 머리를 삭발하고 축복을 받는다. 한때 긴 머리는 세속적 지위와 부의 표시였다. 승려들은 세속의 지난 삶을 버렸음을 상징하기 위해 머리를 깎는다. 어린 초보 승려는 주홍색 법의를 입어야 하는데, 이 옷은 아주 길고 착용법이 복잡해 아침마다 어린 승려에게는 하루의 첫 도전이 되곤 한다!

태국 승려들은 개인 물건을 소유하거나 돈을 다루지 않겠다는 맹세를 한다. 자신이 먹을 음식을 사거나 만들 수도 없다. 승려는 지역 사회에 전적으로 의지해 먹거리를 얻는다. 새벽 일찍 맨발로 마을에 가면 주민들이 나와서 (존경의 표시로, 그들도 맨발로) 그들을 반갑게 맞이하며, 그날 아침에 요리한 음식을 떠서 승려들의 그릇에 담아 준다.

마을이 사원과 승려들을 돌보고, 그 대가로 사원은 도움이 필요한 사람이면 누구든지 돕는다.

13
물 전문가

2018년 6월 28일~29일

6월 28일 목요일. 타넷 나티스리라고 하는 젊은이가 탐루앙 공원 입구에 도착한다. 길에서 베이스캠프까지 겨우 160미터밖에 안 되는 거리인데, 그의 차가 그곳에 도달하는데 1시간 이상 걸린다. 기계와 장비를 실은 트럭들이 도로를 막고 있다. 본부 건물 밖 작은 주차장에는 군인, 구조대원과 기자들이 빽빽이 차 있다. 길가의 도랑은 동굴에서 퍼낸 수천 리터의 물로 가득 차서, 사실상 개울이나 마찬가지였다. 타넷은 이 물 때문에 이곳에 온 것이었다.

그는 태국에서 태어났지만, 미국 일리노이 주 매리언에 사는 미국 시민이었다. 미국에 온 많은 이민자처럼, 그는 수많은 일을 해 왔다. 현재는 건축학과 학생이자 식당 주인이며, 최근에는 물 전문가로 활동하기도 했다. 그는 태국에서 토목회사를 운영하는 장인에게서 지하수(땅속 흙과 바위 속에 존재하는 물)를 다루는 일을 배웠다. 타넷과 장인은 태국 군대로부터 탐루앙의 물 상황을 도와 달라는 전화를 받았을 때, 방콕 근처에서 고갈된 저수지에 물을 채우는 일을 하고 있었다.

타넷이 마침내 베이스캠프에 도착해, 전화로 도움을 요청한 싱하나트 로수야 육군 대령을 찾아갔다. 하지만 싱하나트 대령은 너무 바빠 그와 이야기 나눌 시간조차 없었다. 태국 정부의 수반인 프라윳 찬오차 총리가 현장으로 오고 있어, 총리를 맞기 위해 다들 정신이 없었다. 싱하나트 대령은 바쁘고 경황이 없는 와중에 타넷에게 소년들을 찾으려고 시추 팀이 산에 구멍을 뚫으려는데, 그 팀을 도와 달라고 부탁한다.

타넷은 맨 먼저 시추 팀이 평면 지도만 갖고 일하고 있다는 사실에 충격을 받았다. 지도에는 산이 얼마나 높은지, 또 산 내부가 어떤 모습인지에 대한 정보가 전혀 없었다. 석회암을 뚫는 데만 며칠이 걸릴 수도 있는 작업이다. 시추 팀은 지표면과 동굴 사이가 가장 얇은 곳을 찾아야 한다. 그런 이유로 고도로 전문화된 지진 지도 제작 장비가 필요했다.

그날 밤과 그다음 날 온종일 타넷은 캠프를 돌아다니며, 관리들에게 필요한 장비를 주문해 달라고 요청한다. 하지만 누구도 그의 말을 듣지 않는다.

타넷은 몹시 낙담한다. 제대로 된 지도가 없다면, 소년들을 발견하는 일은 건초더미에서 바늘을 찾는 격이다. 그것도 단단한 바위로 이루어진 건초더미에서….

하지만 그는 마냥 앉아서 아무것도 안 하고 있을 수는 없었다. 구조를 도우려고 산에 왔는데, 상황이 어렵다고 떠나는 건 그와는 맞지 않는 행동이다. 타넷은 다른 방법을 찾기로 한다. 애초에 그가 여기에 온 이유는 물 때문이다. 타넷은 물에 관심을 집중하기로 한다.

탐루앙 정문에 있는 파이프에서 수백만 리터의 물이 쏟아져 나오고 있다. 지금 이 순간, 찾을 수 있는 모든 펌프가 입구에 배치되어 물을 빨아들여 동굴 입구로 분출해 내고 있다. 그럼에도 효과가 없다. 비는 그쳤지만, 동굴 내부의 수위은 여느 때와 마찬가지로 높다. 유속도 맹렬하다. 너무 위험해서 잠수할 수도 없을 정도다.

타넷은 지금 있는 펌프만으로는 물 수위에 영향을 줄 수 없다고 판단한다. 동굴의 담수 지역, 곧 빗물을 잡아서 산속으로 들여보내는 지역은 40.5㎢가 넘는다. 현재 펌프로 빗물을 퍼내는 작업은 호스가 완전 가동되어 물이 차고 있는 유아용 수영장의 물을 빨대로 배출하려는 것과 비슷하다.

타넷은 동굴 아래 땅이 젖은 스펀지처럼 완전히 물 포화상태라는 걸 알았다. 동굴 안으로 흘러 들어가는 물은 동굴 통로 말고는 갈 곳이 없다. 그들이 동굴의 수위를 낮추려면 바닥에서 그 지하수의 일부라도 빨아내야 한다. 그러면 침수된 통로의 물이 땅속으로 가라앉을 공간이 생기고, 잠수부를 들여보낼 만큼 수위가 낮아질 가능성이 있다.

타넷은 지도에서 산에서 물이 흘러나오는 다른 곳들을 찾아본다. 그러다 탐루앙 근처 더 낮은 지대에 사이통이라는 다른 동굴이 있다는 것을 알게 된다. 그 동굴 입구에서 작은 연못으로 흐르는 개울도 있다. 싱하나트 대령은 타넷에게 두 동굴이 서로 연결되어 있다는 현지인들의 말을 전한다. 그 말이 사실이라면 탐루앙의 물을 사이통의 연못을 통해 밖으로 빼낼 수 있다.

구조 작전이 시작되기 전 사이통 연못

타넷 나티스리가 사이통 연못에 구멍을 뚫는 작업을 지켜보고 있다.

타넷은 사이통 공원에 도착해 동굴 입구 앞의 연못을 보았다. 평상시 그 연못은 잔잔하고 사랑스러운 청록색인데, 지금은 갈색 물로 가득 차서 요란하게 콸콸거렸다. 탐루앙 동굴의 물이 이곳까지 오는 게 틀림없다. 분명히 두 동굴이 연결되어 있을 것이다.

타넷은 연못 아래에 구멍을 뚫어서, 탐루앙 동굴의 물이 더 많이 빠지도록 물이 쏟아져 나오는 구멍을 넓히길 원했다. 이제 드릴만 있으면 된다. 운 좋게도, 일단의 지하수 기술자들이 베이스캠프에서 지하수를 퍼내자는 타넷의 대화를 우연히 들었다. 그들도 구조에 유용한 도움이 될 만한 방법을 찾는 중이었다. 그들은 타넷에게 사이통에서 사용할 수 있는 15개의 굴착 장비를 제공한다.

어느덧 오후 9시다. 타넷은 내리 15시간째 일하는 중이었다. 하지만 지쳤다고 쉴 순 없었다. 그는 구멍 뚫기를 계속하라고 지시한다.

다음 날 아침엔 4백 명의 태국 군인과 태국 지하수 우물협회 회원들도 타넷을 돕는 일에 배치된다. 마침내 일을 마무리 지을 수 있게 팀원이 생긴 것이다. 타넷은 팀을 이끌고, 사이통 연못으로 다시 갔다. 가는 길에, 로켓 선박과 경주용 자동차를 접목시킨 듯한 차량이 길가에 주차되어 있는 걸 본다.

"천천히! 천천히!"

타넷이 운전사에게 말했다.

타넷은 트럭에서 뛰어나와 그 이상한 차량 앞에 선 사람들에게 인사했다. 그들은 태국 중부에서 온 농부들이었다. 멋진 바퀴가 달린 이 로켓 선박 같은 차량은 집에서 만든 고성능 펌프였다.

사이통 연못에서의 시추 작업

싱하나트 대령과 타넷 나티스리가 사이통 데이터를 살펴보고 있다.

태국 중부 평원의 농부들은 농작물에 충분한 물을 공급하는 데 많은 어려움을 겪는다. 그들은 직접 만든 펌프로 건기 동안 인근 강과 운하에서 그들의 논으로 물을 끌어들인다. 몇 년간의 혁신(그리고 이웃 농장 간의 작은 경쟁)을 통해 태국 내에서 가장 빠르고 효율적인 펌프를 만들어 냈다. 이 수제 고성능 펌프는 최대 용량이 시간당 6천㎥이상이었다. 엄청난 양의 물을 이동시킬 수 있는 성능이다!

이 펌프는 태국에서 가장 뛰어난 발명품 중 하나이다. 태국인들은 주변에 널린 것을 활용해 유용한 물건을 만들어 내는데 명수다. 수제 고성능 펌프는 태국 신화에 나오는 마법의 물짐승, '파야 나가'라는 별명을 얻었다.

농부들은 구조를 돕기 위해 800킬로미터 넘게 운전해 왔다. 그런데, 지금껏 아무도 그들의 제안을 받아들이지 않아, 며칠 동안 길가에 앉아 있었다고 말한다. 타넷은 그들에게 미소를 지으며 말했다.

"여러분에게 딱 맞는 일이 있습니다."

사이통에서 작업 중인 수제 고성능 펌프

14

구조대

2018년 6월 30일

소년들의 부모들은 절망적으로 생각하지 않았지만, 점점 무력해지고 있었다. 그들은 가만히 앉아서 기쁜 소식을 기다리는 것 말고도, 뭐든지 하고 싶었다. 그들은 기도하며, 서로를 부둥켜안고, 포기하지 않았다. 그러나 하루하루가 지날수록 기다림은 더욱 힘들어졌다. 저 너머로 높고 견고한 산이 어렴풋이 보였다. 저 바윗덩어리 깊은 곳 어딘가에 아이들이 그들을 기다리고 있을 터였다. 부모들은 동굴 안으로 들어가는 군인과 구조 전문가들을 조용히 지켜보았다. 어떻게 아직도 못 찾을 수가 있지?

부모들은 집에서 아들의 옷을 가져와 K-9 산악경찰에게 건넸다. 예리한 후각을 지닌 경찰견이 지금까지 인간이 알아내지 못한 것을 탐지해 내길 바랐다. 그건 바로 소년들이 있는 곳이다.

하지만 경찰견들도 곤경에 처한다. 소년들이 있는 곳은 동굴 너무 깊숙한 곳이어서 지표면에서 위치를 탐지하기는 거의 불가능했다. 이제 남은 유일한 방법은 누군가가 동굴 안으로 들어가 직접 눈으로 소년들을 발견하는 것뿐이다.

그 일을 맡을 적임자는 존 볼랜턴과 릭 스탠턴 두 사람이었다. 문제는 그들이 6월 28일에 3번 동공에 갇힌 인부들을 구출한 이후로 탐루앙에 다시 들어가기를 거절하고 있다는 사실이었다.

빠른 물살과 낮은 시야 때문에 수영하기 힘들 뿐만 아니라, 안내용 밧줄을 설치하는 일도 불가능해졌다. 안내용 밧줄이 없으면 동굴에 들어간 웅덩이 잠수부들의 생명도 위험할 수 있었다.

릭과 존은 단지 자신들의 목숨만 걱정하는 게 아니었다. 만약 일이 잘못되어, 그들 중 한 사람이라도 탐루앙 안에서 죽는다면, 전체 상황이 더 복잡해지고 위험해질 게 뻔했다.

시신은 회수되어야 한다. 소방관이었던 릭은 그런 일에 대해 무감하게 대처하는 훈련을 받긴 했다. 그래도 웅덩이의 뒤얽힌 굽은 통로를 따라 죽은 시신을 옮기는 작업은 끔찍하고 위험한 일이었다. 동굴 잠수부마저 동굴의 가장 악조건의 험난한 장소에서 죽을 수도 있었다. 잠수부가 물에 빠지면 공황 상태에 빠져 안내용 밧줄에 엉키고 얽매이게 된다. 그래

왼쪽부터 찰스 하지스 소령, 데릭 앤더슨 상사, 번 언스워스,
로브 하퍼(빨간 옷), 존 볼랜턴

서 잠수부의 시신을 꺼내기는 더욱더 까다롭다.

릭과 존은 또 다른 이유로 이 작업을 계속하고 싶지 않았다. 자신들만이 이 임무를 완수할 세상에 몇 안 되는 사람이라는 점을 잘 알기 때문이었다. 그들이 죽으면 구조 작업은 물거품이 된다. 누가 잠수를 하든 그것은 어리석다고 여길 것이다. 그들은 네이비실 장교들에게 노골적으로 말하며, 29일 또는 30일에도 탐루앙 잠수하기를 거절한다. 태국 군부는 영국인 두 남자가 무례하다고 여긴다. 전문가로 추정되는 잠수부들이 요청한 작업을 시행하지 않겠다고 하니, 이해할 수 없다. 반대로 릭과 존은 상황이 너무 위험하다는 그들의 말에 태국인들이 왜 귀를 기울이지 않는지 이해할 수 없다.

잠수팀과 태국 당국 간에 긴장감이 맴돈다. 비록 서로 이해하는 데 어려움을 겪고 있지만, 모두의 목표는 똑같다. 바로 아이들을 찾아서 데리고 나오는 일.

그 공통된 임무가 전 세계에서 탐루앙으로 모여든 수천 명의 사람들을 단결시키고 있었다. 덴마크, 핀란드, 벨기에, 중국에서도 전문 잠수부들이 도움을 주려고 왔다.

벨기에 잠수부인 벤 레이메넌츠는 태국 푸껫섬에서 잠수용품 가게를 운영하다가 달려왔다. 그는 릭과 존을 제외하고 탐루앙 안에 안내용 밧줄을 설치할 수 있는 거의 유일한 잠수부였다. 며칠 전에는 거친 물살을 헤치며 삼약까지 가는 안내용 밧줄을 설치하는 걸 돕기도 했다. 그 역시 동굴 속 여건이 매우 위험하다는 데 동의했다. 하지만 그가 태국 네이비실 장교에게 동굴에서 잠수하지 않겠다고 말했을 때 기대했던 반응은 없었다.

장교는 상황이 얼마나 위험한지에 대한 설명을 듣고, 잠수부들의 의구심 또한 이해한다. 여태까지 벤의 지원에 고마워하면서도, 태국 네이비실은 소년들을 찾기 위해 어떤 희생이라도 감수할 준비가 되어 있다고 말한다. 치명적인 위험이 있다 해도 그들은 임무를 포기할 수 없다. 잠수가 소년들을 찾을 유일한 방법이라면 네이비실은 직접 잠수할 준비가 되어 있었다.

모든 사람이 태국 네이비실의 결단력과 용기에 감동했다. 그러나 영국 잠수부들은 수년간의 전문적인 경험에 기반해서 결단력과 용기만으로 소년들을 구조할 수 없다는 걸 잘 안다. 그들이 성공한다면 그건 규칙을 잘 세우고 준비해서 제대로 지켰기 때문일 것이다. 영국 잠수부들은 네이비실 지휘관에게 계속 머물겠다고 한다. 하지만 적어도 더 좋은 장비가 더 많이 필요하며, 동굴 내부의 거센 물살을 견딜 만한 더 튼튼한 밧줄이 있어야만 작업을 시작하겠다고 말한다. 그 요구는 즉각 받아들여졌다. 곧바로 트럭이 안내용 밧줄로 사용할 수백 미터의 튼튼한 등산용 밧줄을 끌어당겼다.

모두가 다음날 상황이 어떻게 될지 지켜보기로 한다. 존과 릭은 지금까지의 끔찍한 상황을 고려할 때, 동굴 안 물의 상황이 좋아지리라고 생각하지 않는다. 하지만 그들은 이렇게 오래 기다렸고, 기꺼이 하루 더 기다릴 용의는 있었다.

침착하라

영국과 미국에서는 자신의 속마음을 말하는 것이 충분히 용납되며, 심지어 칭찬받기도 한다. 하지만 태국 문화에서는 존경과 감사하는 태도가 더 중요하다. 바른 태도는 일상생활에서, 인사 같은 단순한 행동에서조차 우러나온다. 태국인들은 서로 인사를 나눌 때나 감사를 표현할 때, 와이(태국식 인사법 – 옮긴이)를 한다. 누군가에게 와이를 할 때, 자기 가슴 앞으로 합장하듯 손바닥을 맞붙이고 살며시 절을 한다. 누가 먼저 와이를 하느냐, 손을 얼마나 높이 올리느냐, 절을 얼마나 깊숙이 하느냐 등이 인사를 나누는 사람 간의 관계와 나이에 따라 다르다. 태국인들은 더 연장자고 고위층인 사람에게 더 많은 존경심을 보여야 한다고 생각한다.

영국 잠수부들은 군인들 앞에서 네이비실 장교들에게 솔직히 이야기하는 데 아무런 문제점도 못 느꼈을 것이다. 하지만 태국인들 입장에선 지휘관이 부하들 앞에서 그런 태도를 받으면 체면을 잃게 되어, 상대방을 무례함의 극치로 생각하게 된다. 대화 방법의 차이 또한 문제가 될 수 있다. 서양권에서는 자신의 요점을 상대가 이해하길 바랄 때 목소리를 높인다. 상대 의견에 동의하지 않을 때도 큰 목소리로 말한다. 그러나 태국인들에게 소리치는 것은 무례한 행동이며 침착하지 못함을 내보이는 일일 뿐이다. 태국에는 '자이 옌'이라는 말이 있다. '냉철한 심장'을 지녔다는 의미로, 참을성이 있고 침착한 사람을 설명하는 말이다. 냉철한 심장을 갖지 못한 사람은 미성숙하고 충동적인 사람이라고 여긴다. 침착함을 잃으면, 사람들의 존경을 잃게 된다. 소리를 더 크게 지르면 지를수록, 태국 사람들은 귀를 덜 기울이는 경향이 있다.

벨기에 잠수부 벤 레이메넌츠(왼쪽, 태국 네이비실 셔츠)가
미 공군 대원들과 지도를 보며 의논하고 있다.

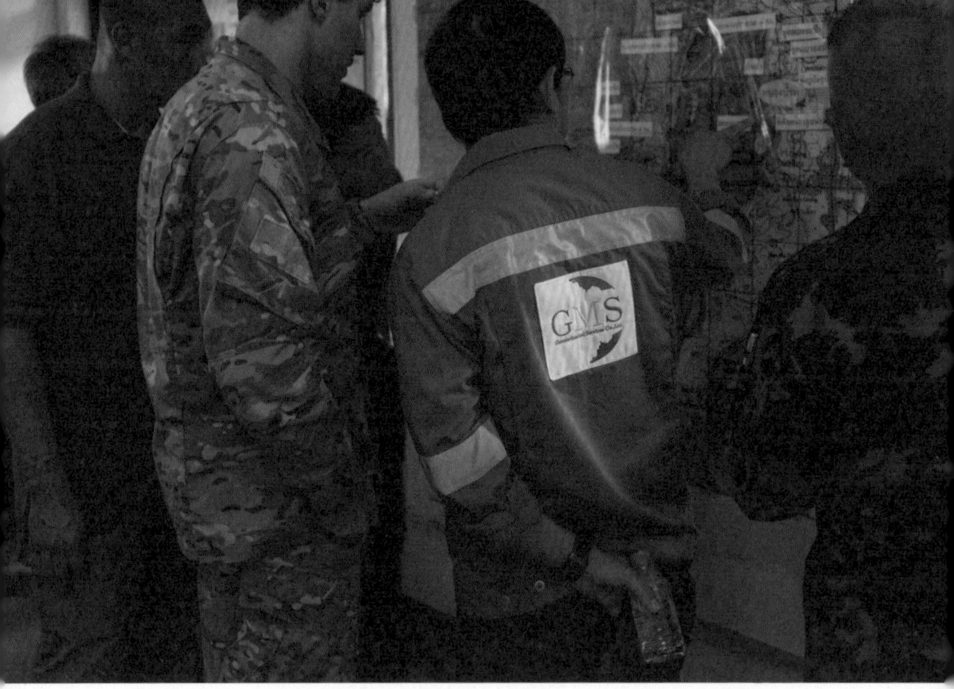

미 공군 대원, 태국군 장교와 태국 기술자가 지도를 보며 상황을 점검하고 있다.

15

아름다운 게임

2018년 6월 30일

동굴에 갇힌 코치와 소년들은 굶주리고 있었다.

통렬한 굶주림을 멈추지는 못하지만, 그나마 물로 배를 채울 수 있어 감사했다. 동굴에 흐르는 물이 이젠 훨씬 더 깨끗해져서, 곧바로 마셔도 되었다. 고형 음식물을 먹지 않아 생긴 유일한 장점은 고형 배설물을 처리할 필요도 없다는 점이다. 처음 며칠 동안, 소년들은 볼일을 보러 자갈이 깔린 땅을 에워싼 물을 건너서 맞은편 모래 둑으로 갔다. 이제는 흐르는 물에 소변만 본다. 그럼에도 폐쇄된 공간이라 인간 분비물의 악취를 피할 순 없다.

소년들 몸에 남은 얼마 안 되는 체지방도 소모되기 시작했다. 이대로 음식을 먹지 못하고 훨씬 더 오래 버티게 되면, 몸의 근육도 소모될 것이다. 그보다 더 오래 지나면 몸속 장기들이 기능을 멈추기 시작한다. 몸은 심장, 뇌, 신장을 계속 유지하려고 마지막 비축량을 투입할 것이다. 일단 이 중요한 장기들이 고통받기 시작하면 죽음이 그리 멀지 않다.

소년들은 아직 극점에 도달하지 않았다. 하지만 고통스러울 정도로 추웠다. 음식을 충분히 먹지 못할 때, 몸은 스스로 따뜻해질 때보다 더 빨리 열을 잃는다. 체온이 섭씨 35도 아래로 내려가면, 심장마비를 일으킬 수 있는 위험한 상태인 저체온증에 빠지게 된다. 심지어 물에 빠지면, 상대적으로 따뜻한 물이라 해도 건조 상태에서보다 훨씬 더 빨리 저체온증에 걸린다. 야생 멧돼지 팀원들은 다행히 물에 빠지지 않고 모래 언덕에 있지만, 그렇다고 완전히 건조한 상태는 아니었다. 동굴은 습기가 많아 축축하다. 그 습기가 옷과 피부에 달라붙어 소년들은 몸을 떨었다. 온기를 유지할 유일한 방법은 옹기종기 함께 모여 있는 것이었다.

티가 아침과 밤이 언제인지 알리기 위해 시계 알람을 두 번 맞춘다. 소년들은 규칙적인 일정을 유지하려고 노력했다. 하지만 서로 가까이 모여 있어도 잠은 쉽게 오지 않고 오래 잘 수도 없었다. 모래땅에서 편하게 지내기는 어렵고, 계속 굶어서 배고픔에 잠도 오지 않는다. 하지만 모두가 생존하려면 잠을 자야 한다. 잠을 못 자면 면역 체계는 더 약해지고, 명료한 생각을 하기 어려우며 환각에 시달릴 위험도 있다.

분명 소년들에게 이보다 더 황량하고 처참한 공간은 없을 것이다. 음식도 온기도 없고 잠도 거의 잘 수 없지만, 이 위기 상황에서 빛을 발하는 아주 중요한 한 가지가 있다. 바로 '생존 의지'이다.

이 말은 생존에 대해 진실한 설명을 할 때 반복적으로 나오는 단어다. 배가 난파되거나, 전쟁에서 포로로 잡혔거나, 산속에서 길을 잃은 상황이어도, 살겠다는 의지, 즉 생존 의지 그 하나가 생존자와 희생자를 가르는 유일한 길이 되곤 한다. 절망은 굶주림이나 추위만큼 확실히 사람을 죽일 수 있다.

도전에 직면한 적이 없는 사람은 장애물을 만났을 때 성공적으로 헤쳐 나온 경험이 없기 때문에 이런 생존 상황에서 최악의 상태를 겪는 경우가 종종 있다. 야생 멧돼지 축구팀이 함께 모험을 하며 겪은 일들이 바로 그런 경험이다. 동굴에 갇힌 것이 격렬한 하이킹이나 자전거로 산을 오르는 것보다 훨씬 더 힘든 건 분명하지만, 소년들은 알고 있었다. 자신의 몸을 한계까지 밀어붙이는 상황이 어떤 느낌인지 말이다. 아마도 소년들은 축구장에서 함께 보낸 시간 덕분에, 불가능을 해결하기 위해 한 팀으로 움직이는 것이 어떤 느낌인지 알고 있는 게 틀림없었다. 지금 이 상황에선 그 감각이 제일 중요했다.

저체온증의 단계

가벼운 단계

체내 온도: 섭씨 32-35도

몸의 반응:

초기 반응:

- 몸의 떨림
- 혈압 상승
- 심장 박동 증가
- 빠른 호흡
- 혈관 수축

시간 초과:

- 판단력 결여
- 무감각 (무관심)
- 협응 부족
- 어눌한 말투
- 혈액량 감소

중간 단계

체내 온도: 섭씨 28-32도

몸의 반응:

- 몸의 떨림 정지
- 심박 수 감소
- 호흡률 감소
- 동공 풀림
- 불규칙한 심장 박동
- 반사 신경 상실
- 혈압 저하
- 의식 상실

심각 단계

체내 온도: 섭씨 28도 이하

몸의 반응:

- 동공의 무반응
- 호흡 정지
- 배뇨 중지
- 폐 유체 축적으로 인한 호흡 곤란
- 심장의 전기 활동이 불규칙하거나 느려짐
- 혼수상태

모든 축구선수는 경기에서 지는 것이 어떤 기분인지 안다. 일단 경기가 신나지 않다. 득점은 한두 골 밀리는 상황이고, 다리는 흐물대고, 폐는 불타는 것 같고, 남은 경기 시간은 몇 분밖에 없다. 그 상황에서 팀은 몇 가지 선택을 할 수 있다. 첫 번째 선택은 전 선수가 수비수가 되어 상대 팀에게 골을 더 내주지 않는 것이다. 시간은 당밀처럼 느리게 흘러갈 테고, 최선의 희망은 점수가 더 나빠지진 않을 거란 점이다.

두 번째 선택은 경기를 완전히 포기하는 것이다. 프로 경기에서도 종종 있는 일이다. 이미 다 끝난 경기인데, 왜 힘을 빼며 더 싸우나? 사실, 이때 경기가 완전히 혼란스러워진다. 상대 팀은 허술한 수비를 뚫고 둔해진 발을 지나 연속적으로 골을 날리고 추가 득점도 하게 된다. 곧 심판이 호루라기를 불고 상대 팀은 환호한다. 여러분은 무감해진다. 경기는 오래전에 끝났다.

마지막 선택은 가장 어렵고 보기 드문 것이지만, 이런 일이 일어나면 팬들은 함성을 내지르게 된다.

시계 따위는 무시하라. 흐늘거리는 다리도 무시하라. 점수와 승리를 거둘 확률 따위도 무시하라. 그리고 방어선을 쳐라. 골키퍼를 페널티 지역에서 끌어내라. 깊이 파고들어 이미 다 써 버렸다고 확신했던 마지막 남은 에너지를 꺼내라.

역경을 딛고 모든 것을 경기장에 쏟아라.

엑 코치는 소년들에게 목적의식을 심어 주어야 한다고 생각했다. 아이들이 생존 가능성 따위는 생각하지 못하도록 관심을 쏟을 무언가가 필요했다.

"가만히 앉아서 누군가 우리를 찾으러 오길 기다릴까? 아니면 우리가 스스로를 도울까?"

엑 코치가 물었다.

아이들에게 선택은 한 가지뿐이었다. 그들은 돌을 집어서 동굴 벽을 파기 시작했다. 번갈아 가며, 돌멩이와 맨손으로 조금씩 파냈다. 90센티미터, 180센티미터, 그리고 270센티미터까지.

여긴 축구장은 아니지만 야생 멧돼지 팀은 이 경기를 포기하지 않는다.

16

다시 안으로

2018년 7월 1일

소년들이 동굴에 갇힌 지 일주일하고 하루가 더 지났다. 온 나라가 야생 멧돼지 축구팀 소년들의 동굴 조난 이야기로 들끓었다. 낭논의 24시간 뉴스는 비구름, 홍수로 범람한 강둑, 물줄기 영상을 보여 주며, 최신 속보를 계속 전했다. 온 나라가 텔레비전과 휴대 전화에 매달려 취재 방송을 지켜보고 있었다.

학교에서는 특별 집회를 열고 함께 모여 기도했다. 치앙라이 주의 숲이 우거진 산악 지역 근처인 피트사누록에 사는 아이들은 행운을 빌며 수천만 마리의 종이학을 접었다. 방방곡곡 사원에서는 철야 기도회가 열렸다. 태국 전역에 걸쳐, 모든 국민이 자기 아들, 사촌, 형제 또는 친구가 동굴에 갇힌 것처럼 느꼈다. 백만의 목소리로 기도하지만, 간절히 바라는 메시지는 하나였다.

제발 그들을 찾게 해 주세요. 제발 그들이 살아 있게 해 주세요.

소년들의 가족은 한시도 기도를 멈출 수 없었다. 크루바 분첨 스님이 "아이들은 틀림없이 살아 있습니다."라고 한 말을 굳게 믿었다. 그러나 구조 베이스캠프의 분위기는 최저였다. 태국 네이비실이 왔다. 미 공군도 왔으며, 태국을 비롯해 세계 각지에서 전문가들이 구조를 위해 왔다. 하지만 지난 며칠 동안 동굴에서는 아무런 변화도 없었다. 사람들이 터벅터벅 걸어 들어와서는 아무 소식도 없이, 소년들을 찾을 가능성이 좀 더 보인다는 암시조차 없이 터덜터덜 걸어 나갔다.

아무도 자기 생각을 입 밖으로 꺼내려 하진 않지만, '엑 코치와 소년들이 죽었을 가능성이 높다.'는 진실을 마주하는 순간이었다.

타넷은 물이 장화의 절반 높이만큼 와 닿는 사이통 연못에서 있었다. 현지인들이 큰 굴착기를 가져와 물이 흘러나오는 속도를 높이기 위해 연못 구멍들을 더 넓게 뚫었다. 그들은 흙탕물을 뿜어내는 깊은 우물을 열세 개나 뚫었다. 그렇게 해서 지금은 네 대의 고성능 펌프가 수천만 리터의 물을 사이통 동굴 밖으로 쏟아내고 있었다.

그 물은 또 어딘가로 흘러가야 한다. 인근의 2.2㎢가 넘는 논은 이 물 때문에 범람하게 되었다. 정부는 농부들에게 수해로 폐허가 된 논에 대해 보상을 약속하지만, 보상금을 사양하는 이들도 있었다. 농부들은 동굴 안의 아이들이 자기 자식들 같아서 무슨 일이라도 돕겠다고 한다.

타넷은 몇 주 동안 잠을 잘 수는 있었다. 그와 싱하나트 대령의 대원들은 사이통에서 나흘간 계속 열여덟 시간씩 일하는 중이었다. 마침내 교대 시간이 되어 작업장을 나서면, 타넷은 자동차로 한 시간 거리의 호텔로 갔다. 일단 침대에 앉아 노트북을 켜고 낮 동안 수집한 모든 수위 데이터를 방콕의 동업자들에게 보냈다. 그렇게 후속 마무리까지 처리하면 새벽 두 시쯤이었다. 잠깐 눈을 붙인 다음, 새벽 여섯 시에 일어나 곧바로 사이통으로 돌아갔다.

주 동굴 쪽에서도 물을 빼내는 작업이 계속 진행되었다. 하지스 소령이 제안한 석유 회사 아이디어는 적중했다. 셰브론(세계 5위 규모의 미국 석유 회사)의 공업용 펌프가 물을 동굴 밖으로 빠르게 뿜어냈다. 셰브론 측이 기증한 파이프 역시 제 역할을 톡톡히 했다. 이 파이프는 엄청난 흡입력을 감당하며 무너지지 않을 만큼 아주 튼튼했다.

7월 1일 일요일 아침.

하늘은 맑고 동굴 안에서는 놀랄 만한 새로운 성과가 일어난다. 꿈쩍도 않던 동굴 안 수위가 낮아진 것이다. 타넷이 사용한 농부들의 고성능 펌프 때문인지, 아니면 주 동굴에서 교체하여 사용한 공업용 펌프 덕분인지, 그도 아니면 비가 멈춰서인지 그 원인을 정확히 알긴 어렵다. 어쩌면 세 가지 모두가 원인일 수도 있다. 그게 무엇이든 간에 이제 영국 잠수부들은 다시 동굴 속으로 들어가기로 결정했다.

태국 네이비실이 3번 동공에 전초기지를 다시 세울 수 있을 정도로 수위는 낮아졌다. 이제 동굴 입구부터 3번 동공의

사이통에서 전력을 다해 작동 중인 고성능 펌프

전초기지까지 미끄럽고 흔들거리는 바위를 기어올라 허리까지 차는 물을 헤치며 걸어가는데 두 시간 정도 걸렸다. 3번 동공의 전초기지 덕분에 잠수부들이 잠수할 거리가 그만큼 줄어든 셈이다. 또한 장비를 옮기기도 조금 수월해졌다. 네이비실 대원들이 보급품과 공기탱크를 전초기지로 운반하는 것을 도왔다.

3번 동공에서부터 릭과 존은 잠수 장비를 장착하고 희뿌연 물속으로 들어간다. 시야가 몹시 나빠서 10센티미터 앞도

릭 스탠턴(왼쪽)과 다른 잠수부들이 장비를 준비하고 있다.

보이지 않는다. 물살이 여전히 세지만, 이전보다 격렬하지는 않다. 3번 동공 너머의 홍수 상황은 어떠한지, 또 얼마나 멀리까지 잠수해야 하는지도 모른 채 그들은 잠수를 시작한다. 벤 레이메넌츠가 설치해 놓은 안내용 밧줄을 따라서 일단 꽤 전진하는데 성공한다.

번 언스워스가 일러 준 바에 따르면, 몽크 시리즈에서 오른쪽으로 유입되는 더 따뜻하고 더 맑은 물살을 느끼게 되면 그때가 삼약 갈림길에 도달한 것이다. 번의 설명대로 릭과 존은 갈림길을 찾아낸다.

거기서 둘은 왼쪽으로 돌아 아래로 내려가서, 주 동굴 통로와 이어지는 구멍을 찾았다. 그곳은 일주일 전 태국 네이비실 팀이 되돌아와야 했던 지점이었다. 릭과 존도 오늘은 더 멀리까지 가지 않는다.

릭과 존이 3번 동공 전초기지로 돌아와 경과보고를 하자, 구조대원들 사이의 분위기가 고조된다. 3번 동공 전초기지에 무선 케이블을 운반해 온 덕에, 릭과 존은 문자로 베이스캠프에 소식을 전했다.

나롱삭 주지사는 안도하며 구조대로부터 희망의 소식이 왔다고 언론에 발표한다.

"우리 관계자들은 예전보다 더 기쁘고 행복합니다."

일기예보는 앞으로 2~3일 동안 비교적 건조하고 맑은 날

씨를 유지하다, 다시 비가 오기 시작할 거라고 한다. 이번 기회에 소년들을 찾을 시간이 매우 촉박할 수 있다는 의미다.

태국 네이비실 대원들이 탐루앙의 거친 소용돌이 속에 서 있다.

태국 군인과 구조대원들이 모래주머니를 운반하고 있다.

17

배수로 만들기

2018년 7월 1일

타넷은 사이통에서 작업하느라, 사람들로 붐비는 베이스캠프에서 떨어져 지냈다. 하지만 7월 1일엔 붐비는 무리 속으로 들어가서, 현지인들이 동굴 전문가라고 부르는 번 언스워스를 찾았다.

동굴 입구와 사이통 아래쪽에선 여전히 펌프들이 완전 가동 중이었다. 그러나 여전히 빠른 속도로 동굴 안으로 물이 쏟아지고 있었고, 이걸 어떻게 해결하지 않는 이상 잠수는 위험한 일이었다. 타넷은 물이 어디서 와서 어디에서 멈추는지 알고 싶었다. 번은 그 질문에 대답해 줄 완벽한 동굴 전문가였다.

번은 타넷에게 잠수 환경을 개선하려면, 동굴에서 가장 저지대인 삼약 갈림길에 집중해야 한다고 설명한다. 삼약으로 흘러드는 물을 어느 정도 막는다면, 펌프 작업은 더 효과를

낼 수 있을 터였다.

삼약으로 쏟아지는 물 대부분은 탐루앙 동굴의 북쪽 지류인 몽크 시리즈에서 나온다. 지난번에 몽크 시리즈를 조사하려고 갔을 때, 번은 그곳으로 들어오는 입구를 몇 개 발견했다. 그곳의 물은 따뜻하고 비교적 맑았다. 남쪽의 지하 수원으로부터 흘러드는 차가운 물과 달리, 몽크 시리즈의 물은 지표면에서 동굴 안으로 곧장 쏟아진다는 의미다. 번은 타넷에게 그곳에서 작업을 진행해 줄 것을 제안한다.

다음 날, 싱하나트 대령 팀은 사이통에 남아서 물 퍼내기 작업을 계속하는 한편, 타넷은 군인 50명과 그들을 안내해 줄 현지인들을 데리고 몽크 시리즈 위쪽 지역을 조사하러 간다. 가는 길은 산을 구불구불 돌며, 파미라는 작은 마을로 이어졌다.

타넷은 작업을 시작할 만한 개울을 찾아냈지만, 거기까지 가는 길이 너무 미끄러워 대원들을 태운 트럭이 절벽 아래로 거의 떨어질 뻔했다. 타넷과 대원들은 하는 수 없이 트럭에서 내려 숲속을 걸어가기 시작했다. 일행은 무거운 물건을 등에 지고서, 빽빽한 풀과 나무를 헤치며 미끄러운 둥근 바위 위를 디디며 개울을 따라서 나아갔다.

현지인들이 최근에 내린 비로 유속이 빨라진 개울 몇 곳을 보여 준다. 지질학자들은 탐루앙 근처에선 개울이 산꼭대기를 가로질러 흐를 때, 물이 아래의 다공성 석회암 속으로 가라앉는다고 설명했다. 타넷은 몇몇 개울물이 땅속 싱크홀로 빠져 완전히 사라지는 듯하는 곳을 두 눈으로 직접 본다. 그렇게 첫날에만 열일곱 개의 싱크홀을 발견한다. 동굴 내부의 수위를 낮추려면, 가장 먼저 이곳들을 막아야 한다.

그것을 위해 이들이 행한 방법은 헤라클레스도 깜짝 놀랄 만한 위업이었다.

타넷이 이끄는 팀은 대나무 막대기, 밧줄과 비닐 커버를 사용하여, 어떤 물도 아래로 스며들지 않게 개울과 산 사이에 장벽을 쳤다. 물의 길을 동굴 안이 아닌 다른 곳으로 돌리는 역할을 하기에 이 장벽을 '배수로'라고 부르기로 하자. 이것은 마치 집에서 만든 미끄럼틀처럼 보인다. 물이 미끄럼틀 아래로 내려가서, 싱크홀을 피해 산의 다른 곳, 어쨌든 동굴 안이 아닌 곳으로 흘러간다.

개울물이 합류하여 폭포를 이루는 곳에서는 미끄럼틀 공법이 통하지 않는다. 여기서는 팀원들이 긴 플라스틱 파이프를 어깨에 메고 정글을 가로질러 날랐다. 개울에 서면 물이 방수화 안으로 퍼붓듯 들어오지만, 그들은 물길을 바꿀 자리에 파이프를 놓기 위해 전력을 다했다.

산의 개울물 줄기를 돌리는 작업을 하는 배수로 팀

타넷의 팀은 대나무와 바위와 개울에서 퍼낸 모래와 자갈로 가득 채운 주머니로 댐도 쌓는다. 베이스캠프에서는 구멍을 뚫고 다른 입구들을 찾느라 너무 집중한 탓에 처음엔 타넷과 그가 이끄는 팀이 무슨 일을 하는지 거의 알지 못했다. 타넷은 적절한 PVC 파이프와 물을 넣으면 곧바로 굳는 시멘트가 든 첨단 모래주머니 같은 더 훌륭한 물자를 바랐지만, 지금은 현재 가진 것을 이용할 수밖에 없는 상황이었다.

물길을 바꾸기 위해 모래주머니와 파이프를 놓고 있는 모습.
나무 덩굴을 이용하여 파이프를 고정한다.

파이프가 모자라면, 대나무를 잘라서 썼다. 밧줄이 없으면, 나무 덩굴을 끈으로 사용했다. 파미 마을 사람들이 아껴두었던 물건을 내주고 도움의 손길을 내밀었다. 방송국의 카메라 팀이 이곳까지 와서 진흙을 온통 뒤집어쓴 타넷의 인터뷰 영상을 뉴스로 내보내자, 곳곳에서 타넷 팀이 그동안 간절히 필요로 했던 좋은 장비들을 보낸다.

배수로 팀이 폭포에 파이프를 설치하고 있다..

파이프를 사용할 수 없을 때, 배수로 팀은 즉석에서 조달한 두꺼운 대나무 줄기를 이용한다.

7월 2일부터 시작된 이 작업은 며칠간 이른 아침부터 날이 어두워진 한참 뒤까지 계속되었다. 대원들은 한밤중에 트럭으로 돌아가다 컴컴한 정글에서 길을 잃기도 했다. 발목을 삐고 근육이 결리는 일은 예사고, 탈수증과 타박상까지 생기고 발에 곰팡이가 핀 사람도 생겼다. 베이스캠프의 의료팀 텐트에서는 산에서 발을 절뚝거리며 내려오는 상처 입은 대원을 치료하느라 분주했다. 모두가 이들의 열정과 노력이 헛되지 않기만을 바랐다.

타넷이 이끄는 배수로 팀 덕분에 탐루앙 안의 수위는 조금씩 낮아졌다. 잠수부들은 좀 더 편한 환경에서 잠수를 재개할 준비를 했다. 소년들을 구할 시간이 점점 더 줄어들고 있었다.

네이비실 대원이 거센 물살을 헤치며 압축 공기탱크를 운반하고 있다.

18
마지막 시도

2018년 7월 2일

야생 멧돼지 팀이 실종된 지 10일째. 릭과 존의 오늘 목표는 삼약을 지나 최대한 멀리까지 가 보는 것이다. 출반 전 그들은 장비와 비상 장치를 살핀다. 그리고 잠수 장비만큼 중요한 무언가를 챙긴다. 바로 수십 년간 동굴 다이빙을 하면서 연마한 정신 수양이다.

길고 깊은 동굴을 잠수하는 데 있어 잠수부의 정신력은 여러 예기치 못한 압박받는 상황에서 절대적으로 중요한 요소다. 수백 미터에 이르는 웅덩이 속으로 들어가면, 누구라도 생존의 기본적 조건으로부터 너무 멀어진 듯한 느낌, 마치 달의 표면에 있는 듯한 느낌을 받는다. 웅덩이 잠수부가 우주비행사와 같은 자질을 갖춘 듯이 보이는 것도 전혀 놀랄 일은 아니다. 그 자질이란 철저하게 준비하고, 신속하게 문제를 해결하며, 비상시에 침착함을 유지하는 능력이다.

재호흡, 재사용, 재순환

탐루앙 동굴에서 잠수부가 사용 가능한 호흡 장치는 두 가지로 개방형 장비와 재호흡기다. 각각 장단점이 있다.

우리 몸은 생존하기 위해 산소가 필요한데, 폐는 호흡할 때마다 아주 적은 양의 산소만 사용한다. 여러분이 숨을 쉴 때마다, 몸은 매번 흡입하는 산소의 약 5%만 흡수한다. 나머지 95%는 이산화탄소와 함께 배출된다. 개방형 장비를 착용하면, 내쉬는 산소는 공기 방울이 되어 수면으로 떠올라 사라진다.

재호흡기는 내쉬는 산소를 재순환시켜 산소가 낭비되지 않도록 한다. 재호흡기에는 잠수부가 내쉰 이산화탄소는 다시 들이마시지 않도록 그것을 빨아들이는 물질이 포함되어 있다. (너무 많은 이산화탄소를 흡입하면 정신을 잃을 수 있다. 홍수가 진 동굴에서 헤엄을 칠 때는 특히 주의해야 한다.) 잠수부가 사용하지 않은 산소는 다음 호흡에서 들이쉴 수 있도록 장비를 통해 다시 전달된다. 컴퓨터가 장비 안의 가스가 섞이는 것을 탐지하고 잠수부에게 그 정보를 보여 준다.

잠수부들은 재호흡기 덕분에 더 오랫동안 수중에서 머물고, 개방형 장비를 착용했을 때보다 훨씬 더 깊이 잠수할 수 있다. 재호흡기에서 재순환된 촉촉한 공기는 잠수부가 더 따뜻하게 지내고 수분을 더 많이 함유하도록 돕는다. 하지만 재호흡기도 단점이 있다. 장비가 훨씬 더 복잡하고 부품은 고장 날 가능성이 많다. 잠수 중 장비가 고장 나면, 잠수부는 산소를 너무 적게 또는 너무 많이 흡입해서 졸도나 발작 같은 극단적인 상황에 이를 수도 있다.

릭 스탠턴은 되도록 단순함을 추구했다. 노련한 동굴 탐험가이자, 소방관이자, 서툰 수선공인 그는 (고무 매트로 뭉쳐 만든 보온 조끼를 포함해) 자신의 장비를 직접 설계하고 만들었다. 그가 사용하는 재호흡기도 그의 작품 중 하나였다. 산소와 이산화탄소 양을 모니터링하는 백업 컴퓨터가 없는 이 재호흡기는 꽤 효율적이었다. 대부분의 잠수부라면 백업 옵션 장치 없이 잠수하려면 매우 불안할 것이다. 하지

재호흡기를 착용한 잠수부

만 릭은 자신의 몸에 전해지는 감각으로 여느 컴퓨터처럼 장비의 문제점을 발견할 수 있다고 생각했다.

어떤 잠수부들은 탐루앙에서 재호흡기를 사용하기도 했다. 하지만 릭이 만든 간단한 수제 재호흡기조차도 개방형 장비보다는 더 복잡하고 부피가 크다. 결국 릭과 존은 개방형 장비를 선택한다.

릭 스탠턴과 존 볼랜턴

릭 스탠턴은 물에 들어가기 전에 반드시 '다이빙 의식'을 행한다. 예정된 다이빙 경로를 머릿속에 시각화하고, 발생할지 모르는 문제를 상상하며, 가능한 해결책을 모색한다. 그런 다음 잠수를 시작한다.

잠수 전 다이빙 의식에서, 릭은 재호흡기가 물에 잠기거나 안내용 밧줄이 발에 얽히는 등의 상황에 대처하는 법을 머릿속으로 연습한다. 실제로 이런 상황이 발생했을 때, 정신 훈련 덕분에 그는 차분하고 침착하게 대처하게 된다. 탐루앙처럼 까다로운 동굴에서 잠수할 때는 거의 확실히 문제가 발생한다. 당황하지 않고 문제를 차근차근 헤쳐 나가는 능력은 웅덩이 잠수부라면 꼭 지녀야 할 최고의 기술이다.

릭과 존은 물속으로 들어가며 마음까지 잠수에 익숙해지도록 길들인다. 그들은 아침에 무엇을 먹었는지 돌이켜 보거나 목표한 목적지에 도달하지 못하면 어떤 일이 벌어질지 생각하지 않는다. 그들은 여기 그리고 현재에 집중한다. 현재에 모든 신경의 초점을 맞추는 것은 승려들이 명상 중에 수행하는 일과 크게 다르지 않다. 위기의 상황에서 살고 싶다고 정신을 딴 데로 돌리면 안 되기에, 동굴 잠수도 일종의 명상이라고 말하는 잠수부들도 있다.

릭과 존은 삼약을 지나 비집고 들어간다. 여기서부턴 따라갈 안내용 밧줄이 없다. 그들이 직접 설치해야 한다. 그들은 자주 멈춰서 밧줄이 풀어져서 급류에 떠내려가지 않도록 바위에 묶는다. 비록 발차는 데 도움이 되는 오리발을 차고 있어도, 거센 물살과 싸우느라 일은 더디기만 하다.

갈림길을 지나서, 그들은 비교적 건조한 동공에 다다른다. 거기서 줄을 묶고 물 밖으로 나온다. 둘은 이곳이 번이 말한 소년들이 머물고 있을지 모르는 그곳이라고 생각한다. 하지만 아이들의 흔적이 그 어디에도 없다. 둘은 밧줄이 몇 백 미터 남아 있어서 다시 물속으로 들어간다. 오래지 않아 밧줄이 다 풀린다. 삼약을 지나 더 들어갔는데도 아무도 찾지 못했다. 이번에도 좋은 소식 없이 베이스캠프로 돌아가야 할 형편이었다.

그런데 그들이 밧줄을 묶으려고 하는 바로 그때, 머리 위로 공기 공간이 있는 듯한 느낌이 들었다. 릭은 수면 위로 나와 주위를 둘러보았다. 마스크를 벗고 공기의 냄새를 맡아 보았다.

지독한 냄새였다. 릭은 부패하기 시작한 시체를 마주칠 상황에 대비하려 한다. 그러나, 그가 맡은 악취는 우리 대부분이 맡기 싫어하지만, 이 상황에선 릭을 안도하게 할 냄새였다. 바로 사람의 배설물 냄새!

탐루앙의 통로를 가로지르는 케이블들. 1m 막대기가 현재 수위를 나타내고 있다.

19

"대단하구나"

2018년 7월 2일

탐루앙 깊은 곳에서, 야생 멧돼지 팀원들은 지난 3일간 해오던 일을 하고 있었다. 그들의 작은 집이 된 방의 벽을 파헤치는 일이다. 서로 이야기를 나누며, 배고픔을 잊으려고 안간힘을 쓰고 있는데, 엑 코치가 갑자기 멈추고 가만히 있었다.

"얘들아, 무슨 소리 못 들었니?"

모두가 이제 어둠 속에서 소리를 듣는 데 익숙했다. 명상할 때, 이따금 개 짖는 소리나 닭이 우는 소리도 들렸다. 심지어 헬리콥터가 윙윙거리는 소리도 들렸다. 매번 지표면 아래 너무 깊숙한 데 있어서 생기는 착각일 뿐이었다. 물이 돌에 떨어지며 끊임없이 울리는 메아리도 소년들의 마음에 장난질 쳤다. 오랫동안 땅속에서 지내는 동굴 탐험가도 때때로 바로 뒤에서 친구의 목소리나 발소리를 듣곤 하지만, 근처에 아무도 없음을 깨달을 때가 있다.

하지만 이번만큼은 달랐다. 엑 코치는 분명히 사람의 목소리를 들었다고 확신했다. 그는 소년들에게 조용히 하라고 이른다.

맞다! 사람의 목소리와 물이 튀는 소리가 또 들린다.

모두가 물 쪽으로 내려갔다. 엑 코치는 손전등을 든 믹스에게 얼른 물가로 내려가라고 한다.

“저 사람들이 우릴 지나치면 안 돼!”

코치가 다급하게 말했다.

코치는 그들이 머물고 있는 언덕이 너무 높아서 잠수부가 그들을 못 보고 다시 물속으로 들어가 그냥 헤엄쳐 가 버릴까 봐 걱정한다. 겁을 내는 믹스 대신 아둘이 손전등을 받아서 내려간다. 물가에서 손전등을 흔들어 대며 외친다.

“여보세요?”

누군가 대답한다. 그런데, 무슨 말인지 알아들을 수 없다. 여전히 사람의 얼굴이 보이지 않는다.

드디어, 두 사람의 머리가 손전등 불빛 속에 나타난다. 그 모습에 아둘이 깜짝 놀란다. 물 위에서 둥둥 떠 있는 얼굴은 태국인이 아니다. 그들은 두 명의 백인 남성이다.

“Is anyone there?”

한 사람이 묻는다. 아둘은 그들이 영어로 말하고 있음을 알아차린다. 학교에서도 배우고, 교회 목사님한테도 배운 영어지만, 지금 이 순간엔 간단한 영어도 잘되지 않는다. 말들이 입 밖으로 느릿느릿 나온다. 며칠간의 굶주림과 어둠 때문에 마음이 둔해진 탓이다.

"Hello!"

아들이 간신히 영어로 대답한다.

"Are you OK?"

남자가 묻는다. 다행히 아주 천천히 묻는다. 아둘은 잠시 생각한다. 열흘 동안 먹을 것 없이 동굴에 있었지만, 그것 말고는 별문제가 없다.

"Yes, I am OK."

"How many of you?"

"Thirteen.(열세 명이요.)"

아둘이 대답했다.

"Brilliant.(대단하구나.)"

영어를 할 줄 모르는 엑 코치가 바로 옆에 있는 소년들에게 묻는다.

"뭐라고 말하는 거니? 누구 아는 사람? 여기 영어 할 줄 아는 사람 없니?"

티가 코치에게 뷰가 영어를 조금 안다고 알려 준다.

"뷰, 통역 좀 해 줘!"

엑 코치가 부탁한다.

"진정하세요. 코치. 전 듣고 통역하는 걸 동시에는 할 줄 몰라요! 오, 맙소사. 이젠 못 알아듣겠어요."

뷰가 태국어로 코치에게 말한다. 소년들과 엑 코치는 기도했던 모든 일이 실제로 일어나고 있음을 깨닫는다. 안도감과 행복감이 우르르 밀려든다. 이제껏 견딘 느리고 어두운 날들과는 너무나 대조적이다. 지금 이 순간, 모든 장면이 꿈만 같다. 열흘을 이 동굴 속에 갇혀 버텼더니, 드디어 사람이 온 것이다. 그들을 도와주러 바깥에서 온 사람들이다.

소년들이 궁금한 건 딱 두 가지다. 지금 당장 동굴에서 나갈 수 있는지? 이 사람들이 잠수복 안에 먹을 것을 넣어 왔는지?

슬프게도 첫 번째 질문에 대한 답은 'No.'이다.

첫 번째 남자가 지금 당장 동굴에서 나갈 수 없는 이유를 간략하게 토막토막 설명한다.

"No, not today. Just two of us. We have to dive."

두 번째 잠수부가 말한다.

"We are coming. It's OK. Many people are coming."

첫 번째 잠수부가 말을 덧붙인다.

"Many, many people. We are the first. Many people come."

그래도 괜찮지만, 소년들은 이 냄새나는 동굴에서 언제쯤

소년들을 발견한 순간, 릭과 존이 헬멧 비디오카메라로 찍은 소년들의 모습.

나갈 수 있는지 알고 싶다.

"What day?"

아둘이 묻는다. 그들이 다시 하늘을 보게 될 날이 언제냐고.

"Tomorrow."

남자들이 서로에게 재빨리 말하더니, 한 사람이 손을 들고 말한다.

"One week……. uh, Monday. You have been here for ten days."

그는 소년들이 시계를 갖고 있고, 정확히 얼마나 오래 그곳에 있었는지 안다는 사실을 모르는 게 분명했다.

그 사이에 뷰가 이 순간 꼭 필요한 영어를 떠올려 외친다.

"Hungry! Hungry!"

다른 소년들도 일제히 따라 말한다.

"We are hungry."

아둘이 되풀이한다.

"I know. I understand."

남자가 말한다. 소년들에게 그 대답은 잠수복 안에 먹거리가 없다는 뜻으로 들린다. 남자들이 더 가까이 다가온다. 물속에서 나와 비탈로 올라가겠다고 소년들에게 말한다. 그들은 전신 잠수복을 입었고 등에 탱크를 지고 있다. 그들의 모습은 긴 오리발을 신은 꼴불견 오리처럼 보인다. 두 사람은 오리발 때문에 미끄러운 바위를 오르기가 쉽지 않다. 한 사람이 비틀거리자, 아둘이 손을 내밀며 도움이 필요한지 묻는다.

"No, it's OK."

남자가 대답한다. 다만, 조금만 뒤로 물러나 달라고 부탁한다. 소년들은 모래 위에 두 남자의 자리를 마련해 준다.

"우리가 배고프다고 저 사람들한테 말했어?"

한 소년이 아둘에게 속삭인다.

"응, 그래. 벌써 말했어."

오늘은 먹을 게 없지만, 내일은 먹게 될 것이다. 남자들이 소년들에게 내일 태국 네이비실이 음식을 갖고 의사와 함께 올 것이라고 말한다.

"Where do you come from?"

아둘이 묻는다.

"England, UK."

남자들이 대답한다.

영국이라고? 정말? 소년들은 언젠가 그들이 발견될 것이라고 믿었다. 하지만 잠수 장비를 장착한 영국에서 온 두 남자가 그들을 발견하리라고는 전혀 예상하지 못했다.

"I am very happy."

아들이 영국 남자들에게 말한다. 그들 모두가 느낀 압도적인 기쁨에는 한참 못 미치는 말이지만, 그래도 남자들은 이해하는 듯하다. 어쩌면 자신들이 느끼는 감정을 완전히 표현할 단어가 없었을 수도 있다.

"We are happy, too."

두 명의 영국 남자도 말한다.

릭과 존은 떠나기 전에 소년들에게 줄 수 있는 유일한 물건, 손전등을 남긴다. 소년들은 두 사람에게 감사를 전하고는 두 팔로 그들을 감싸 안는다. 이 행동은 이례적인 애정 표현으로 진정한 의미를 담고 있다. 태국인들이 사랑하는 사람에게 매우 다정하고, 친구와 가족이 서로 껴안고 손을 잡는 건 흔한 일이다. 하지만 낯선 사람, 특히 낯선 외국인을 껴안는 일은 일반적이지 않다. 소년들은 구해 준 데 대한 단순한 고마움으로 릭과 존을 껴안은 게 아니다. 두 사람을 낯선 사람으로 여기지 않으며, 가족처럼 느낀다는 의미였다.

릭과 존은 소년들에게 꼭 돌아오겠다고 약속한다. 둘은 물속으로 잠수하면서, 그들 앞의 참혹한 물속 상황에 다시 집중한다. 안전하게 마른 땅에 닿을 때까지 다른 생각 따위는 절대 허락해선 안 된다. 동굴을 통과하는 잠수는 그들의 예상보다 훨씬 더 어려웠다. 그리고 소년들은 마치 걸어 다니는 해골처럼 너무도 비쩍 말라 있었다. 그런 아이들에게 돌아오겠다고 약속했다. 그 약속에 관해선 걱정하지 않는다. 다만 자신들을 껴안았던 소년들을 대체 어떻게 밖으로 데리고 나와야 할지에 대해선 어떤 아이디어도 떠오르지 않았다.

나중에 존 볼랜턴은 암울한 생각을 큰 소리로 말했다.

"동굴 안에서 살아 있는 것과 동굴 밖까지 살아 나오는 일은 전혀 다른 일입니다."

20

이제 어떻게 할까?

2018년 7월 3일

공원 본부 건물, 임시 작전 지휘 센터에 전화벨이 울렸다. 직원들과 함께 있던 나롱삭 주지사는 전화를 끊자마자, 문을 박차고 나갔다. 아파콘 소장을 보고는 그를 껴안았다! 현장에 있는 자원봉사자들은 그 모습에 의아해한다. 임무 지휘관과 태국 네이비실 지휘관이 포옹을 한다? 이건 분명히 좋은 소식이겠지?

몇 분 만에 세계는 정말 기쁜 소식을 알게 된다. 릭과 존이 귀중한 보물 같은 그 소식을 갖고 동굴 밖으로 나왔다. 그건 야생 멧돼지 소년들과의 만남을 담은 동영상이었다. 영상 속 생존자는 코치까지 포함해 모두 열세 명! 모두 잘 살아 있었다. 이 소식에 소년들의 가족들은 기뻐서 제정신이 아니다. 동영상은 동굴 밖의 야영지 주변을 빠르게 돌며 온라인에 게재되어 널리 퍼진다. 태국 전역에서, 전 세계에서, 동굴 안 비탈에 웅크리고 앉아 있는 삐쩍 마른 소년들의 영상이 끊임없이 재생되었다.

이 뉴스는 국제적인 센세이션을 불러일으켰다. 모두가 죽었다고 생각했던 축구팀이 살아 있는 채로 발견되었다! 그건 거의 기적이나 다름없었다. 행복한 뉴스에 굶주린 전 세계 사람들은 이 이야기에 푹 빠져들었다.

소년들을 찾은 기쁨이 그 지역을 넘어 온 나라, 전 세계로 퍼지고 있었지만, 탐루앙 현장 구조대는 돌처럼 굳은 얼굴로 회의 중이었다. 소년들이 살아 있고 건강하다는 것을 알았다. 그런데, 이제 어떻게 해야 하나? 야생 멧돼지 팀원들은 탐루앙 동굴 속 2.5킬로미터 깊은 곳에, 지표면에서 약 600미터 떨어진 곳에 있다. 그들을 구조하려면 어떤 선택이든 문제점이 있다.

지금까지 동굴 깊숙이 진입할 수 있는 다른 입구를 찾는 일은 허사였다. 군인, 경찰, 자원한 새 둥지 수집가까지 아주 작은 입구라도 찾으려고 산의 모든 틈새를 샅샅이 뒤졌지만, 아무것도 발견하지 못했다. 동굴을 드나드는 유일한 길은 현재의 동굴 입구뿐이다.

다른 동굴 입구를 찾을 수 없다면, 직접 만들면 어떨까? 소년들이 발견되기 전, 산에 통로를 뚫는 데 가장 큰 장애물은 적정한 장소를 선택하는 문제였다. 하지만 소년들의 위치를 알아낸 지금도, 시추 작업은 여전히 불가능하다. 무엇보다 탐루앙까지 시추 장비를 가져오는 작업이 만만치 않다. 2010년에 칠레 광부들이 구조되었을 때, 그들은 도로로 쉽게 접근할 수 있는 곳에 있었다. 낭논 산맥을 뚫으려면, 시추 장비를 헬리콥터로 옮겨야 한다. 이 일을 위해 인부들이 벌써 정글에 착륙 장소를 내기 시작했지만, 문제는 그것으로 끝이 아니었다.

미 공군과 함께 일하는 지리학자들이 그 지역을 초음파 판독했더니, 뚫을 만한 가장 얇은 지점의 두께가 200미터였다. 석회암에 10~15센티미터 넓이의 구멍을 뚫는 데만 이틀이 걸린다. 사람을 빼낼 만큼 큰 구멍을 뚫는 데는 몇 주, 아니 몇 달이 걸릴 것이다. 조만간 더 많은 비가 내릴 것은 분명한 일. 구조대에겐 이 일을 실행할 시간이 없다.

또 다른 선택은 웅덩이 물을 빼내는 것이다. 동굴에서 물을 충분히 퍼내서 각 통로의 위쪽에 작은 공기 통로라도 만들 수 있다면, 소년들은 뗏목을 타거나 구명조끼를 입고 떠내려갈 수 있을 것이다. 하지만 지금도 물빼기 작업은 전속력으로 진행 중이다. 사이통에서 콸콸 쏟아져 나온 물이 주변 수천 곳의 논을 휩쓸고 있다. 타넷이 이끄는 팀이 산에서 물줄기를 돌릴 배수로를 만들기 시작했지만, 소년들이 잠수하지 않아도 될 만큼 동굴 안 수위가 낮아질지는 의문이다. 다시 비가 내리면, 아마 펌프가 또다시 전속력으로 가동될 것이다.

또 다른 선택은 그저 물이 빠지기를 기다리는 일이다. 어떤 면에서 가장 위험한 선택이다. 전에도 탐루앙이 마른 동굴이었듯이 우기가 끝나면 다시 마른 동굴이 될 것이다. 아이들은 불편하고 황량한 곳에 있긴 하지만, 기적적으로 건강하다. 잠수부들이 음식을 가져다준다면 서서히 힘을 되찾을 것이고, 무엇보다 더는 외롭지 않을 것이다.

릭과 존이 소년들이 있는 9번 동공에 갔다가 오자마자, 여섯 명의 태국 네이비실 대원과 팩 로하라춘이라는 태국 군의관이 보급품을 배달하기 위해 준비한다. 그들은 영국 잠수팀과 미 공군에는 알리지 않았다. 네이비실 대원들은 잠수 장비를 착용하고 에너지 젤과 의약품을 잠수복과 방수 가방에 넣고서 동굴로 향했다.

원래 계획은 잠수해서 물건을 전달하고, 소년들의 건강 상태를 살펴본 다음 잠수해서 돌아오는 것이었다. 하지만 그들은 동굴 잠수 경험도 없을 뿐더러 동굴 잠수부들이 사용하는 재호흡기를 써 본 적도 없었다. 결국 그들은 들어가면서 공급 장치의 공기 대부분을 써 버린다. 물살은 그들의 예상보다 훨씬 더 거세고, 급류와 싸우려면 더 많은 에너지가 필요하고 더 많이 호흡해야 했다.

어느 한 지점에서 팩 군의관은 조절 장치와 안내 밧줄을 놓치고 위기에 빠진다. 그는 공포에 사로잡히기 시작한다. 그는 가족과 이전 선생님들에 생각을 집중하며, 조절 장치와 안내용 밧줄을 다시 찾을 수 있을 만큼 진정한다. 이 일행이 9번 동공에 도달할 즈음엔, 세 명만 입구로 다시 나갈 수 있

한 태국 네이비실 대원이 잠수하면서 안내용 밧줄을 잡고 있다. 굵은 등반용 밧줄은 동굴 입구와 삼약 사이 웅덩이에서 안내용 밧줄로 사용되었다. 그 지점 너머로는 릭과 존이 직접 밧줄을 설치했는데, 아마도 그것은 더 가늘었을 것이다.

는 공기만 남았다.

세 명의 네이비실 대원이 돌아가는 데는 예상보다 훨씬 더 오랜 시간이 걸렸다. 영국 잠수팀은 9번 동공에서 3번 동공까지 잠수해 나가는데 1시간 30분 남짓 걸렸다. 물살과 함께 되돌아오는 데는 시간이 약간 덜 걸리기 때문이다. 그럼에도 네이비실 대원들이 3번 동공에 마침내 도착했을 때는, 9번 동공에서 출발한 지 23시간이 지난 후였다. 3번 동공에서 기다리던 사람들은 전조등이 수면 위로 올라오자 안도하며 환호했다. 죽은 줄로만 여겼던 동료들이 살아 나와서였다.

이제 팩 군의관과 세 명의 네이비실이 복귀 잠수할 수 있도록 여분의 공기탱크를 가져다줄 수 있게 되었다. 그런데 이들은 목숨이 위태로운데도 9번 동공에 소년들과 머물기로 한다. 수위가 상승하면, 잠수를 할 수 없고, 소년들과 함께 동굴 속에 갇힐 텐데도 말이다. 나중에 한 네이비실 대원은 그때의 결정에 대해 이렇게 얘기했다.

"저는 동굴에 들어가겠다고 결심했고, 소년들이 나오지 못하면 저도 역시 나오지 않겠다고 마음먹었습니다. 아무리 시간이 걸려도 아이들과 그곳에 있었을 겁니다."

야생 멧돼지 소년들에겐 이제 먹을 것과 의약품이 생겼다. 소년들은 발과 다리에 베인 상처들 말고는 다친 곳이 없었다. 동굴의 습하고 더러운 환경 때문에 피부가 엉망이 되어서, 상처나 물집은 쉽게 감염될 위험이 있었다. 팩 군의관은 상처에 요오드팅크를 발라 주고 소년들의 건강을 살폈다.

계속해서 어둠 속에 있으면 면역 체계가 약해지는 게 일반적이다. 그럼에도 발견 당시 소년들이 많이 아픈 상태가 아니었다는 건 기적 같은 일이었다. 밤에는 다들 기침을 하고 뼛속까지 추워했다. 이제 커다란 알루미늄 포일 시트 같은 가벼운 은색 담요를 받았다. 이 담요의 반사면은 소년들의 열기를 가두어, 옷보다 한결 더 효과적으로 소년들을 따뜻하게 해 주었다.

발견 당시 모든 소년의 영양 상태는 심각하게 나빴다. 비록 꿈꾸던 음식은 아니지만, 드디어 뭔가를 먹게 되었다.

소년들은 켄터키 프라이드치킨, 볶음밥과 오믈렛, 그리고 마늘, 바질, 고추를 넣은 닭볶음에 밥과 달걀부침을 곁들인 팟 카프라오(태국식 볶음 요리)를 먹는 꿈을 꾸었다. 마침내 그 요리들를 맛볼 수 있다고 생각하니 입에 군침이 돌았다. 하지만 오랫동안 음식을 먹지 못한 뒤에 뭔가를 먹기 시작하려면 아주 천천히 소화가 잘되는 것부터 먹어야 한다. 소년들이 가장 먼저 받은 음식은 아주 단순한 것으로, 당분과 영양분이 가득한 고에너지 젤리였다. 이 달콤하고 찐득찐득한 젤리는 일반적으로 마라톤 선수들이 경기 중에 열량을 빠르게 보충하기 위해 먹는 것이다. 네이비실 대원들은 젤리 꾸러미를 잠수복에 넣어 헤엄쳐서 소년들에게 완벽하게 가져갔다.

초기에 공급된 식품 중에 소년들이 환호하고 즐거워한 것도 있었다. 너무나 먹고 싶었던 막대 사탕 벵벵이었다.

7월 4일. 릭과 존은 보급품을 가지고 9번 동공을 향해 다시 동굴 물속으로 뛰어든다. 이번에는 즉석식품, 미군이 요리할 수 없는 야전 상황에서 이용하는 먹거리를 가져간다. 열량이 약 1,250칼로리로 앙트레(소고기 스튜나 스파게티 같은 요리) 반찬, 디저트와 심지어 매운 소스도 든 음식이다.

태국 네이비실과 군의관은 육체적으로 야생 멧돼지 팀원들을 돌보는 그 이상의 일을 하고 있다. 그들의 존재만으로도 소년들은 안전함을 느끼고 집을 덜 그리워하게 되었다. 네이비실은 소년들이 비탈 꼭대기까지 올라가지 않고도 쉴 수 있게 9번 동공의 비탈 중간 즈음에 평평한 난간을 깎아 놓았다. 여기서 그들은 모래에 그린 놀이판과 돌멩이를 이용해서 소년들과 체스와 체커 게임을 했다. 소년들이 비참한 경험을 했음에도 불구하고, 네이비실 대원들은 체스 게임에서 소년들이 이기도록 내버려 두지 않는다. 소년들은 패배감을 느끼기는커녕, 땅을 파고 물을 마시는 것 외에도 마음을 단련할 무언가가 있다는 것을 즐긴다. 특히 네이비실 대원들 가운데 한 대원은 호들갑스럽게 아이들을 웃겼다. 소년들이 얼마나 불편하고 추운지 알기에, 그는 소년들에게 옷과 보온 담요를 주었다. 그로 인해 속옷만 입게 되어서, 자진해서 놀림거리가 되어 주로 웃음을 주고 놀림을 받았다.

9번 동공에 남은 네 명의 태국인들은 그곳에 머물 계획이 아니었지만, 소년들은 그들이 함께 있어 주는 것이 고마웠다. 소년들은 릭과 존이 '내일'이라고 말했을 때 그 말을 오해했다. 바로 다음 날 동굴에서 나가게 된다는 말로 생각했다. 하지만 영국인들은 내일 사람들이 물품을 가지고 다시 올 것이라는 의미로 말한 것이었다. 네 사람이 사기를 진작시키기 위해 그곳에 없었다면, 탐루앙 안에서 하루 더, 또 하루, 또 다시 하루를 더 있어야 한다는 절망감에 소년들은 인내심을 잃어버렸을지도 모른다.

놀랍게 지금 상태로도 소년들은 기분이 좋다. 그들은 자신을 도와주는 모든 사람에게 예의 바르고 공손했다. 음식을 먹을 때는 항상 직접 청소하고, 쓰레기를 치우며 주변을 깨끗하게 유지했다.

영국 잠수부들은 소년들이 매우 낙관적이어서 놀랐다. 소년들은 먹지도 못하고 바깥세상과 교류하지 못한 채 열흘 동안 갇혀 있었다. 잠자는 곳에서 겨우 몇 미터 떨어진 곳을 화장실로 사용했지만, 징징거리거나 불평하지 않았다. 대신에 웃는다. "정말 평정심이 대단했어요." 나중에 잠수부 제이슨 맬린슨이 경탄했다. "나이를 고려하면 정말로 놀라운 정신력이에요."

영국 잠수팀은 소년들의 웃는 얼굴을 조금 잘못 이해했을런지도 모른다. 태국의 관광 슬로건은 '미소의 나라'이고 관광객들은 종종 태국 사람이 대부분의 다른 나라 사람보다 더 많이 웃는다고 말한다. 태국에서는 미소가 행복한 마음을 표현하기 위해서만 짓는 표정이 아니다. 태국인은 다투다가도 웃고, 지갑을 잃어버렸을 때나 접촉 사고를 당했을 때도 웃을지 모른다. 그들은 미소가 주변 사람들을 편안하게 하고, 상황을 냉정하게 보도록 도와주며, 스스로 침착함을 유지하는 방법이라고 여긴다.

그러니 소년들이 구조대원들을 향해 웃는 일은 놀라운 일이 아니다. 그들은 자신들을 발견한 남자들을 믿었다. 발견되어서 행복하고 감사했다. 그런데 불평하거나 징징거리는 건 예의가 아니다. 물론, 실수는 하지 말아야 한다. 소년들은 동굴에서 빠져나가기 위해 필사적이었다.

네이비실은 9번 동공의 상황을 영상으로 찍어 페이스북에 올렸다. 영상 속 소년들은 어깨를 서로 바싹 맞대어 앉아, 은색 방열 담요를 망토처럼 두르고 있었다. 소년들은 웃으며 얼굴 앞에 양손을 올려 와이를 했다. 두 손가락으로 '평화'를 표시하는 소년들도 있었다. 하지만 미소에도 불구하고 지치고 약해 보였으며, 처음 동굴 모험을 나서던 원기 왕성한 축구 선수였을 때보다 훨씬 더 마른 모습이었다. 이제 집으로 돌아가야 한다.

그러나 현재로서는 아무도 그것을 실현시킬 방법을 모른다. 거의 불가능한 일인 것만 같다.

탐루앙 베이스캠프의 자원봉사자들과 인부들

21

해결사

2018년 7월 3일~4일

아직 소년들을 데리고 나올 방법은 찾지 못했지만, 그들을 발견했다는 소식만으로도 베이스캠프에 활력이 넘쳤다. 소년들이 실종된 첫날부터 줄곧 현장에 있었던 자원봉사자들이야말로 베이스캠프의 변한 분위기를 확연히 느꼈다. 어느새 캠프에는 1만 명에 이르는 구조대원, 잠수부, 군인, 승려, 의료진과 그들을 지원하는 수십 명의 자원봉사자로 붐볐다. 그저 탐루앙 구조 현장의 일부로 보이고 싶은 사람들도 있었지만, 대부분은 어떤 방법으로든 돕고 싶어 안달이 난 사람들이었다.

현지 태국인들로 구성된 전담팀이 지난 열흘 동안 동굴에 배치되어 임무에 필수적인 온갖 종류의 무작위 작업을 수행했다. 그들은 구조가 완전히 절망적으로 보였을 때도 계속 일했다. 대부분 어느 한 조직에 보고하지 않고, 해야 할 일이 보이면 요청이 없어도 즉시 시행하는 임시 조직원들이었다.

구조 작전이 시작된 순간부터 동굴 안에서 일하는 팀은 구조 장비, 음식, 물과 옷 같은 많은 것들이 필요했다. 그것도 신속하게 필요했다. 온갖 물건을 찾아서 탐루앙으로 가져가는 일은 매사이 출신의 현지 지도자 차이욘 아이 스리사무트(이하 아이)와 아누파스 노이 파티센(이하 노이)의 몫이었다.

주지사가 비상 상황을 선언하기 전, 구조 작전 초기에는 물품을 살 예산이 없었다. 그래서 아이와 노이는 주위에 전화를 돌려 기부를 요청했다. 그랬더니 매사이 사람들이 우르르 몰려왔다.

아이는 동굴 바깥에 일렬로 천막을 세우고 기증품인 손전등, 전조등, 온갖 크기의 건전지, 밧줄과 카라비너(암벽 등반에 쓰는 도구의 하나로 암벽에 하켄을 박고 그것에 자일을 연결하는 데 쓰임 - 옮긴이), 의약품, 붕대와 모기 퇴치제 등을 정리했다. 군인들이 처음 탐루앙에 올 때 이틀치의 깨끗한 여벌옷만 챙겨 왔다. 그래서 아이는 셔츠, 바지, 양말, 속옷, 심지어 장화까지 기증품을 모았다. 또한 굶주리는 네이비실을 위해 즉석 컵라면, 치킨 스톡, 과자, 물과 에너지 음료 같은 먹거리도 많이 기부받았다. 아이가 설치한 천막은 (모든 것이 무료인) 작은 야외 백화점처럼 되어 갔다. 만약 이 천막에도 찾는 물건이 없으면, 아이의 대원이 기어코 찾아내 구비했다.

네이비실은 하루 24시간 교대 근무를 하며, 이상한 시간에 이상한 요청을 잘했다. 예를 들면, 새벽 3시에 접착제를 빨리 굳히게 헤어드라이어가 필요하니 구해 달라는 요청 같은 것이다. 아이의 대원은 한밤중에 가장 가까운 친구 집으로 달려가 그것을 가져왔다. 네이비실이 요청한 방수 전조등은 매사이 어떤 곳에서도 구할 수 없었다. 그러자 아이는 미얀마에 있는 친구들에게 전화를 했다. 결국 방수 전조등은 국경을 가로질러 탐루앙 구조 현장에 도착했다.

구하기 힘든 물건을 요청받으면 SNS를 활용하기도 했다. 페이스북 등의 SNS 앱을 통해 그 요청은 매사이를 넘어 주변 지역, 심지어 방콕까지 전해졌다. 네이비실이 소년들에게 가져다줄 첫 음식으로 에너지 젤 팩을 요청했을 때도 그랬다. 아이는 그걸 그 지역에서 찾을 수가 없었다. 온라인에 소년들을 위한 에너지 젤 팩이 필요하다는 글을 올리자, 몇 시간 만에 수도 방콕에서 비행기로 공수되었다. 아이는 치앙라이 공항으로 친구를 보내 물건을 받았다.

구조 작업이 계속되면서, 각지에서 기부품이 엄청나게 들어왔다. 기부품을 취급할 창고도 세워졌다. 노이의 파란색 GM 픽업트럭이 총알처럼 도시를 오가며 기부 물자를 모아서 베이스캠프로 가져갔다. 탐루앙으로 가는 길이 군인들과 기자들로 혼잡해지면, 유일하게 오토바이만이 그 길을 통과할 수 있었다. 곧이어 오토바이가 있는 근처 주민들은 누구 할 것 없이 대원이 되어, 휘발유나 어떤 보상도 바라지 않고 물자와 사람들을 동굴 입구까지 실어 날랐다.

구조 현장의 모든 사람을 먹일 충분한 음식을 마련하는 일은 또 다른 도전이었다. 네이비실은 단백질이 풍부한 음식을

구조대를 위해 음식을 요리하고 있는 자원봉사자들과 아이(오른쪽 보라색 셔츠)

먹어야 하며, 축축한 진흙 동굴로 음식이 상하지 않게 운반되어야 한다. 공원 관리부 경비원인 루타이완 녹 파디센(이하 녹)은 네이비실의 음식 포장을 책임졌다. 날마다 그녀는 동트기 전에 일어나 돼지고기와 끈적끈적한 쌀을 진공 포장지에 쌌다. 이슬람교도인 네이비실을 배려해서 돼지고기가 안 들어간 음식 꾸러미도 준비했다. 매일 그녀는 수백 개의 꾸러미를 만들어서 동굴 입구까지 배달했다. 그녀의 하루 일과는 쉴 새 없이 돌아갔다. 집에 가서 잠시 샤워할 여유밖에 없을 정도였다. 이 샤워 겸 휴식을 마치면 녹은 또 서둘러 베이스캠프로 돌아가 일을 시작했다. 이 임무를 수행하는 동안, 녹

공원 경비원 녹, 구조 현장에서 그녀의 임무는 태국 네이비실을 위한 음식 포장, 배달이었다.

은 밤에 겨우 서너 시간만 잠을 잤다.

영국 잠수팀을 돌보는 일은 틱과 그녀의 친구 부사콘 라아 파티센(이하 라아)이 맡았다. 그들은 릭과 존이 가야 할 곳은 어디든 데려다주고 필요한 장비가 모두 갖추어졌는지 확인했다. 영국 잠수부들이 매운 태국 전통 음식에 익숙치 않은 걸 고려해, 차를 몰고 시내까지 나가 피자와 햄버거 같은 서양 음식을 구해 오는 일도 그들의 몫이었다.

자원봉사자의 경우, 많은 이들이 어떤 음식이든 스스로 찾아다녀야 했다. 하지만 릭과 존이 야생 멧돼지 팀원들을 발견하자 상황이 완전히 변했다. 갑자기 베이스캠프에 좋은 음식들이 도착한다. 태국 왕은 탐루앙 상황을 주시하고 있었다. 왕은 직접 현장의 모든 사람에게 뜨끈하고 신선한 음식을 요리해 줄 푸드트럭을 보냈다. 구조대원들에게 꼭 필요한 2천 개의 비옷도 보냈다. 대원들은 며칠째 진흙탕을 헤치고 다녔고, 거의 모든 대원의 발에는 물집이 생기고 심하게 썩기까지 했다.

수많은 신규 자원봉사자들이 와서 동굴 앞에 커다란 조리용 레인지를 설치한다. 한쪽에선 구조가 진행되고, 캠프 한편에선 지글지글 끓는 마늘 냄새와 갓 뽑은 신선한 커피 향기가 캠프를 휩쓴다. 이슬람 요리사들도 와서 맛있는 할랄 음식(이슬람 식이법에 따라 준비되는 음식)을 만들어 종교와 상관없이 누구에게나 기꺼이 나누어 준다. 자원봉사자들은 산더미 같은 더러운 빨래까지 한다. 마사지 치료사들은 대원들의 아픈 등과 발을 보살피며 봉사한다. 그보다 더 많은 봉사자가 여전히 쓰레기를 줍고 화장실을 청소한다. 한 푼이라도 받으려는 사람은 아무도 없다.

기자들이 그들에게 왜 그렇게 열심히 무료로 일하는지 묻자, 자원봉사자들도 쉽게 대답하지 못한다. 어쩌면 그 질문은 그들에게는 생각할 필요조차 없는 것인지도 모른다. 내가 기꺼이 도울 수 있는데, 왜 멀리서 안타까운 마음으로 바라보고만 있어야 하나? 이곳은 태국이다. 태국 사람들은 서로를 돌보는데 익숙하다.

왼쪽부터 자원봉사자, 아이, 노이, 라아, 틱. 그들은 구조 작업 내내 현장을 도왔다.

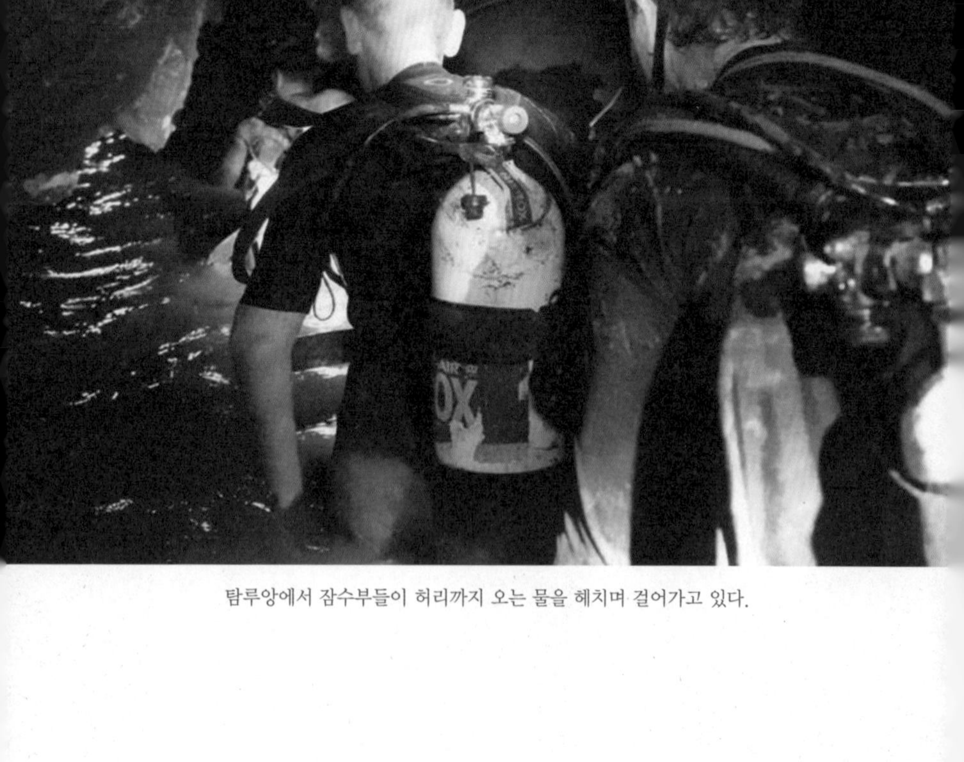

탐루앙에서 잠수부들이 허리까지 오는 물을 헤치며 걸어가고 있다.

22

공황 상태

2018년 7월 5일

소년들을 동굴에서 빼낼 마지막 방법이 딱 하나 있긴 하다. 너무 위험해서 많은 사람이 최후의 선택 수단으로 여겼던 방법. 소년들이 잠수해서 동굴에서 나오는 방법이다.

릭 스탠턴과 존 볼랜턴은 이미 태국 정부에 더 많은 구조 잠수부를 보내 달라고 요청했다. 소년들이 물에 잠긴 통로를 따라 잠수해 나와야 한다면 많은 도움이 필요하다. 그러나 그 도움은 아무나 줄 수 있는 게 아니다.

극한의 웅덩이 잠수 경험과 구조 경험이 있는 잠수부들만이 도움을 줄 수 있다. 불평 없이 구조 작업을 함께하고, 스트레스에도 냉정함을 유지하며, 아이들의 생명이 자신의 손에 달렸다는 부담감을 감당할 수 있어야 한다. 무엇보다 중요한 것은 릭과 존이 함께 작업을 할 만큼 잘 알고 믿을 수 있는 잠수부여야 한다는 것이다. 동굴 잠수부들은 잠수 장비보다 파트너를 훨씬 더 주의 깊게 선택한다. 말 그대로 물속에서 호흡이 잘 맞는 파트너와 있다는 것은 삶과 죽음을 가르는 차이를 만들기도 하기 때문이다. 파트너 잠수부의 재빠른 판단이 이안류(한두 시간 정도의 짧은 기간에 매우 빠른 속도로 해안에서 바다 쪽으로 흐르는 좁은 표면 해류 - 옮긴이)에서 끌어내거나, 산소 게이지가 망가진 것을 인식하거나, 엉킨 안내 밧줄을 잘라 내서 잠수부의 생명을 구한다.

제이슨 맬린슨과 크리스 지웰이 가장 먼저 비행기로 날아와 탐루앙의 잠수팀에 새롭게 합류했다. 제이슨과 크리스는 릭과 존과 더불어 '세계 최고의 동굴 잠수부 목록'에 있는 인물이었다. 제이슨은 지구에서 가장 외지고 긴 몇몇 통로도 끝까지 잠수한 기록을 보유했다. 그들은 불과 몇 년 전까지도 서반구의 가장 깊은 동굴에서 몇 주 동안 잠수했던 탐험대의 일원이었다.

제이슨은 온갖 압력을 받아도 침착하고 물속에서 거의 죽을 뻔한 많은 상황에서 살아남은 것으로도 유명했다. 그런 제이슨이 소년들이 있는 동굴 속 위치와 잠수 조건에 대해 알고 난 뒤 처음 한 생각은?

'이 아이들은 못 나온다.'

이 시기 각종 뉴스 매체에서는 한 가지 사항을 집중 보도

하고 있었다. 소년들 중 아무도 수영할 줄 모른다는 것이다. 이 가짜 뉴스가 소년들은 잠수해서 동굴을 통과해야 한다는 구조 작전에 극적인 요소를 보탠 듯했다. 하지만 제이슨은 그건 이 상황에서 하등의 문제가 되지 않음을 알고 있었다. 잠수 구조에 있어 가장 큰 장애물은 수영이 아니다.

그것은 바로 공황이다.

동굴 잠수부들은 모든 잠수 단계를 관리하고, 가장 사소한 세부 사항까지 계획한다. 하지만 공황은 아무도 계획할 수 없는 잠수의 한 요소다.

노련한 동굴 잠수부 빌 스톤은 잠수 중 공황 상태에 대해 이렇게 말했다.

"공황은 칼의 끝과 같습니다. 칼날의 한쪽에서, 당신은 이성적이어야 합니다. 그래야 좋은 결정을 내리고 문제를 해결할 수 있습니다. 하지만 그 반대편으로 떨어져 공황 상태에 휩싸이게 되면 거기서 빠져나오기란 거의 불가능합니다."

특히 물속에서 그러하다. 경험이 많은 잠수부들도 공황에 굴복한다. 잠수 중 공황을 일으키는 대표적 상황은 안내 밧줄을 잃거나 마스크가 물에 잠기는 일 등이다. 어쩌면 좁은 틈에 끼이거나 줄에 얽혀 꼼짝도 못하는 상황에서 조절기를 향해 손을 뻗었는데 공기탱크의 밸브가 열려 있고 생각보다 공기가 훨씬 더 적다는 걸 알았을 때 그렇게 될 것이다. 때로는 그건 아무것도 아닐 수 있다. 모든 것이 완벽하게 정상임에도 마음이 오작동하거나 뭔가 잘못되고 있다고 자신을 속일 때도 공황에 빠진다.

일단 공황 상태가 되면, 몸의 첫 번째 반응은 호흡이 빨라지고 숨이 가빠진다. 호흡이 빨라질수록 탱크 안의 공기는 더 빨리 탄다. 이건 물속에서는 최악의 대처법이다. 공황은 또한 잠수부가 이상한 행동을 하도록 한다. 나가는 길을 찾으려고 하기보다는 동상처럼 꼼짝 않고서 동굴 벽을 껴안고 있는다든지, 당황한 나머지 반대 방향으로 미친 듯이 헤엄치거나 전혀 다른 방향으로 헤엄치기 시작하는 행동 등이다. 가령 마스크를 벗거나 입에서 조절기를 잡아당기는 것처럼, 정상적 상황이라면 절대 하지 않을 일을 공황 상태에서는 잠수부가 저도 모르게 하게 된다.

잠수부들도 이럴진대, 한번도 잠수 마스크를 껴 본 적도 없는 아이들이라면 어떻게 반응할까? 거의 틀림없이 잠수 중 공황에 빠질 것이다. 그리고 그런 상황은 아이들뿐 아니라 구조 잠수부에게도 치명적이다. 이러한 공황의 위험성 때문에 그동안 사람들은 잠수 구조의 대안을 그렇게 열심히 찾고 있었던 것이다.

우주 탐사 회사인 스페이스X는 영국 동굴 구조 위원회(BCRC)에 제공하겠다며, 신속하게 작은 캡슐 잠수함을 설계하고 조립하기 시작했다. 소년들은 캡슐 안에 웅크리고 앉아 공기로 호흡하며, 잠수부가 이 캡슐을 물에 잠긴 통로를 따라 떠밀고 갈 것이다. 하지만 캡슐 아이디어는 결국 폐기된다. 동굴 내부의 좁고 굽은 통로를 통과할 수 없고, 캡슐 속 가스 상태를 탐지할 방법이 없기 때문이다.

태국 지도부는 우기가 끝날 때까지 소년들을 동굴 안에 남겨두는 쪽으로 의견이 기울고 있었다. 그저 기다려야 한다는 점이 암울하게 들리지만, 현재로선 소년들을 잠수 구조하는 방법보다는 안전한 선택지였다. 어쨌든, 아이들은 지금껏 꽤 잘 지내고 있는 듯했으니까. 음식과 의료품도 어느 정도 공급받고 있고. 조금만 더 꼼짝 않고 앉아 있을 수 있다면, 아마도 제 발로 걸어서 동굴을 빠져나올 수 있을 것이다.

그 사이에, 잠수를 통한 비상품 공급은 계속될 것이다. 제이슨 맬리슨이 음식을 배달하러 갈 때, 소년들에게 부모님께 보내는 짧은 글을 방수 패드에 적게 하면 어떨까 생각한다. 아이들을 구할 방법이 점점 줄어들고 있는 것을 아는 그로서는 그 메모가 어쩌면 아이들이 부모에게 하는 마지막 메시지가 될 수도 있으리라 생각했다. 동굴 속 상황은 비참했지만, 아이들은 모두 한결같이 걱정하지 말라고 당부하는 메시지를 적는다.

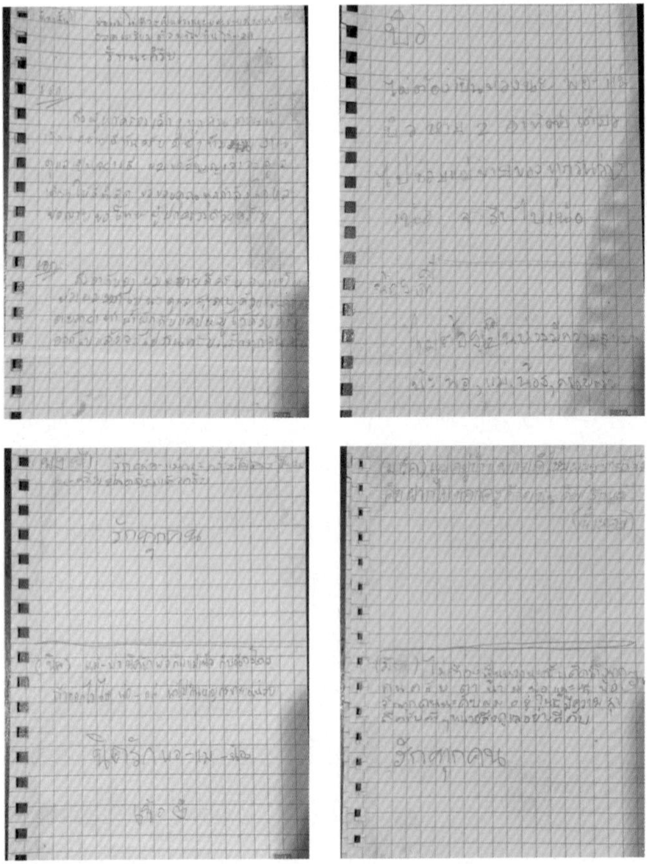

소년들이 가족에게 쓴 메모들

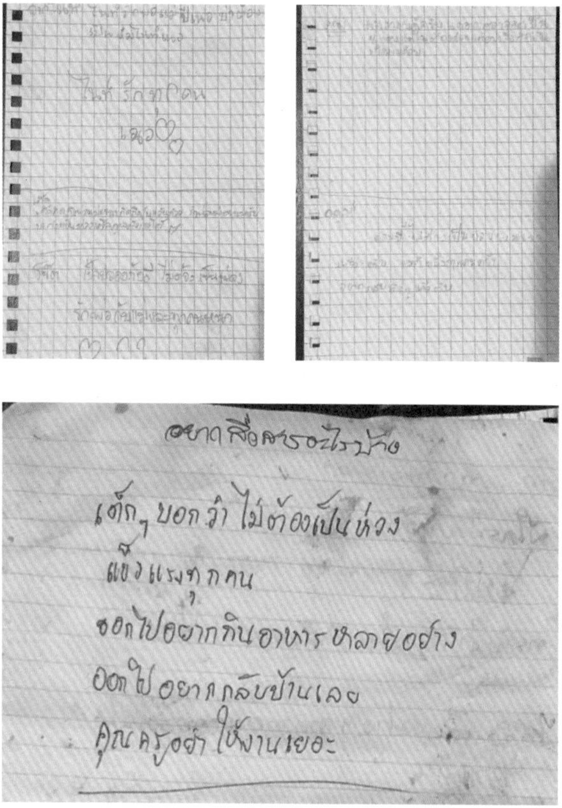

소년들이 가족에게 쓴 메모들

엄마 아빠 걱정하지 마세요. 제가 2주 동안 집에 없었는데, 여기서 나가면 엄마가 가게에서 물건 파는 걸 도와드릴게요. 얼른 갈게요. - 뷰

제 걱정은 하지 마세요. 모두 보고 싶어요. 네이비실 대원들이 잘 돌봐 주고있어요. - 믹스

엄마, 집에 계시죠. 잘 지내시죠? 선생님께 말씀 좀 전해 주시겠어요? - 마크

엄마 아빠 사랑해요. 걱정하지 마세요. 전 안전해요. 다들 사랑해요. - 퐁

그리고 마지막으로 엑 코치의 메시지.

"모든 부모님께, 아이들이 괜찮다는 걸 알립니다……. 최선을 다해 아이들을 보살피겠다고 약속드립니다. 도와주러 오신 모든 분께 감사를 전합니다. 부모님들께 정말 죄송합니다."

부모들도 아들들에게 격려의 편지를 보낸다. 엑 코치의 상태도 걱정하며 그의 메시지에 대한 답장을 보낸다. 아무도 그를 비난하지 않는다며 안심하라는 내용이다.

"엑 코치님, 우리는 당신을 믿어요. 자책하지 마세요. 이 일이 일어난 게 당신 잘못이 아니라는 걸 알아요. 당신도 그렇게 이해하길 바라요. 우리는 당신을 사랑하며, 모두 목숨을 잃을 수도 있었는데 당신이 아이들을 보살펴 준 데 감사해요. 우리는 결코 당신을 비난하지 않아요. 당신과 아이들이 무사히 나올 수 있도록 기도할게요."

타넷이 스페이스X가 설계한 캡슐을 들고 있다.

동굴 안 아이들도 동굴 밖 가족들도 메시지를 주고받고 너무나 행복해했다. 그러나 영국 잠수부들은 달콤한 편지만 갖고 온 게 아니었다. 9번 동공 상황에 관한 걱정스러운 소식도 함께 가져왔다. 네이비실 대원과 팩 군의관도 9번 동공에 머묾에 따라 더 많은 사람이 작고 폐쇄된 공간에서 산소를 들이마시고 이산화탄소를 내뿜고 있다. 공기 질 측정기의 수치는 9번 동공의 산소 농도가 정상치 21%에서 약 15%로 떨어졌다고 나타낸다. 산소 농도가 19% 이하면 건강한 성인도 일하거나 이동하기 어렵다. 12% 미만이면 숨을 헐떡이고 입술이 파랗게 질린다. 10% 미만이면 기절하고 죽게 된다.

태국 지도부는 떨어지는 산소 농도를 해결할 계획을 세운다. 외부에서 9번 동공으로 산소를 보내기로 한다. 태국 네이비실이 부피가 큰 부드러운 튜브 코일을 탐루앙 동굴 안으로 나르기 시작한다. 찰스 하지스 소령은 동굴 안으로 운반되는 산소 튜브를 보고 당황한다. 불과 며칠 전까지만 해도, 그의 부하들과 네이비실이 동굴 안에 얽히고설킨 전선, 안내 밧줄, 전원 케이블을 정리했기 때문이다. 근데, 이제는 더 많은 것들이 통로를 메우게 되었다. 이렇게 되면 잠수는 더 어려워진다. 하지스 소령은 여러 구조팀 간 계획과 소통 부족에 좌절한다. 7월 6일, 그는 몹시 필요한 휴식을 취하려고 일단 그의 대원들을 동굴 밖으로 내보낸다.

그날 밤, 베이스캠프에 있던 하지스 소령은 탐루앙 동굴 안에서 비극이 발생했다는 전화를 받는다.

탐루앙 동굴 안으로 이어지는 계단 위로 운반되는 펌프 호스와 튜브들.

태국 네이비실이 동굴 안으로 산소 탱크를 운반하고 있다.

23

비극적인 사고

2018년 7월 5일~6일

태국 왕립 네이비실은 강한 체력과 투지력으로 구조 현장의 모든 사람에게 깊은 인상을 주었다. 구조 작업도 어느덧 13일째, 지칠 줄 모르고 일하는 듯 보이지만 네이비실 대원도 확실히 지쳐 있었다. 며칠째 잠도 동굴 안에서 겨우 몇 시간 눈 붙이는 것으로 때웠다. 그들은 동굴 입구와 3번 동공의 전초기지를 오가며 보급품과 공기탱크 같은 무거운 짐을 날랐다. "후야!" 하고 뱃속 깊은 곳에서 터져 나오는 대원들의 함성은 주변 모든 이에게 활력을 불어넣었다. 잠수 장비의 부족이나 미흡한 훈련도 맞서 싸우겠다는 그들의 투지를 꺾진 못했다.

탐루앙 구조 현장의 네이비실 대원이 모두 현역 군인은 아니다. 약 50명은 퇴역 대원이지만 구조 작전을 지원하러 왔다. 네이비실은 은퇴 후에도 친밀한 형제 관계를 유지하며 종종 함께 모여서 훈련을 계속한다. 유소년 축구팀의 실종 소식을 접하자, 많은 이들이 모든 일을 제쳐 두고 매사이로 달려왔다.

다른 잠수부들과 네이비실 대원들과 함께한 사만 구난(왼쪽 푸른색 티셔츠)

사만 구난은 퇴역한 네이비실 대원으로 38세였다. 그는 탐루앙의 상황에 대해 들었을 때 방콕 국제공항에서 보안 요원으로 일하고 있었다. 노련한 3종 경기 선수이자 장거리 자전거에 능한 자신의 역량이 이 구조 작전에 유용할 것임을 알았다. 그는 태국 북부행 비행기에 오르면서, 아내와 가족에게 보내는 영상을 녹화했다. 영상 속에서 그는 이렇게 말했다.

“행운이 우리 편이길 바라오. 아이들을 집에 데려다주자고.”

7월 5일 밤늦게, 사만과 그의 파트너 잠수부는 공기 여과 장치를 들고 탐루앙 안으로 향했다. 그들은 장거리 동굴 잠수에서 흔히 사용하는 탱크로 ‘무장’했다. 그들의 임무는 잠수 중 공기가 고갈될 경우 잠수부가 가장 가까운 곳에서 공기를 보충할 수 있도록 여분의 공기탱크를 동굴 안 건조한 거점에 배치하는 것이었다. 그들의 뒤를 따라 다른 네이비실 대원들이 개인 용도의 공기탱크 세 대를 갖고, 추가로 세 대의 탱크를 뒤에서 끌고 갔다.

3번 동공에 자리 잡은 네이비실은 사만과 그의 파트너 잠수부가 거의 열다섯 시간이나 자리를 비웠다는 것을 알아차린다. 마침내 사만의 파트너 잠수부가 모습을 드러내고는, 생명이 없는 사만을 끌어당긴다. 다른 네이비실 대원들도 그를 살리려 달려들지만 이미 때는 너무 늦었다.

아무도 익사의 원인을 정확히 모른다. 사만은 신체적으로 건강하고 바다 잠수 경험도 많았다. 앞서 말했듯이 동굴 속 좁은 통로에선 가장 숙련된 웅덩이 잠수부들조차도 당황할 때가 있다. 게다가 산소 튜브에 뭉툭한 코일까지 추가하면 웅덩이를 통과할 때 훨씬 더 위험해지기도 한다. 동굴 잠수부들은 사만의 사망 소식을 듣고 슬퍼하지만, 큰 충격에 휩싸이진 않는다.

네이비실은 가족과 같다. 사만의 죽음으로 베이스캠프는 슬픔에 동요한다. 그의 동료들은 큰 타격을 받았지만, 그럼에도 반드시 끝내야 할 임무가 있다는 것을 다시 한번 되새긴다. 아무도 사만의 죽음이 헛되지 않기를 바란다. 비록 그를 잃었지만, 구조대원들은 남은 작전을 수행하겠다는 비장한 각오를 한다.

이제 탐루앙 구조대에겐 그 어느 때보다 단호한 결단력이 필요하다. 다가오는 주말의 일기예보도 구조에 유리하지 않다. 더 많은 비가 몰려오고 있다.

사만 구난 기념비

24

위험을 무릅쓰고

2018년 7월 6일

사만 구난의 죽음으로 베이스캠프 구조팀 간 의견이 크게 두 가지로 나뉜다.

영국 잠수팀은 사만의 죽음을 우기가 끝날 때까지 소년들의 구조를 늦추는 것이 불가능하다는 증거로 여긴다. 소년들이 계속 더 안에 머무르게 되면, 음식 공급을 위해 더 많은 잠수부를 투입해야 할 테고, 그건 더 많은 잠수부의 생명을 위험에 빠뜨리는 결과를 초래하게 된다. 번 언스워스는 우기가 11월에 끝나더라도 동굴은 내년 1월까지 물에 잠겨 있을 것이라고 주장한다. 그의 말대로라면 6개월이 지나야 소년들은 밖으로 나올 수 있다.

크리스와 제이슨 이외에도 더 많은 동굴 전문 잠수부들이 전 세계에서 베이스캠프에 속속 도착한다. 그들은 릭과 존이 잠수 구조를 수행하는데 필요한 도움을 준다. 몹시 위험하겠지만, 되도록 빨리 아이들을 동굴 밖으로 구조해야 한다는 데 의견을 같이 한다. 9번 동공의 산소 농도는 위험할 정도로 낮아지고 있다. 번은 진지하게 말한다.

"잠수 구조를 더 지체했다간, 열세 구의 시체를 꺼내 오게

산소 밀도에 대한 인간의 반응

산소 수위	신체 반응
21%	• 정상
15-19%	• 활발한 에너지를 발휘할 수 없음 • 기능 조정 장애
10-12%	• 호흡률 증가 • 입술이 파랗게 변함 • 판단력이 흐려짐
8-10%	• 기절함 • 무의식
6-8%	• 4~5분 이내에 산소 밀도가 정상이 되면 회복 가능 • 8분 이내에 사망

될 겁니다."

반면, 태국 지도부는 사만의 죽음을 잠수 구조는 불가능하다는 것의 증거로 여긴다. 스쿠버 경험이 있는데다 3종 경기 선수인 38세의 건장한 네이비실 대원이 탐루앙에서 잠수하다가 사망했다. 그런데, 어떻게 영양실조인 열두 명의 아이와 코치가 잠수를 해서 동굴 밖으로 나올 수 있단 말인가? 결국, 태국 지도부는 잠수는 치명적이라고 단정짓는다. 이틀 전, 나롱삭 주지사가 언론 브리핑을 통해 절대적으로 안전한 방법으로 소년들을 데리고 나오겠다고 태국 전역에 대고 약속했다. 그러나 잠수는 절대적으로 안전한 방법이 결코 아니다.

태국 지도부는 그들이 입수한 다른 정보에 희망을 걸기로 했다. 소년들은 네이비실 대원들에게 동굴 속에서 개가 짖는 소리와 닭이 우는 소리를 들었고, 어느 순간 머리 위에서 헬리콥터 날개가 윙윙거리는 소리도 들었다고 했다. 이 말은 지표면의 소리가 닿는 일종의 수직 동굴 근처에 축구팀 아이들이 있다는 의미다. 구조대가 인내심을 갖고 이 통로를 찾기만 하면 된다. 구멍을 조금 뚫어야 할지도 모르지만…. 소년들을 지표면 위로 끌어올릴 수 있는데, 왜 물속에서 끌어내려고만 하는가?

7월 6일 아침, 타넷 나티스리와 싱하나트 대령은 물길을 돌릴 곳을 찾기 위해 산 중턱을 조사할 헬리콥터에 오른다.

두 사람은 헬기 기지까지 타고 갈 트럭을 기다리다, 번 언스워스와 영국 동굴 구조 위원회 회원들을 만난다. 그들은 영국팀이 태국 지도부에 동굴 잠수 구조를 수행할 권한을 달라고 촉구했지만, 설득하지 못했다는 것을 알게 된다. 타넷은 태국 지도부의 거절에 좌절한다. 그 역시 지금 상황에선 동굴 잠수 구조만이 유일한 선택이라는 데 동의하기 때문이다. 그는 번 언스워스와의 대화로 아이들이 지하 너무 깊이 있어서 지표면에서 나는 어떤 소리도 들을 수 없다는 것을 잘 알고 있었다. 만약 동굴로 진입할 다른 통로가 있다면 번이 분명 알고 있을 터였다. 소년들이 들은 건 그냥 동굴 내부의 소리거나 환청 같은 것이다.

지금 타넷과 그의 팀은 며칠 동안 물과 사투를 벌이는 중이었다. 가까스로 물을 막고 있지만, 그것은 그동안 날씨가 맑았고, 모든 사람이 거의 죽을 지경으로 일한 덕분이었다. 타넷은 그의 팀이 몽크 시리즈 위쪽에 공들여 적절하게 놓은 댐과 임시변통의 미끄럼틀 물받이에 대해 생각한다. 그 구조물들이 당장은 버티겠지만, 폭우가 시작되면 모두 쓸려 버릴 수 있다.

탐루앙의 수위가 다시 높아지면, 잠수는 불가능해진다. 전날 영국 잠수팀은 힘들게 오가며 군인용 진공 포장 식품 100개를 9번 동공에 비축했다. 소년들이 우기가 끝나기까지 버티려면 최소한 1,800끼니가 필요하다. 이 말은 잠수부가 음식을 보충해 주려고 18일을 왔다 갔다 해야 한다는 의미다.

비는 18일 동안 그치지 않을 것이다. 일단 홍수가 지면, 물품을 보급하는 잠수부가 다시 돌아올 수 없을 테고, 동굴 안 식량도 그만큼 빠르게 줄 것이다. 설상가상으로 수위가 너무 높아지면 소년들이 머무는 비탈까지 홍수가 질 수도 있다. 그런 경우엔 시추 작업이 몇 주에 걸려 성공한다 하더라도, 아이들은 하루도 생존하지 못할 것이다.

간신히 대홍수의 상황은 피하더라도, 9번 동공의 산소 농도가 현재 너무 낮아진 상태이다. 이대로는 그곳에 꽉 들어찬 열일곱 명이 생명을 유지할 수가 없다. 사만의 죽음 뒤, 네이비실은 여분의 산소탱크를 동굴 내 비축해 두는 작업이 너무 위험하다고 판단하고 튜브를 제거했다. 그즈음 소년들은 꽤 건강하지만, 적절한 양의 산소, 음식과 의료 도움이 없다면 얼마나 더 오래 버틸 수 있을까? 아이 중 하나라도 감염되면 어떻게 될까? 동굴의 습하고 더러운 환경은 세균의 번식지다. 타넷은 주위로 물이 차오르며 병에 걸려서 하나둘씩 죽음에 이르는 친구들을 바라보는 소년들을 생각하며 몸서리친다.

영국 잠수팀과 태국 정부 관리들이 서로 같은 주차장에 진을 치고 있음에도 불구하고, 의사소통은 원활히 이뤄지지 않고 있었다. 심지어 태국 지도부는 9번 동공의 산소 농도가 떨어지고 있다는 사실도 몰랐다. 또한 소년들에게 충분한 물품을 공급하는 일이 얼마나 어려운지도 잘 모르는 듯했다.

타넷과 싱하나트 대령은 이 모든 정보를 태국 정부 관리들에게 알리고, 어떻게든 그들의 생각을 돌리자고 결의한다. 먼저 싱하나트 대령의 지휘관에게 가서 얘기한다. 군의 답변은 소년들을 동굴 안에 계속 있게 하는 계획을 고수해야 하며, 그 결정을 바꾸려면 태국 네이비실의 승인이 있어야만 한다는 것이다.

이 지점에서 타넷과 싱하나트 대령은 벽에 부딪혔다. 태국 문화에서 지위와 계급은 중요하다. 더 어리고 경험이 적은 사람은 연장자에게 존경을 표해야 한다. 군 계급도 직함도 없는 젊은 식당 주인이 군 지휘관에게 왈츠를 추듯 다가가 조언할 순 없다. 싱하나트 대령도 군 장교지만 네이비실과는 전혀 다른 부대 소속이다. 그런 그가 네이비실 지휘관에게 가서 말한다면 자신의 임무를 훨씬 벗어나게 되고 모든 경력이 위험에 처할 수도 있다. 그의 지휘관이 대령에게 내린 명령은 분명했다. 네 임무 범위를 벗어나지 마라. 상관에게 질문하지 마라.

싱하나트 대령은 위험을 무릅쓰기로 한다. 타넷과 싱하나트 대령은 네이비실 캠프로 가서 지휘관인 아파콘 소장을 찾

(왼쪽에서 오른쪽으로) 번 언스워스, 로브 하퍼, 타넷 나티스리,
워라난 '틱' 라트라위파쿤과 싱하나트 대령

는다. 두 사람은 현재 태국에 살며 태국어가 유창한 조시 모리스(이하 조시)라는 미국 동굴 탐험가도 데려간다. 조시는 구조 현장에서 영국 잠수팀 통역 자원봉사를 하고 있었다. 싱하나트 대령은 매우 겸손하고 공손하게 아파콘 소장에게 다가가서 단 몇 분이라도 말씀을 나눴으면 한다고 요청한다. 아파콘 소장은 간단한 대화에 동의한다.

싱하나트 대령이 말을 꺼낸다.

"저희 얘기를 들어주셔서 감사드립니다. 저희가 영국 잠수부들과 국제 팀에게서 얻은 몇 가지 중요한 정보를 소장님께 제공하고 싶습니다."

싱하나트, 타넷과 조시는 재빨리 영국 잠수팀이 알려 준 최신 정보를 아파콘 소장에게 전한다. 소장의 얼굴은 점점 심각해진다. 이야기가 끝나자, 아파콘 소장은 네이비실 대원들이 지금 지치도록 일하지만, 얼마나 더 이 힘든 노력을 계속할 수 있을지 걱정이라고 속내를 털어놓는다. 그는 잠수 구조를 지원하기 위해 자신의 권한을 사용하도록 허락한다.

그날 저녁, 아파콘 소장의 주재로 모든 태국 고위 관리들이 베이스캠프의 군사령부 상황실에 모여 회의를 하기로 한다. 이 회의에는 태국 내무부 장관 아누퐁 파오친다도 참석하기로 한다. 내무부 장관은 태국의 모든 주지사를 감독하고 총리에게 직접 보고할 권한을 갖고 있다. 파오친다 장관만 설득한다면, 잠수 구조를 진행할 허가를 받을 수 있을 터였다. 하지만 그러려면 확실한 계획을 제시해야 한다. 계획에 균열이 생기면, 태국 지도부는 역시 잠수 구조는 너무 위험하다고 여기고 물러날 것이 분명하다. 모든 세부 사항을 심사숙고할 필요가 있다.

타넷, 싱하나트 대령과 조시는 아파콘 소장에게 감사를 전한 다음, 서둘러 베이스캠프를 가로질러 미 공군 비행 대대가 주둔한 곳으로 갔다. 타넷은 이미 하지스 소령과 스쿠버

구조대원들이 탐루앙 동굴 지도를 보고 있다.

다이빙 안전 관리 책임자인 데릭 앤더슨 상사를 만났고, 그들의 행동 방식에 감탄했다. 그들은 직설적이지만, 전문적이고 존경스러울 정도로 침착하다. 그들이라면 소년들이 잠수하여 탈출하는 확실한 사례를 만들 수 있으리라 여긴다. 하지만 회의 시간까지 빈틈없는 계획을 세울 수 있을까?

미국팀은 타넷에게 며칠 전부터 이미 확실한 구조 계획을 갖고 있었다고 말한다. 앤더슨 상사는 작전의 성공 여부는 모든 세부 사항을 어떻게 관리하느냐에 달렸음을 잘 안다. 그는 영국 잠수팀과 의견을 나눴고, 일이 잘못될 가능성에 대비해 철저한 구조 계획을 세웠다. 미국팀은 이 탄탄한 계획을 언제든 누구에게든 발표할 준비가 되어 있었다.

회의는 밤 10시에 시작된다. 잠수 구조를 계속 진행하도록 의사 결정권자들을 설득할 기회는 한번뿐이다. 절대 실패해서는 안 된다.

데릭 앤더슨 상사가 베이스캠프에서 탐루앙의 지도를 가리키고 있다.

25

아주 중요한 회의

2018년 7월 6일

그날 밤 10시에 탐루앙 구조 현장의 모든 태국 고위 관리들이 주차장 끝에 있는 공원 본부 건물 상황실로 비집고 들어간다. 파오친다 내무 장관은 구조 작전 지휘관인 나롱삭 주지사와 함께 이미 그곳에 와 있었다. 네이비실과 태국군 지휘관들도 장교들, 관리들, 학술 고문들과 함께 참석한다. 타넷과 장인도 뒤에서 의자 등받이를 잡는다.

릭, 존과 번은 이미 여러 번 태국 지도부에 의견을 제안했고, 더 보탤 것은 없다고 생각해 회의에 참석하지 않는다. 대신 영국팀의 다른 한 사람만 참석한다. 솔직하게 말하는 영국인들이 참석하지 않는 게 최선인지 타넷은 고민한다. 많은 태국 고위 관리를 설득하는 일은 세심한 주의가 요구된다. 외교와 의사소통 기술이 완벽하게 조화로운 사람만이 할 수 있다. 다행히 그의 눈에 미국 장교들이 그런 인물들로 보인다. 짤막한 공식적인 소개 후, 찰스 하지스 소령이 발표를 시작한다.

군사령부 상황실로 쓰인 탐루앙 공원 건물

하지스 소령은 그의 부대가 탐루앙에 도착한 순간부터, 그들의 감정 때문에 결정이 휘둘리는 것을 경계해 왔다고 말한다. 아울러, 그는 지금 이 순간이 태국 지도부에게 얼마나 긴박한지도 안다. 태국 지도부는 동굴에 갇힌 소년들뿐 아니라, 바깥에 있는 소년들의 부모와 사랑하는 사람들도 고려해야 한다. 마음을 다해 기도하며 그들의 일거수일투족을 지켜보고 있을 태국 전역의 수백만 명의 사람들도 생각해야 한다.

이런 상황에서 태국 지도부가 일부 아이들이 죽을 수도 있는 계획을 먼저 발벗고 나서서 추진하자고 하는 것은 너무나 부담스럽고 힘든 일이다. 하지스 소령은 태국 지도부의 입장을 충분히 이해한다. 차라리 이 상황에서는 태국인이 아닌 그가 이 계획을 제안하고 추천하기가 더 쉬울 것이다.

하지스 소령은 현재 상황을 있는 그대로 설명하며, 소년들을 구조하기 위한 모든 선택 옵션을 어떻게 조사했는지 일일이 보고한다. 대체 입구, 땅 파기, 물 빼내기와 건기까지 아이들을 동굴 안에 머물게 하는 옵션까지 전부 설명한다. 그러고 나서 하나하나의 선택마다 따르는 모든 문제점도 파헤치며 설명한다.

마지막으로 그가 제안한다.

"유일하게 남은 선택지는 아이들을 잠수하게 해서 구조하는 것입니다."

잠수가 위험할 수 있음을 인정하지만, 다른 대안에 비해 가장 안전한 행동 방침이라고 확인시킨다. 그러고 나서 잠수 구조 계획의 각 단계를 검토한 데릭 앤더슨 상사에게 발표를 넘긴다. 앤더슨 상사는 확실한 구조 계획을 제시한다. 상황실에 모인 모두가 앤더슨 상사가 모든 세부 사항을 충분히 알고, 여러 번 검토했다는 사실을 납득한다. 앤더슨 상사는 누구도 의심할 여지가 없게 잠수 구조는 신중하게 이루어질 거라 확신에 찬 말로 발표를 마무리한다.

발표가 끝난 후, 학술 고문으로 참석한 일단의 태국 교수들이 일어나서 잠수 계획을 반대한다.

"왜 이렇게 서둘러야 합니까? 시간을 갖고 더 많은 자료를 모으고 데이터를 분석해야 합니다!"

그들만큼이나 데이터를 선호하고 신뢰하는 타넷이 머리를 휘휘 내젓는다. 그는 그들이 얼마나 많은 데이터를 모으는지는 중요하지 않다는 걸 안다. 그들은 결과가 어떻게 될지 확실히 예측하지 못할 것이다. 시간이 없는 지금 이 순간 필요한 건 그들의 전폭적인 믿음뿐이다.

타넷이 나선다. 자신의 팀이 물길을 바꾼 노력에 대한 보고서를 제출하며 물을 통제하는 것이 얼마나 중요한지 설명한다. 상황실에 모인 대부분의 사람은 사이통에서 어떻게 물을 빼고 있는지, 산 중턱에서 물줄기를 바꾸기 위해 어떤 일을 벌이고 있는지 잘 모른다. 타넷이 설명하자 그제야 그들은 진실을 알고 놀라며 고개를 끄덕이고 중얼거린다.

공식적 회의가 끝나고, 나롱삭 주지사는 하지스 소령을 따로 만나 정확하게 성공 가능성은 얼마나 되느냐고 묻는다. 여느 때처럼 하지스 소령은 사실을 왜곡하지 않고 대답한다. 그의 추정으론 60~70%의 성공률이다. 그리고 직설적으로 이렇게 덧붙인다.

"전 어느 곳에서든 세 명에서 다섯 명 정도의 아이들이 죽을 수도 있다고 생각합니다."

열세 명 중에 다섯 명. 거의 절반이 생명을 잃을 수 있다.

그러나 하지스 소령은 지금 당장 실행하지 않으면, 성공률은 제로가 될 것이라고 재빨리 덧붙인다. 최대한 빨리 동굴 밖으로 꺼내지 않는다면, 아무도 살아남지 못할 것이다.

탐루앙 잠수 구조 계획

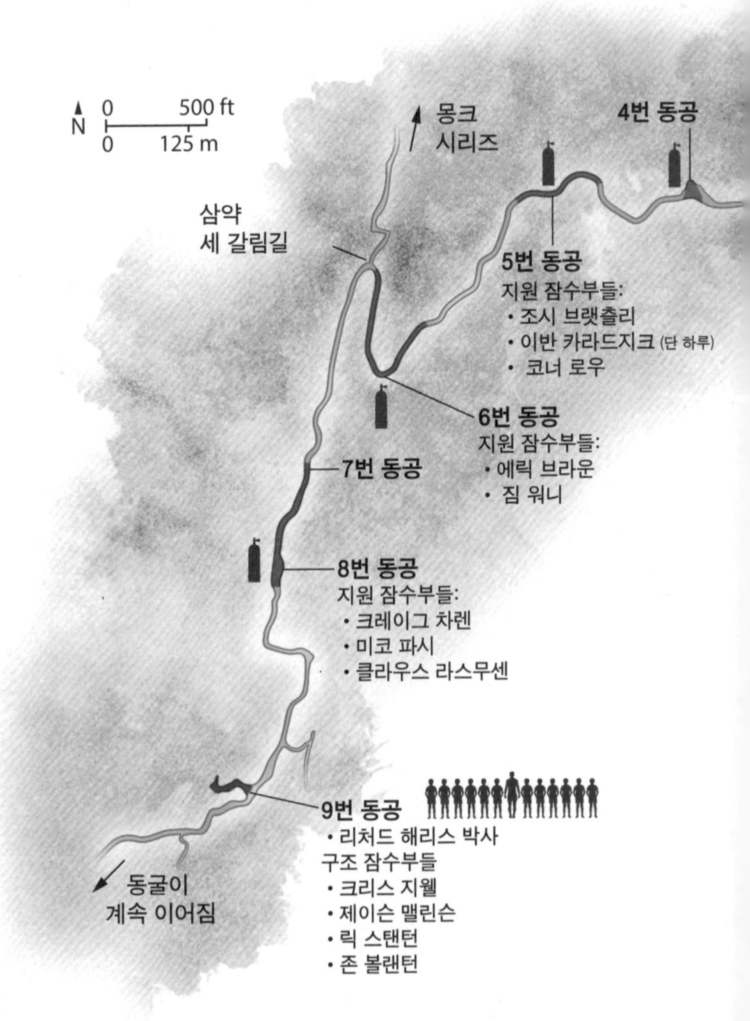

N
0 500 ft
0 125 m
몽크
시리즈
4번 동공
삼약
세 갈림길
5번 동공
지원 잠수부들:
• 조시 브랫츨리
• 이반 카라드지크 (단 하루)
• 코너 로우
6번 동공
지원 잠수부들:
• 에릭 브라운
• 짐 워니
7번 동공
8번 동공
지원 잠수부들:
• 크레이그 차렌
• 미코 파시
• 클라우스 라스무센
9번 동공
• 리처드 해리스 박사
구조 잠수부들
• 크리스 지웰
• 제이슨 맬린슨
• 릭 스탠턴
• 존 볼랜턴
동굴이
계속 이어짐

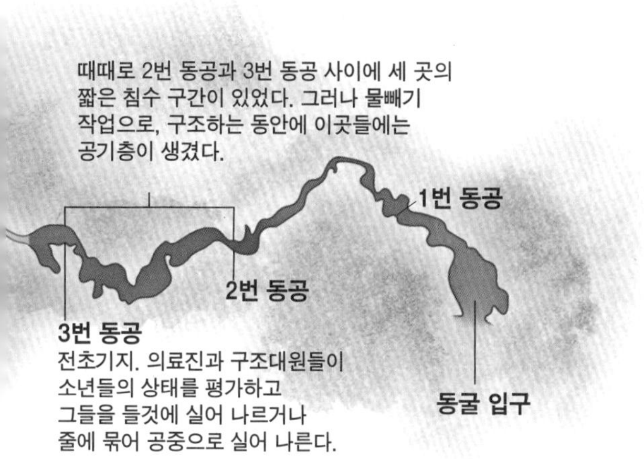

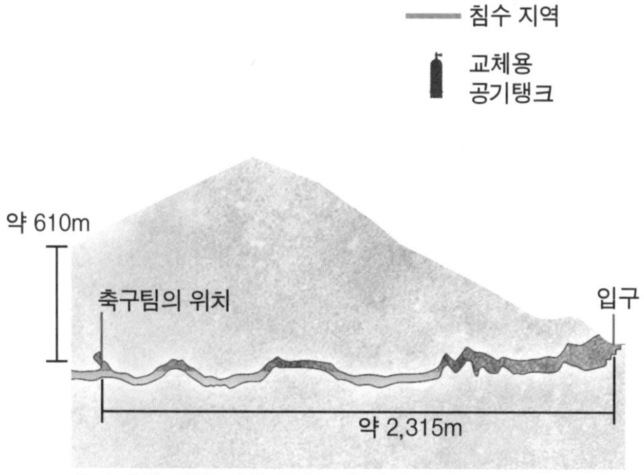

화가 재현: 일정 비율의 축소가 아님

파오친다 내무 장관이 잠수 구조 계획에 동의한다. 비극적인 인명 피해로 끝날 수도 있는 구조에 앞장선다는 것이 그로선 엄청난 부담이다. 하지만 그는 이 계획만이 앞으로 나아갈 수 있는 유일한 방법이라고 확신하며, 위험을 받아들일 준비를 한다. 그는 그 계획을 신속히 실행하라고 명령한다.

상황실에서 사람들이 나가자, 파오친다 장관은 타넷과 그의 장인에게 함께 앉자고 요청한다. 장관이 말하길, 지금까지 총리는 시추 옵션에 찬성했고, 자신이 궁극적인 발언권을 갖게 될 거라고 한다. 물론, 총리는 장관의 결정을 지지할 것으로 예상되지만, 파오친다 장관은 잠수가 시추보다 더 나은 선택인 점을 설명하는 서한을 보내야 한다. 파오친다 장관은 타넷과 그의 장인에게 그 서한 작성을 도와 달라고 부탁한다. 타넷은 몇 번이나 눈을 깜빡인다. 군 계급도 지위도 없는 태국계 미국인 식당 주인이 태국 총리에게 편지를 쓰게 된 것이다. 그는 간신히 손을 진정시키고, 펜을 집어 편지 초안을 작성하기 시작한다.

잉크가 마르며, 모든 것이 제자리를 잡는다. 이제 그들에겐 36시간의 준비 시간이 주어졌다.

회의가 끝난 후, 파오친다 장관(오른쪽)과 마주 앉은 타넷과 그의 장인(왼쪽)

26

1단계: 예행연습

2018년 7월 7일

이전까지 이렇게 많은 인원의 구조대원이 동굴 잠수 구조를 시도해 본 적은 없었다. 또한, 여러 명의 아이들을 잠수로 동굴에서 구조해야 하는 상황도 처음이었다.

불과 몇 주 전만 해도, 이곳에 모인 세계적 동굴 잠수 구조 전문가들은 이 모든 일이 불가능하다고 여겼다. 그런데, 이제 이곳 탐루앙낭논에서 그 불가능한 시도를 하려 한다. 준비할 충분한 시간도 없이….

지난 2주간 벌어진 각 구조 팀간의 의견 불일치나 오해는 잊어야 한다. 구조대원들은 이제 각자 하나의 장비로 작동하는 완벽하게 동기화된 기계처럼 일사분란하게 움직여야 한다. 단 한 사람이라도 제 할 일을 수행하지 못하면, 구조 기계 전체가 고장 나게 된다.

릭과 존, 그들의 동료들은 구조 잠수 부분을 전적으로 계획한다. 크리스 지웰과 제이슨 맬린슨이 잠수해서 아이들을 동굴 밖으로 데리고 나오는 중대한 책임을 떠맡을 것이다. 전 세계에서 온 숙련된 동굴 잠수 구조대가 그들을 지원하기로 한다. 일단 구조 작업을 시작하면, 열세 명의 잠수부를 3번 동공 너머에 배치하기로 한다. 작지만 신뢰할 수 있는 팀이다.

소년들의 잠수 구조 계획을 맨 처음 생각한 순간부터, 릭과 존은 두 가지 요구 사항이 사전에 반드시 충족되어야 잠수 구조를 실행할 수 있다고 결론 내린다.

첫째는 아이들에게 맞는 전면 마스크를 찾는 것이다. 9번 동공에서 소년들을 발견했던 날, 그들은 수면 가까이 다가온 아이들을 보며 가장 먼저 아이들이 정말 작다는 사실을 알아차렸다. 그 작은 얼굴을 단단히 감쌀 사이즈의 마스크를 찾는 일이 쉽지 않을 것이다. 눈과 코만 가리는 흔한 마스크로는 절대 안 된다. 소년들이 입에 문 조절기를 놓치지 않도록 얼굴 전체를 씌울 마스크가 필요하다. 마스크 안으로 공기를 계속 주입해서 '일정한 압력'이 유지되어야 한다. 봉인한 곳이 부딪치거나 조금이라도 느슨해지면, 물이 밀려들어 마스크가 물에 잠기는 것이 아니라 공기가 밖으로 새어 나오고 말 것이다.

적절한 마스크를 찾는 일 자체가 분명 대단한 도전이다.

적합할 듯한 마스크는 산업 잠수부와 소방관이 사용하는 마스크 종류가 유일하다. 영국의 '브리스톨 채널 다이빙'이라는 작은 잠수 가게 주인이 물품을 샅샅이 뒤져 이런 유형의 마스크 두 개를 마침내 찾아내어, 경찰의 전폭적인 호위를 받으며 런던 공항으로 보낸다.

아이와 이 문제 해결 전담반 멤버들이 마스크를 시범 착용해 볼 현지 아이들을 수소문한다. 다행히 축구팀 소년들 또래의 한 소년이 학교도 빠지고 기꺼이 돕겠다고 자원한다. 영국에서 공수된 마스크를 소년에게 씌워 보는데, 너무 크다. 잠수복에서 잘라낸 네오프렌 조각을 이용하는 등, 마지막 순간에 임시변통 기술을 발휘하긴 해야 하지만, 일단 적합한 마스크를 얻은 것이나 다름없다.

이 전면 마스크 덕분에, 소년들이 정상적으로 숨을 들이쉬고 내쉴 수 있다. 구조하는 동안 아이들의 호흡 문제는 이제 생각할 필요가 없다. 이것은 릭과 존의 두 번째 요구 사항에도 이로운 점이다. 그들이 요구할 두 번째 조건은 바로 구조하는 동안 소년들을 완전히 기절시키자는 것이기 때문이다.

앞에서도 언급했듯 잠수 중 '공황'은 가장 큰 난관이다. 그래서 릭과 존은 의사 친구인 리처드 해리스에게 잠수 구조대에 합류해 달라고 요청한다. 리처드 해리스 박사는 최고 수준의 동굴 잠수부일 뿐 아니라 마취 전문의이기도 하다. 그는 환자들에게 고통을 덜어 주는 약을 처방하고, 수술 전 진정제로 그들을 진정시키는(잠들게 하는) 일을 한다. 이 일은 그에게 스트레스 상황에서도 놀라울 정도의 분별력과 침착을 요구한다. 의사로서의 그런 자질을 고려할 때 그가 훌륭한 웅덩이 잠수부이기도 하다는 사실은 전혀 놀랍지 않다. 해리스 박사는 오랜 파트너 잠수부이자 동굴 잠수의 또 다른 기록 보유자인 수의사, 크레이그 차렌과 함께 오스트레일리아 애들레이드에서 태국 북부로 날아온다.

축구팀 소년들에게 진정제를 놓자는 얘기를 들었을 때, 해리스 박사는 처음엔 말도 안 된다고 생각한다. 그는 릭에게 이렇게 말한다.

"진정제는 생각조차 할 수 없네. 마취된 상태로 아이들을 잠수시켜 밖으로 안전하게 데리고 나오는 것은 불가능해."

그는 환자들을 마취할 때 정상 기준에 맞춰 진정제를 놓는데, 특히 어린 환자를 잘 다룬다는 평판을 듣곤 했다. 하지만 그건 다른 의사들과 간호사들도 함께 어린 환자를 지켜보는 상황에서이다. 곧바로 필요한 다른 약물과 의료 장비를 사용할 수 있는 지극히 일반적인 의료 행위 상황 말이다. 무언가 잘못되었을 때 응급 의료의 도움을 전혀 받을 수 없는 어둡고 축축한 동굴에서 아이들에게 진정제를 놓는 일은 그 위험의 차원이 다르다.

그러나, 탐루앙 현장에서 며칠째 고군분투한 동료 잠수부들의 끈질긴 설명을 듣고 나자, 해리스 박사도 그 방법이 가장 안전한 구조 방법이라는 데 마지못해 동의한다. 그는 의심할 여지없이 몹시 무거운 마음으로 어떤 약을 소년들에게 투여할지 다른 의사들과 의논하기 시작한다.

진정제 투여는 소년들의 부모에게는 일단 알리지 않기로 한다. 또한 구조 작업이 진행되는 동안 이 부분은 전혀 공개하지 않기로 한다. 아마도 여론이 각종 우려를 쏟아낼 것을 걱정한 태국 지도부의 조치인 듯하다. 소년들을 진정제로 잠재운 다음 물속에서 끌고 나온다고? 아이들이 깨어나지 못하면 어떻게 하나? 수술이 아닌 다른 일에 마취용 진정제를 사용한다는 것 자체가 걱정스럽고 위험하게 들린다. 그리하여 이 구조 작전에 직접 개입하는 잠수부를 제외하고, 구조 작전 도중 동굴 안에 있게 될 인부, 다른 구조대원 그 누구도 소년들이 진정제를 맞았다는 사실을 모르도록 보안에 붙이기로 한다.

진정제와 잠수의 조합은 자칫 잘못하면 단 한 순간에 소년들을 익사시킬 위험이 있기 때문에 구조 작업에서 가장 위험한 부분이 될 것이다. 이 위험천만한 구조가 성공하려면 완벽하게 계획하고 수행해야 할 다른 일이 많다. 하지스 소령은 그들이 선호하는 문제 해결법 가운데 하나를 사용하자고 제안한다. 그가 이끄는 미 공군 구조대와 태국 네이비실이 따로 계획을 설계하고, 그 후에 만나서 비교하는 방식이다. 두 계획에서 가장 좋은 아이디어를 선택해 가능한 최상의 하나의 계획을 수립하는 것이다.

그렇게 야생 멧돼지 축구팀 소년들의 잠수 구조의 세부적 실행 방법까지 수립된다. 구조대원들은 구조의 경로를 각각 9개의 동공으로 나눈다. 잠수를 시작하는 시점에 해리스 박사가 9번 동공에서 구조 대상인 소년에게 진정제를 주사한다. 그 다음엔 영국 잠수팀인 릭과 존, 크리스와 제이슨이 잠든 아이를 9번 동공에서 3번 동공까지 잠수시켜 데려간다. 그 경로를 따라 군데군데 건조한 곳에 지원 잠수부들이 대기하고 있다가 공기탱크를 교환해 주고, 건강 상태를 점검하고, 만약에 네 명의 잠수부 중 누구에게라도 문제가 발생하면 즉시 교체 투입되어 소년의 잠수 구조를 이어간다. 태국 네이비실과 미 공군을 포함한 다른 모든 구조대원은 3번 동공에서 기다리고 있다가 소년을 받아서 출구로 데려간다. 이렇게 한 번의 구조 작전을 끝낸다.

잠수 구조 계획 전반이 합의되자, 데릭 앤더슨 상사가 이끌어 구조대 예행연습을 시작한다. 그는 탐루앙 주차장의 넓은 지역을 청소하고 플라스틱 의자로 동공들 위치를 표시해 동굴의 미니 버전을 만든다. 구조 경로의 각 지점에 단계적으로 있어야 할 공기탱크는 물병을 배치해 표시한다. 그리고 그 모형 '동굴'을 걸어가며 공기탱크와 구조용 들것이 더 많이 필요한 곳과 소년들을 옮기는데 필요한 인원이 얼마인지 표시한다. 베이스캠프에 있는 몇몇 사람들은 그를 이상하게 쳐다보지만, 앤더슨 상사와 그의 부대에서는 이런 예행연습이 표준적인 절차일 뿐이다.

다른 구조대원들도 마스크 테스트 때 자원했던 현지 어린이들(기쁘게도 이 아이들은 학교를 결석하고 또다시 자원했다.)과 실내 수영장에서 만나 예행연습을 한다. 아이들이 작은 잠수복, 전면 마스크와 장비를 착용하자, 잠수부들은 물속에서 어린 아이의 작은 몸을 견인하는 데 가장 좋은 방법을 고민하고 연습한다.

한편, 싱하나트 대령과 타넷은 물 관리에 총력을 기울인다. 나롱삭 주지사가 "우리는 지금 물과 전쟁 중입니다."라고 기자 회견에서 말한 대로, 사이통의 모든 물 퍼내기 작업은 최대 출력을 유지하고 있다. 배수로 구조물도 강화하고 수리해야 한다. 작동 중인 펌프가 하나라도 고장 나거나 배수로 구조물이 잘못되면 구조 작전 전체가 위태로워질 수 있다.

타넷은 산에서 배수로 작업 팀을 지휘하지 않을 때는, 노트북 앞으로 몸을 숙이고 지난주에 수집한 자료를 자세히 들여

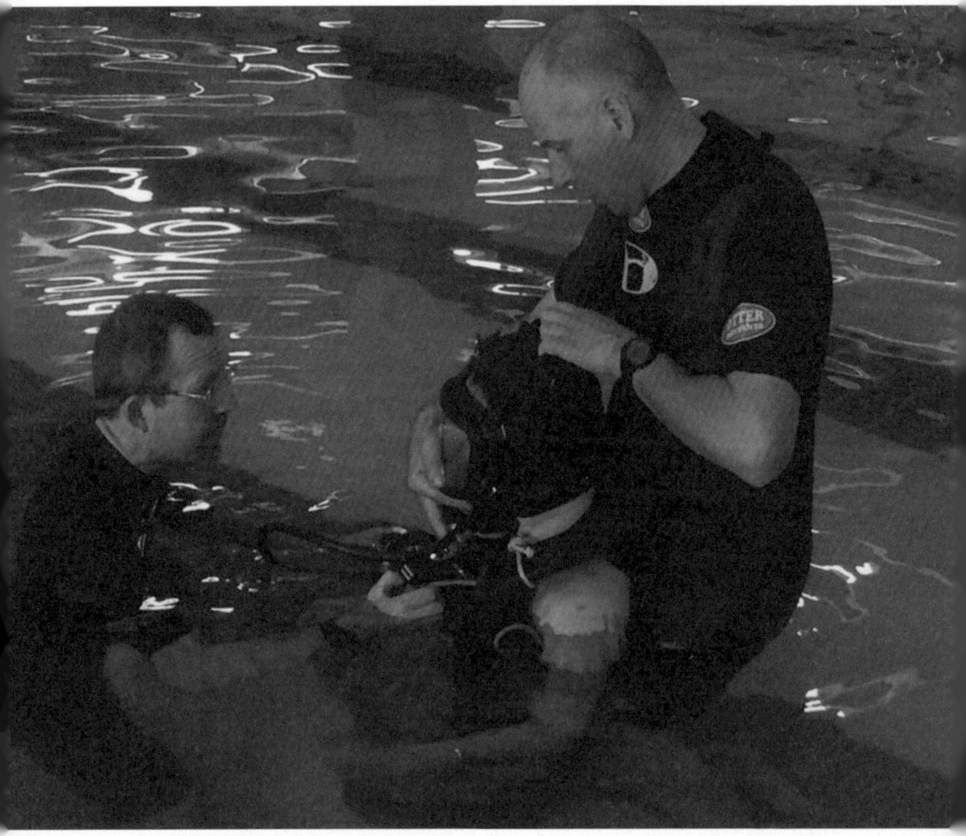

존 볼랜턴과 릭 스탠턴이 지역 활동 센터의 실내 수영장에서 어린이 자원봉사자와 함께 잠수 구조 예행연습을 하고 있다.

다본다. 그가 데이터를 보며 찾으려는 건 강우량의 패턴이다.

지난 며칠간 비가 많이 오지 않아서 수위 통제 작업이 성공적이었다는 사실을 타넷은 누구보다 잘 알고 있다. 이제 그는 지금 작동 중인 펌프로 얼마나 많은 강우량을 감당할 수 있을지 알아내야 한다. 인근 기상 관측소로 숱하게 전화를 걸고, 몇 시간 동안 데이터로 그래프를 만든 후에야 타넷은 드디어 알아낸다. 15밀리미터. 지금 현재의 펌프 설비로 지탱할 수 있는 강우량은 15밀리미터이다. 그 이상이 된다면? 동굴이 또다시 범람하기 시작할 것이다.

만약 잠수 구조 중에 15밀리미터가 넘는 강우가 내린다면, 잠수부들마저 동굴 속에 갇힐 수 있다. 앞으로 비가 올 것이라는 예보는 확실하지만, 어느 정도인지 정확히 알 수는 없다. 타넷은 어떤 프로젝트를 추진함에 있어 가능한 모든 세부 사항을 통제하기를 원하는 과학적인 사람이다. 그러나 날씨에 관한 한, 그가 할 수 있는 유일한 것은 그저 희망을 갖고 바라는 일뿐이다.

연습이 완벽함을 만든다

모든 우주 비행사, 소방관, 조종사와 군인은 위기 상황을 이겨 내고 성공하는 중요한 핵심 요인은 예행연습이라고 증언한다. 우리는 종종 위급한 상황에서 착륙하는 조종사나 엄청난 스트레스에도 엄청난 위업을 달성하는 군부대 이야기를 듣는다. 그 믿을 수 없는 이야기 속 영웅들의 용기와 재빠른 반응에 경탄한다. 우리가 거의 듣지 못했던 것은 사느냐 죽느냐 상황에서 신체와 정신이 반응할 수 있도록 영웅들이 미리미리 얼마나 많이 대비했는가이다.

여러분이 처음으로 학교에 가던 날을 생각해 보라. 학교 건물로 들어서는 순간, 살짝 압도당하는 느낌을 받았을 것이다. 갑자기 아주 많은 새로운 정보가 쏟아지는 상황에서 교실을 찾아가야 한다. 그럴 때는 무엇이 중요하고(예를 들면 교실이 몇 층에 있는지), 무엇이 중요하지 않은지(게시판에 얼마나 많은 사진이 걸려 있는지) 이해하며 중요한 정보만을 챙기며 나아가야 한다. 아마도 이제 여러분은 그런 것쯤은 생각도 안 하고 교실로 직행할 수 있을 것이다. 친구들과 이야기를 나누거나, 복도를 걸으며 만나는 사서 선생님과 하이파이브를 하면서도 찾아갈 것이다. 여러분의 몸과 마음이 그 길을 자동으로 갈 수 있을 정도로 충분히 연습해 왔기 때문이다. 우리 뇌의 전두엽은 학습을 전담한다. 낯선 상황을 만나면, 전두엽은 새로운 정보를 받아들여 세부 사항을 감지하고, 그 세부 사항의 어떤 것이 중요하고 어떤 것들이 중요하지 않은지 결정한다. 그리고 그 정보로 모델을 만들어서 뇌의 다른 부분에 저장한다. 빨리 행동해야 할 때마다 우리의 뇌는 저장소에서 그 모델을 끄집어내 사용한다. 이것이 비행기 승무원은 비상시 승객을 안내하는 절차를 계속 연습하고, 학교에서 소방 훈련을 주기적으로 하는 이유이다. 또한 앤더슨 상사가 구조대원들이 플라스틱 물병을 공기탱크로 여기며 주차장을 가로지르게 한 이유이며, 릭과 존이 잠수하기 전에 반드시 정신적 예행연습을 하는 이유이기도 하다.

예행연습은 우리 몸의 근육과 뇌의 후두엽에 행동 계획을 주입한다. 그렇게 하면, 매 상황마다 멈춰서 어떻게 할지 고민할 필요가 없어진다. 그냥 하면 된다.

탐루앙 낭논의 일일 강우량

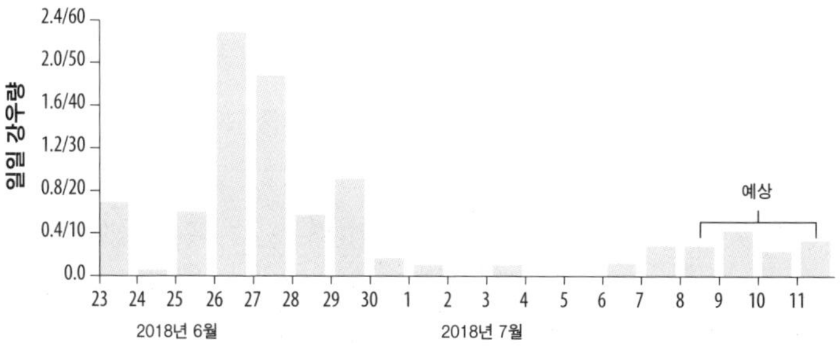

네이비실은 탐루앙으로 돌아가서, 처음 세 곳의 동공에서 불필요한 장비들을 치운다. 아무도 내부를 볼 수 없게 입구 바깥쪽엔 초록색 방수포로 감싼 울타리를 가로질러 세운다. 수백 명의 기자와 카메라맨은 동굴에서 길 건너편으로 멀리 이동한다. 도로도 정리된다. 구조대가 생존자를 데려 나올지 사망자를 데려 나올지 알 수 없지만, 모든 아이를 위해 구급차가 대기한다.

낮고 무겁게 드리운 구름이 낭논 산맥으로 더 가까이 오기 시작한다. 구조대원들은 초조한 마음으로 계속 하늘을 올려다본다. 단 며칠! 며칠만 더 늦게 비가 오기를 간절히 바란다.

7월 7일 밤이 되자, 모든 예행연습이 끝났다. 이제 내일 아침이면 바로 실전이다.

대기 중인 구급차들

27

2단계: "오늘은 디데이"

2018년 7월 8일

7월 8일 오전 10시. 잠수팀, 네이비실, 군인들로 이루어진 구조대가 돌처럼 굳은 얼굴로 진지하게 탐루앙으로 들어간다. 모든 것이 순조롭게 진행된다면, 영국 잠수팀이 9번 동공에 접근해 아이들을 준비시켜 3번 동공 전초기지까지 데려오는 데 약 5시간이 걸릴 것으로 예상된다.

모두가 열세 명을 한꺼번에 데리고 나오길 바라지만, 그러기엔 마스크나 유능한 동굴 구조 잠수부, 시간이 충분하지 않다. 현재 확보된 마스크는 총 네 개. 이것은 오늘 네 명의 아이만 밖으로 나올 수 있다는 의미다. 그럼, 누굴 제일 먼저 데려와야 할까?

해리스 박사는 태국 네이비실에 모든 소년이 이동하기에 육체적으로나 정신적으로 아주 건강하다고 말했다. 결국 순서는 야생 멧돼지 축구팀 스스로 결정하도록 맡겼다. 엑 코치는 어제 아이들과 구조 순서를 의논했다. 아무도 특별히 첫 번째가 되고 싶어 하지 않았다. 며칠 동안 함께한 네이비실과 팩 군의관에 대한 유대감도 영향을 미쳤다. 아이들은 친구들 그리고 자신을 돌봐 준 이 사람들을 등지고 먼저 나가는 걸 힘들어하는 듯했다. 그때 엑 코치가 아이디어를 낸다. 동굴에서 가장 멀리 사는 소년부터 나가자는 제안이다. 그렇게 하면 먼저 나간 아이들이 마을을 지나는 길에 나머지 팀원들도 나올 것이라고 모두에게 전할 수 있다. 야생 멧돼지 팀원들은 부모님과 가족들뿐만 아니라, 전 세계가 이 상황을 지켜보며 구조 작전이 성공하기만 바라고 있다는 사실을 전혀 몰랐던 것이다.

엑 코치의 제안대로 하면, 노트, 턴, 나이트와 닉이 먼저 나가야 한다. 두 번째 그룹은 돔, 아둘, 뷰와 믹스가 된다. 마지막으로 타이탄, 티, 퐁, 마크가 엑 코치와 함께 구조 사흘째 나갈 것이다. 팩 군의관과 세 명의 네이비실 대원은 소년들을 모두 밖으로 내보낸 후에 직접 잠수해서 탈출하기로 한다.

이제 소년들은 마음을 가다듬고, 내일부터 진행될 구조 과정에 대비한다. 해리스 박사와 잠수 파트너 크레이그 차렌도 구조 전날, 동굴 속 환경에 익숙해지려고 9번 동공으로 잠수해 갔다. 해리스 박사는 소년들과의 소통을 위해 태국어로 번역된 쪽지를 챙겼다.

1. 나가면 너희들을 재미있게 해 줄 태블릿을 받게 될 거야.
2. 물가로 내려와서 나와 함께 앉자.
   한쪽 다리에 주사를 맞을 거야.
   다른 쪽 다리에 주사를 맞을 거야.
3. 잠이 들 거야.
4. 침대에서 일어나자.

해리스 박사는 두려워하는 기색이 있는지 소년들의 얼굴을 살펴보았다. 두려워하기는커녕 아이들은 침착하게 고개를 끄덕였다. 그가 보기에 이 아이들은 모든 일에 감정을 잘 드러내지 않는 거 같았다. 그래, 좋다. 이 정도면 됐다. 누구의 얼굴에도 공황의 흔적이 없었다.

해리스 박사는 이 무서운 상황을 앞둔 아이들의 표정이 상당히 편안해 보여서 감명받고 안도했다. 단 한 명의 아이도 주사를 맞거나 잠수해서 동굴 밖으로 나가야 하는 것을 불안해하지 않았다. 박사로선 상상하기 어려운 일이었다. 반면, 아이들은 상당히 예의 바르고 현실적인 것 같았다. 소년들은 두려움에 소란을 피우는 건 나쁜 행동이라 생각했을 것이다. 게다가 소란을 피우든 말든 상관이 없었다. 동굴에서 나가는 유일한 방법이 그것뿐이므로 협조하는 편이 낫다고 여겼을 것이다. 소년들은 자신을 돌봐 주는 사람들을 믿었고, 구조 과정의 마지막 단계에 정신을 집중했다. 드디어 동굴 밖의 침대에서 일어난다는 것!

소년들이 매우 침착해 보였지만, 해리스 박사는 네이비실 대원에게 남은 아이들이 친구가 주사 맞는 모습을 안 보도록 언덕 위의 구석으로 데려가 달라고 요청한다. 아무리 용감하더라고, 다른 사람이 주사 맞는 모습을 보는 것은 유쾌하지 않다.

열네 살인 노트가 먼저 일어난다. 몸의 체온을 유지하도록 여러 겹으로 만들어진 잠수복을 입고 후드를 쓰고, 그 위에 부력 조끼를 입는다. 그러고는 항불안제를 복용하고 나서 진정제 주사를 맞는다.

모든 약을 주입한 뒤, 해리스 박사는 이 구조 작전을 위해 지구 반대편에서 보내 준 귀중한 전면 마스크를 노트에게 씌운다. 노트의 팔과 다리가 질질 끌리거나 다치지 않게 보호하려고 손목과 발목은 케이블 타이로 고정한다. 노트의 공기탱크 밸브가 열리며, 산소 농도 80%의 공기로 마스크 안이 채워진다. 이 혼합된 공기로 호흡하면 노트의 혈액이 최대 산소량을 흡수하는 데 확실히 도움이 될 것이다. 마스크가 물에 잠기거나 도중에 노트의 호흡에 문제가 생기더라도, 여분의 산소가 뇌세포에 귀중한 시간을 벌어 줄 것이다.

해리스 박사는 문제가 전혀 없기를 바라지만, 그럴 가능성이 없다는 것을 알고 있다. 노트가 진정제를 다 맞고 마스크를 착용하자, 박사는 천천히 노트의 얼굴을 물속에 담가서 마스크가 제대로 봉인되었는지 확인한다. 이 시간에 칠흑 같은 동굴에서 아이의 얼굴을 물 아래로 담그는 모습이 기이하지만, 이번 구조 작전에서 평범한 것이라곤 하나도 없다. 노트의 호흡이 잠시 멈춘다. 해리스 박사가 숫자를 센다. 약 30초가 지나자, 노트의 마스크 출구 밸브에서 공기 방울이 흘러나온다. 노트가 정상적으로 숨을 쉬고 있다는 의미다. 이제 갈 시간이다.

첫 번째 자원 구조 잠수부는 제이슨 맬리슨이다. 제이슨은 잠수 장비를 점검하고, 마지막으로 한 번 더 노트의 장비도 살펴본다. 그러고는 노트를 비탈에서 미끄러뜨려 물속으로 끌어당긴다. 해리스 박사가 수면 아래에서 흐릿하게 빛나는 제이슨의 헤드램프 불빛을 지켜본다. 이윽고 제이슨과 노트가 사라진다.

잠들었다가 침대에서 일어나자

해리스 박사는 잠수 동료들과 많은 대화를 나눈 끝에, 마침내 소년들에게 진정제 케타민을 투여하기로 한다. 케타민은 사랑니를 뽑는 등의 수술을 할 때 환자를 무의식 상태로 만들기 위해 흔히 사용하는 약이다. 적당량을 주사하면, 환자는 잠이 들고 이를 뽑아도 두개골은 잠들어 있다. 그래서 환자가 처음부터 심하게 아픈 경우가 아니라면, 약을 과용하는 것, 즉 약을 너무 많이 쓰기가 어렵다. 이 때문에 케타민은 전장의 군인들을 위해서나 천재지변 같은 '현장'에서 흔히 사용된다.

해리스 박사는 아이들에게 투여할 케타민 적정량을 알아내는 것이 고민이었다. 아이들은 성인보다 신진대사가 더 활발하므로, 몸 안의 혈류에서 약물을 더 빨리 처리한다. 이 말은 약 기운이 더 빨리 떨어진다는 뜻이다. 해리스 박사는 소년들이 동굴에서 나오기 전에 약 기운이 사라질까 봐 걱정한다. 케타민의 부작용 가운데 하나가 약 기운이 떨어지면 환자들이 아주 강렬한 환각에 사로잡힐 수 있다는 점이다. 해리스 박사는 소년이 물속에 있는 동안 잠에서 깨어 당황하고 환각 증세까지 겪으면 어떻게 될지 상상해 본다. 그 순간에 십 대의 아이들이 침착할 수 있을까? 그건 말이 안 된다. 그런 상황이 발생하면 구조는 곧 재앙이 될 것이다.

그러나 박사로선 너무 많은 양의 케타민 투여도 경계해야 한다. 소년들의 몸이 오랫동안 동굴에 갇혀 있으며 어떤 영향을 받았고 약물에 어떤 반응을 보일지 알기 어렵기 때문이다. 많은 양의 케타민은 질식을 유발하거나, 짧은 시간 숨을 못 쉬게 만든다. 질식은 일시적이어서, 일단 소년들의 호흡이 재개되면, 케타민이 소년들의 폐를 자극해 숨을 쉬게 할 것이다. 하지만 걱정해야 할 일이 따로 있다. 소년들이 웅덩이 한가운데에 있을 때 문제가 생긴다면, 구조 잠수부가 소년들을 도울 방법이 없다. 아이는 죽고, 잠수부는 시체를 끌고 출구로 가는 것밖에는 할 수 있는 일이 없다.

결국, 해리스 박사는 소년들이 물속에서 깨어나 공포에 질리는 것이 가장 위험하다는 결론을 내린다. 그 경우, 아이와 잠수부 둘 다 분명히 죽게 될 것이다. 그는 아이의 몸무게 1kg당 5mg의 케타민을 투여하기로 한다. 이 정도면 꽤 많은 투여량이다. 그럼에도 약 40분 후에 약 기운이 사라질 것을 예상해, 도중에 각 구조 잠수부가 약물을 추가 투여할 수 있도록 여분의 주사기를 챙겨 주기로 한다.

소년들은 케타민 주사를 맞기 전에, 신경 안정제인 '알프라졸람'이라는 알약을 먹는다. 이 약은 소년들이 앞으로 일어날 상황에 대해 당황할 가능성을 줄여 줄 것이다. 주사를 맞고, 전면 마스크를 착용하고, 차가운 물속으로 미끄러져 들어가는 일련의 일들에 대해서 말이다. 또한 환각을 줄이는 데도 도움이 될 것이다. 그 알약은 대개 사람들에게 기억 상실증을 일으키거나, 자신에게 일어나는 일을 잊게 만든다. 어쩌면 소년들은 끌려 나가는 동안 잠들어 있을 뿐 아니라, 잘하면 그 어떤 것도 기억하지 못할 수 있다.

케타민은 곧장 다리 근육에 주사한다. 그렇게 하면 피부에 주사하는 것보다 혈류 속으로 더 안정적으로 퍼진다. 한쪽 다리에는 케타민 진정제를 놓고, 다른 쪽 다리에는 아트로핀을 주사한다. 케타민의 또 다른 부작용은 몸의 분비물이 증가한다는 것이다. 케타민을 맞은 환자들은 기침하고 침을 흘리며, 눈물을 흘린다. 아트로핀은 이 모든 분비물을 말리는 데 도움을 준다. 아무도 소년들이 물속에 있는 동안 침 때문에 질식하거나 기침하는 것을 원하진 않기에 이 또한 매우 중요한 처방이다.

공기탱크를 배치하고 안내 밧줄을 관리하는 잠수부 에릭 브라운과 미코 파시

28
어둠 속에서 홀로

2018년 7월 8일

제이슨 맬린슨이 노트와 함께 9번 동공과 8번 동공 사이 물이 범람한 긴 통로를 잠수한다. 천천히 힘겹게 가고 있다. 어느 순간 통로는 쓰레기통의 지름 정도로 좁아진다. 제이슨은 한 손으로 안내 밧줄을 움켜쥔다. 다른 손으로는 노트의 부력 조끼 등에 있는 끈을 단단히 잡고 있다. 각자의 몸을 연결한 짧은 사슬은 두 사람을 연결하고 그들이 위기 상황에서 분리되는 것을 막아 줄 것이다. 제이슨은 노트를 자신의 몸에 바짝 끌어안는다. 이 시점에서 가장 큰 위험은 노트의 전면 마스크가 벗겨지는 것이다.

마스크 주위의 얇은 밀봉재가 노트의 삶과 죽음 사이에 놓여 있는 셈이다. 만약 마스크에 물이 찬다면, 제이슨은 가능한 한 빨리 헤엄쳐서 노트의 뇌세포에 산소가 부족해지기 전에 노트를 물 밖으로 데려가 심폐소생술을 해야 한다. 그렇게 되면 아주 비참하겠지만, 제이슨이 모르는 사이에 마스크에 물이 들어가 노트가 익사하는 것보다는 낫다.

물속 통로들은 바위와 석순이 깔려 있는데, 탁해서 아무것도 보이지 않는다. 제이슨은 노트를 가슴에 꼭 끌어안고 소년의 머리를 자신의 얼굴 가까이 둔다. 제이슨은 노트가 바위나 동굴 벽에 부딪히지 않게 자신의 헬멧으로 두드리며 간다. 노트의 머리가 자신의 머리에 아주 가까이 있으면, 마스크에서 나오는 공기 방울의 흐름을 느낄 수 있다. 그것은 정확히 지금 당장 그가 필요로 하는 신호다.

첫 번째 웅덩이를 통과하는 데 20분이 걸린다. 나중에 제이슨이 말한다.

"나는 잠수해서 한 소년을 데리고 나올 거라고 확신했어요. 하지만 살아 있는 상태로 구출할 자신은 없었어요."

덴마크의 다이빙 강사 클라우스 라스무센은 이 잠수 구조 작전에서 구조 경로를 따라 건조한 곳에 배치된 여덟 명의 비상 대기 잠수부 중 한 명이다. 그와 다른 비상 대기 잠수부들은 7월 2일부터 탐루앙에서 잠수 경로를 따라 공기탱크를 배치하는 고되고 위험한 일을 하고 있었다. 사망한 사만 구난이 하던 일과 같은 작업이다. 클라우스는 태국 남부에서 15년째 태국인 아내와 자녀들과 함께 살고 있었다. 그에게는 오늘 구조를 시도하는 소년들 또래의 아들이 한 명 있다.

클라우스는 동굴 잠수부인 크레이그 차렌과 미코 파시와 함께, 소년들을 들것에 실어 8번 동공을 가로질러 옮기는 일을 돕는다. 필요하면 공기 공급을 보충하고, 건강 상태도 살핀다. 어떤 이유에서건 현재의 구조 잠수부가 일을 계속할 수 없다면 그를 대신해 직접 잠수해서 소년들을 끌고 나가야 한다.

클라우스, 미코와 크레이그는 제이슨을 기다리고 있다. 한참 기다린다. 무슨 문제라도 생긴 걸까?

마침내 뒤에서 외치는 제이슨의 목소리를 듣는다. 제이슨은 도대체 거기 서서 뭘 하고 있느냐고 (실제로는 이보다 훨씬 더 강한 독설투로) 묻는다. 세 명의 비상 대기자는 엉뚱한 곳에서 기다리고 있었다는 것을 깨닫는다! 동굴 안이 몹시 혼잡해서 있어야 할 곳을 착각했던 것이다. 제이슨은 축구장 세 개 길이의 웅덩이를 잠수해 온 터라 이미 기진맥진해진 상태였다. 그런데 지원팀은 아무도 보이질 않고, 그는 또 혼자서 노트를 건조한 땅으로 끌어 올려야 했다.

클라우스의 지원팀은 일단 제이슨과 노트가 다음 웅덩이로 안전하게 가는지 확인부터 하고, 8번 동공 끝에 있는 물로 서둘러 돌아간다. 다행히 제시간에 도착해서 물 아래 빛나는 두 번째 구조 잠수부의 전조등을 지켜본다. 수면에 잔물결처럼 일렁이는 강한 공기 방울의 흐름을 보고 클라우스는 크게 안도한다. 이번 구조 잠수부는 공기 방울을 내뿜지 않는 수중 호흡기를 사용하고 있다. 클라우스가 본 공기 방울은 소년이 숨을 쉬고 있다는 의미다.

첫 번째 소년을 싣고 갈 구조용 들것을 준비하고 있는 미코 파시

클라우스의 지원팀은 소년을 스케드라는 구조용 들것에 살며시 올려서 8번 동공으로 데려간다. 잠수부들은 끈적끈적한

진창을 헤치고, 비틀거리며 바위를 넘어서, 가슴 높이의 물을 헤치고 나아간다. 절대 미끄러지면 안 되지만 천천히 가서도 안 된다. 서둘러야 한다. 환자가 마취를 하게 되면 심부 온도가 떨어진다. 지금 소년들에게 가장 큰 위험 요소 중 하나도 바로 저체온증이다. 소년들의 몸이 따뜻해지고 안전하게 되살아나려면 가능한 한 빨리 동굴 밖으로 데리고 나가야 한다.

3번 동공에서 잠수 준비를 하는 미코 파시와 클라우스 라스무센

클라우스 지원팀은 두 번째 소년을 구조하고, 이어서 세 번째 소년까지 동공을 가로질러 안전하게 구조한다. 지금까지는 일이 잘 진행되자 안도하기 시작한다.

하지만 네 번째 소년을 데리러 들것을 갖고 물로 돌아갔을 때, 클라우스 지원팀은 나이트 옆에 무릎을 꿇고 있는 릭 스탠턴과 해리스 박사를 발견한다. 릭은 나이트의 구조 잠수부이다. 나이트가 그날 마지막으로 구조할 소년이기 때문에, 해리스 박사도 그들을 지원하며 따라왔다. 그가 뒤따라온 것이 천만다행이다.

나이트 상태가 위험했다.

해리스 박사는 소년과 함께 모래 위에 누워, 따뜻하게 해주려고 아이의 몸을 문지른다. 나이트는 몹시 약하게 숨을 쉬고는, 한동안 숨을 멈추었다가 다시 숨을 내쉰다. 나이트는 지금 가벼운 폐렴과 싸우는 중이다. 이것은 흉부가 감염된 아이에게 케타민을 투여했을 때 나타나는 전형적인 반응이다. 문제는 지금 그들이 있는 곳이 병원이나 의원이 아니라는 점이다. 곁에는 이 상황을 해결해 줄 의료 장비나 약이 전혀 없다. 동굴 안 흙 위에 누워서 해리스 박사가 할 수 있는 유일한 조치는 나이트의 입을 벌려 폐로 가는 기도가 깨끗한

지 확인하는 것뿐이다.

고통스러울 정도로 긴 30분이 느릿느릿 흘러갔다. 클라우스는 하지스 소령이 말한 암울한 통계에 대해 생각한다. 나이트가 그들이 잃게 될 첫 번째 생명이 될지도 모른다. 마침내 나이트가 다시 정상적으로 호흡하기 시작한다. 지원팀은 나이트를 들것에 싣고 다음 웅덩이로 옮기기 전에 다시 한번 호흡이 규칙적인지 확인한다.

다음 웅덩이에서 클라우스와 그의 동료들은 릭이 나이트와 함께 헤엄쳐 가는 모습을 본다. 동굴 안에서 오늘 그들의 역할은 끝났다. 이제 오늘 본 소년 중에 누가 동굴 밖으로 살아서 나갔는지 알기 전에 잠수해서 동굴 밖으로 나가야 한다.

기다림은 가장 힘든 부분이다.

제이슨 맬린슨은 거의 녹초가 되었다. 그는 이미 두 개의 긴 웅덩이를 잠수로 헤치고 나와 노트의 축 늘어진 몸을 들고 마른 땅 위를 비틀비틀 걸어갔다. 아침에 동굴로 걸어가 4시간 동안 잠수해서 소년들에게 간 것에 이 일이 더해진 것이다.

구조 작전에서 가장 까다로운 부분은 거의 수직이 될 정도로 위로 구부러지는 웅덩이다. 전에 이 구역을 잠수한 적이 있었지만, 제이슨은 머리가 벽에 부딪힐 때까지 수직 구역이 어디쯤인지 기억나지 않는다. 그 통로는 노트와 그가 동시에 함께 들어갈 수 없을 정도로 너무 좁다. 제이슨이 노트를 먼저 앞으로 밀어 본다. 노트의 몸이 수평으로 떠다니려고 한다. 제이슨은 노트의 마스크가 벗겨지지 않도록 조심한다. 그 방법이 통하지 않자, 자신이 먼저 통로로 들어가서 노트를 뒤로 끌어당긴다. 이 방법도 소용이 없다. 여러 방법을 시도하며 이 구역을 어떻게 통과할지 알아내는 데만 몇 분이 걸린다.

제이슨이 이제 통로를 지나 부분적으로 물에 잠긴 동굴 구역을 따라 헤엄쳐 간다. 꼭대기에 숨을 쉴 수 있는 공기가 있다. 의식을 잃은 소년을 수면 위로 끌어올리는 일은 사실상 무중력 상태인 물속에서 함께 잠수하는 일보다 훨씬 더 힘들다.

노트가 무의식 상태에서 깨어나려 할 때 제이슨은 목까지 오는 물속에 있었다. 노트에게 진정제를 추가로 투여할 때가 된 것이 분명하다. 해리스 박사는 구조 잠수부들에게 투여량에 대해 확신이 서지 않는다면, 더 적은 양이 아니라 오히려 더 많은 양의 진정제를 주사하라고 말했다. 최악의 재앙은 아이들이 깨어나는 것이기 때문이다.

제이슨이 잠수복에서 주사 장비를 꺼낸다. 수면에 뜬 채로, 축 늘어진 노트의 몸을 붙잡고 동시에 주삿바늘을 조립하려니 몹시 힘들다. 여분의 주사기들이 그의 주위에서 둥둥 떠다닌다. 그는 한 손으로 노트를 잡고서, 다른 손으로 더듬거리며 바늘과 주사기를 맞춘다. 어제 플라스틱 물병에 연습한 것 말고는 주사라곤 평생 놓아 본 적이 없다. 그런데 지금 그를 도와줄 사람이라곤 하나도 없는 이 동굴 한가운데에서, 물 위에 둥둥 떠 있는 아이에게 주사를 놓아야 한다. 그는 가까스로 노트의 다리를 수면 위로 끌어올리고, 바늘을 찔러 적당량을 투여한다. 노트가 다시 무의식 속으로 스르르 빠져든다.

제이슨은 떠다니는 물건들을 모아서 도로 잠수복 안에 쑤셔 넣고 다시 잠수할 준비를 한다. 그 순간만큼이나 두렵겠지만, 가는 도중에 세 번이나 더 주사를 놓게 된다. 아직 갈 길이 멀다.

그 시각, 미 공군 제320 특수 전술 비행대대의 데릭 앤더슨 상사는 3번 동공 끝 자신이 맡은 위치에 서 있었다. 그는 구조 잠수부 중 한 사람이라도 보이는 즉시, 그의 지휘관인 찰스 하지스 소령에게 문자를 보내려고 휴대전화를 들고 있었다. 앤더슨 상사의 임무는 밧줄을 지켜보는 일. 그는 자신의 임무로 돌아가기 전, 한 번 더 시간을 확인했다.

그가 지켜볼 밧줄은 3번 동공과 4번 동공 사이의 어두운 물로 이어지는 안내 밧줄이다. 앤더슨 상사는 첫 번째 잠수부의 전조등이 보이기 전 밧줄부터 흔들릴 거라 예상했다.

이날 새벽에 구조 잠수부들이 3번 동공에서 출발한 지 5시간이 조금 넘었다. 지금 당장이라도 잠수부들이 수면으로 떠올라야 한다. 정확히 말하자면 아무런 문제가 발생하지 않았다면 말이다.

앤더슨 상사는 구조의 남은 과정을 위해 모든 것이 제자리에 있는지 확인하려 뒤를 살펴본다. 백 명이 넘는 구조대원이 소년들이 나타나면 입구까지 안전하게 나르기 위해 3번 동공과 동굴 입구 사이에 대기하고 있다. 입구에는 구급차가 소년들을 치앙라이의 병원으로 데려갈 헬리콥터까지 달려갈 준비를 하고 있다.

구조 잠수부와 각 구조팀의 핵심 요원을 제외하곤 아무도 소년들이 어떤 순서로 나오는지 모른다. 대기 중인 구조대원 대다수가 기다리는 소년이 누군지 전혀 모른다. 오직 물에서 나온 소년이 살아 있다면 그건 기적이 되리라는 것만 알고 있다.

번 언스워스도 다른 이들과 함께 자신이 맡은 자리에 서 있었다. 그는 처음부터 이 잠수 구조를 지지했다. 오늘 이 구조가 끔찍하게 잘못되면 어떻게 하나? 이제 그가 할 수 있는 일은 없다. 그에겐 제2의 고향과도 같은 탐루앙 동굴이 2주 넘게 붙잡고 있던 소년들을 무사히 풀어 줄지 지켜보는 일 외에는….

시간이 더디게 간다. 모든 구조대원이 장비를 확인하고 또 확인한다.

그러다가 갑자기 모든 사람의 관심이 3번 동공 끝의 물 위로 쏠린다.

밧줄이 흔들렸다.

동굴 입구를 지나 들것을 나르는 구조대원들

29

가능한 작전

2018년 7월 8일

3번 동공까지 온 제이슨 맬리슨이 물 밖으로 나온다. 그리고 대기 중인 구조대원에게 노트를 조심스럽게 건넨다. 노트는 동굴 구조 작전의 마지막 단계인 들것에 실리고, 전면 마스크가 제거된다. 태국 구조대원 중 일부는 노트를 보자, 최악의 상황이 일어났을까 봐 두려워한다. 왜냐면 대다수 구조대원이 아이들에게 진정제를 투여한다는 말을 못 들었기에, 그들은 소년들이 제 발로 걸어 나오리라 예상했다. 들것에 실려 축 늘어진 소년의 몸을 보자 두려움에 휩싸인다. 무언가 잘못된 게 확실하다고 생각한다. 의료진이 노트의 맥박을 잰다. 노트가 살아 있다! 의료진은 재빨리 다른 바이탈 사인(체온, 혈중 산소 농도, 호흡률)도 확인한다. 들것에 누워 있는 노트가 손을 약하게 움직인다. 지금 노트는 겨우 의식만 있을 뿐이다. 구조대원들은 일제히 안도한다. 하지만 아직 위기 상황이 완전히 끝난 건 아니다.

구조대원들이 소년들을 구조한 방법

*일러스트레이터가 그림으로 재현한 것임. 일정한 비율은 아님

탐루앙의 나머지 800미터는 여전히 부분적으로 물로 가득 찬 통로를 따라 가파르고 미끄러운 오르막이다. 소년들을 안전하게 옮기기가 쉽지 않다. 어떤 곳에서는 구조대원들이 인간 컨베이어 벨트가 되어 노트를 짐처럼 손에서 손으로 전달하여 이동시킨다. 노트가 지나갈 때마다 구조대원들은 얼굴을 살피며 문제의 징후가 없는지 확인한다. 어느 가파른 내리막 구간에는 구조대가 바닥에 평평한 펌프 호스를 나란히 깔아 놓았다. 마치 물놀이용 미끄럼틀 같다. 노트를 실은 들것을 그 꼭대기에 놓고 구조대원들이 들것을 꽉 붙잡은 채로 미끄럼 내리막을 따라 천천히 내려간다. 노트가 의식이 있고 생명이 위태롭지 않았다면 이 일은 꽤 재미있었을 것이다.

구조 경로 중 두 군데는 땅이 위험할 정도로 가팔라서 밧줄과 도르래로 만든 집라인을 바위에 단단히 고정시켰다. 들것을 카라비너로 집라인에 매달아 바위투성이 비탈 위로 높이 들어 올렸다.

번 언스워스는 다른 구조대원과 함께 밧줄을 다루는 두 번째 집라인에 위치하고 있었다. 그는 자신의 임무에 집중하며, 두 손으로 번갈아서 천천히 줄을 당겼다. 노트는 구조대원들의 머리 위로 소리 없이 항해한다. 이윽고 번의 시야에서 소년을 실은 들것이 사라지고, 노트는 입구로 옮겨진다.

야생 멧돼지 축구팀이 동굴에 갇힌 지 16일이 지났다. 마침내 탐루앙이 첫 번째 인질을 풀어 주었다.

타넷이 파미 마을 너머 비탈길에서 동료들과 함께 물줄기를 돌리는 수로를 보강하고 있는데, 그의 휴대폰이 윙윙대며 진동한다. 데릭 앤더슨 상사가 보낸 메시지다.

첫 번째 소년이 동굴 밖으로 나왔습니다. 살아 있어요.

그는 그 소식을 동료들에게 외친다. 울음을 터뜨리는 이들도 있다. 며칠 동안 이 소식을 위해 자신의 신체를 극한까지 밀어붙이며 일한 사람들이었다. 그들은 오로지 자신들이 한 일이 절망에서 희망으로의 변화를 가져오기를 바랐다. 마침내 그렇게 되었다.

사이통 동굴 산 아래에서는 싱하나트 대령의 전화벨이 울린다. 어떤 소년이 밖으로 나왔는지에 대한 정보는 아직 없다. 오직 나온 소년의 상태가 썩 좋진 않지만, 살아 있고 안정적이라는 사실만 알게 된다.

싱하나트 대령은 물을 퍼내는 대원들에게 팔을 흔들며 소식을 전한다. 농부들과 군인들이 그 소식을 듣고는 양팔을 하늘로 들어 올리고 큰소리로 환호한다. 그 환호 소리에 순간적으로 고성능 펌프의 요동치는 작동 소음이 묻혀 버렸다.

베이스캠프에서는 나롱삭 주지사가 첫 번째 소년에 대한

문자를 받는다. 몇 분 후, 두 번째 소년도 살아서 나오고, 세 번째 소년도 살아 나온다. 몹시 힘겹게 호흡했던 나이트도 무사히 살아서 빠져나온다. 정말 다행이다. 모든 사람이 두려워하며 간절히 바라던 결과이다. 나롱삭 주지사는 언론에 소식을 전할 준비를 한다. 하지만 그에 앞서 이 소식을 가장 애타게 기다리는 가장 중요한 사람들에게 소식을 알리러 간다.

소년들 부모가 환호한다! 서로 껴안고 주저앉아서 울음을 터뜨린다.

할머니와 이모 삼촌과 사촌 그리고 이웃들에게도 전화와 문자가 빗발친다. 그들 역시 환호하며 주저앉아서 울음을 터뜨린다. 소년들을 태운 구급차가 탐루앙 공원 길을 따라 대기 중인 헬리콥터로 달려가자, 환호 소리와 울음소리가 그 뒤를 따른다. 텔레비전 뉴스 보도만 지켜보던 소년들의 급우들이 구조 성공 발표를 듣고는 팔짝팔짝 뛰며 환성을 내지른다. 이내 환호와 울음소리가 산 아래에서 매사이로, 그 지역을 가로지르며 전해지고 태국 전역으로 퍼져 나간다.

인근 마을에서는, 이웃들이 집에서 뛰쳐나와 서로 부둥켜안는다. 분주한 수도 방콕에서는 낯선 사람들이 스카이트레인에서 환호성을 터뜨린다. 몇 주 동안 탐루앙 조난 보도 방

환호하는 타넷 나티스리와 수로 변경 작업 팀원들

송을 쉬지 않고 틀어 주던 곳곳의 식당과 술집에도 박수갈채 소리가 가득 넘친다.

사람들은 나롱삭 주지사가 사진 기자들의 플래시 속에서 웃으며 발표하는 모습을 지켜본다.

"16일이 지난 오늘, 우리는 드디어 야생 멧돼지 유소년 축구팀원들의 실물을 보게 되었습니다."

이 뉴스는 소년들의 소식을 걱정스럽게 기다려 온 전 세계의 사람들에게도 전해진다. 바다와 시간대를 지나, 태국에 가 본 적이 없는 사람들까지 허공에 대고 주먹을 휘두르며 환호한다. 지구 반대편에서는 사람들이 동트기 몇 시간 전에 일어나서 휴대폰으로 뉴스를 확인한다. 그들은 미소를 짓고는 잠자는 가족들에게 돌아서서 눈물을 흘리며 속삭인다.

"어머, 성공했나 봐. 네 명을 먼저 구출했대."

낭논 산맥에 내리는 비

30

잠자는 여인의 마지막 말

2018년 7월 9일~10일

첫날 구조된 네 명의 아이는 치앙라이의 프라차누크로 병원에서 휴식을 취했다. 부모들은 기운이 나고, 온 세계가 들썩였다. 구조대 역시 그들의 모든 계획과 고된 노동이 보상을 받은 듯해 용기를 얻었다. 물론, 아직 육체적으로나 정신적으로 쉴 틈이 없다는 것도 알지만….

네 명이 안전하게 구출되었지만, 여전히 아홉 명의 축구팀원과 세 명의 태국 네이비실 대원, 팩 군의관이 남아 있다.

다행히 이틀째 구조는 전날보다 한결 더 순조롭게 이루어진다. 아둘, 닉, 돔과 뷰가 차례로 전날 구조된 아이들보다 2시간 더 일찍 밖으로 나온다. 구조 잠수부들도 진정제를 주사한 소년을 데리고 나오는 데 더 익숙해지고 있다. 그들은 어느 지점에서 소년들을 특별한 방법으로 돌려야 할지 또는 장비를 벗지 않고 가장 비좁은 통로를 통과하려면 언제 소년을 팔 아래로 잡아야 할지 등을 익혔다. 구조 잠수부들이 부드럽게 구조하려 노력했지만 첫날 네 명의 소년은 구조 도중 꽤 여러 번 머리를 부딪치고 상처가 났다. 구조대는 이를 보완하기 위해 소년들의 잠수복 후드에 여분의 네오프렌을 덧대서 충격을 완화시키기로 한다.

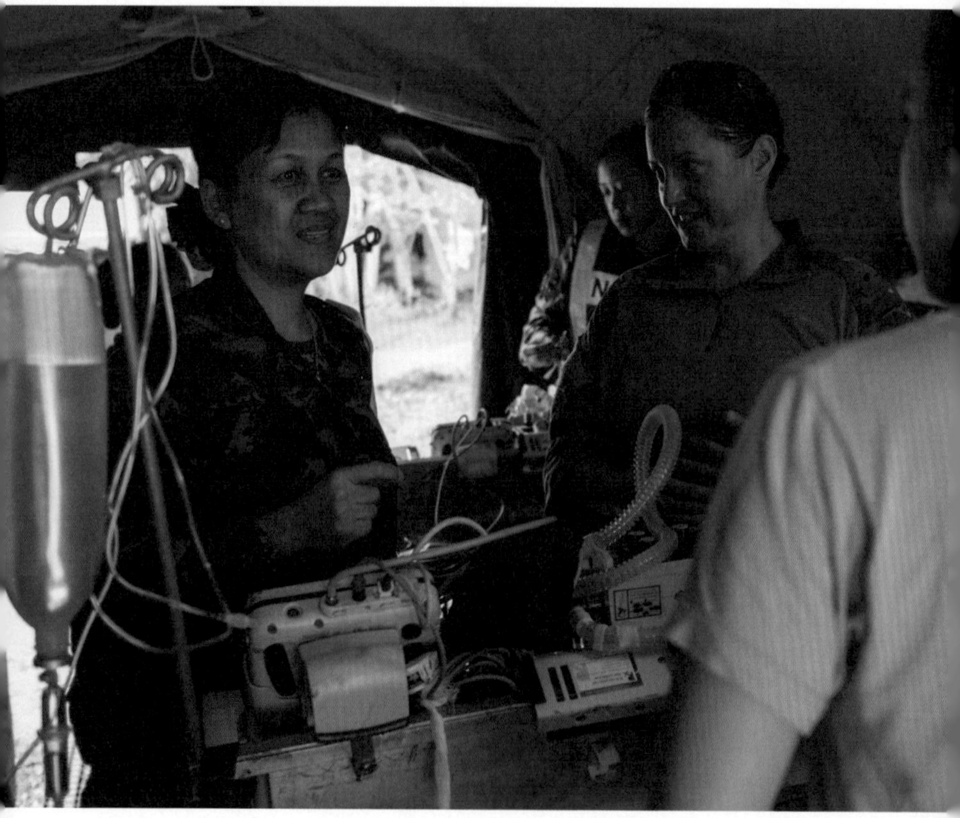

소년들이 나오는 즉시 지원하기 위해 현장에서 대기 중인 태국과 미군 의료진

어제에 이어 네 명의 아이를 태운 구급차 네 대가 달려가자 길가에 있던 사람들이 환호한다. 그러나 구조 잠수부들은 지칠 대로 지쳐 기진맥진한 상태다. 등에 무거운 장비를 짊어지고 또 온종일 잠수하고 걸어 다녔다. 잠수부들의 손은 갈가리 찢기고 감염되었다. 장갑을 끼면 귀중한 밧줄을 느낄 수가 없어서 그들은 장갑도 끼지 않은 채 작업에 임했다. 연이은 구출 작전 사이에 하루라도 쉬고 싶은 마음이 굴뚝같지만, 강우 예보 때문에 그럴 수 없다. 어떻게든 비까지 이겨 내야 한다. 그러려면 에너지를 그러모아 마지막까지 계속 집중해서 작전을 밀어붙여야 한다.

타넷팀 역시 고된 일정을 한시도 늦출 수 없었다. 구조 잠수부들은 삼약 갈림길로 헤엄쳐 들어갔을 때 오른쪽에서 들어오던 따뜻하고 맑은 물이 분출하는 것을 못 느꼈다고 보고했다. 이건 타넷팀이 작업한 수로 변경 구조물이 제대로 작동해 몽크 시리즈로 들어가는 물을 막고 있다는 의미다. 이제 딱 하루만 더 버티면 된다.

7월 9일 밤에 타넷은 호텔 방에 들어와 장화를 벗었다. 탐루앙에서 일하는 대부분 사람처럼 그의 발은 엉망이었다. 계속되는 습기로 발에는 온통 곰팡이가 피었고, 피부는 뭉텅뭉텅 벗겨졌다. 이 일이 완전히 끝나면 곧장 병원부터 가야 할 터였다. 타넷은 그대로 지쳐서 침대에 쓰러졌다.

새벽 4시쯤, 타넷은 지붕을 때리는 무시무시한 빗소리에 잠에서 깼다.

창가로 달려가자 시트에 퍼붓는 비가 보인다. 불길한 징조다. 구조 작업을 하는 이틀 동안 비가 왔지만, 산발적으로 내릴 뿐 오랫동안 계속 오지는 않았다. 데릭 앤더슨 상사가 타넷에게 정기적으로 강우량을 업데이트해 달라고 요청했다. 큰 폭우가 내려 구조대가 동굴 내부에 갇힐 염려가 있다면 굳이 대원들을 들여보내려 하지 않기 때문이다. 타넷은 동굴이 범람하게 되는 강우량의 한계치 15밀리미터를 넘을지 궁금해하며 계속 비를 지켜본다. 폭우가 지나가기를 간절히 바란다.

새벽 6시인데도, 비가 여전히 세차게 내린다. 타넷은 구조를 중단해야 할 정도로 비가 심하게 내릴지 의심한다. 아직도 동굴 안에 갇혀 있는 아홉 명의 사람이 떠오른다. 잠수부들이 그들까지 구해낼 수 있을까?

타넷의 전화기에 문자가 오기 시작한다. 데릭 앤더슨 상사와 영국 잠수팀의 메시지다. 하나같이 비가 왜 오는지 알고 싶다는 내용이다. 타넷은 기상 관측소에 전화를 걸어 들은 내용을 메모지에 긁적인다. 몽크 시리즈 위쪽 지역에 최대 14밀리미터의 비가 내리고 있다. 그는 수로 변경 구조물을 점검하고 있는 동료들에게 전화한다. 다행히 지금까지는 모든 구조물이 잘 버텨 주고 있다는 얘기를 듣는다.

미 공군 대원이 2번 동공을 지나는데 사용한 하이라인 기술을 보여 주고 있다.

타넷은 데릭 앤더슨 상사에게 전화를 걸어 내용을 알린다. 앤더슨 상사는 타넷에게 계속 최신 정보를 업데이트해 달라고 이르고, 잠수부들은 동굴 안으로 들어갈 준비를 한다.

그때, 번 언스워스는 입구 근처 자기 자리에서 하이라인 중 한 곳의 밧줄을 점검하고 있었다. 그의 귀에 어떤 소리가 들렸다.

"이 소리 들려요?"

그가 다른 봉사자한테 물었다.

"아니요. 뭐가 들리는데요?"

번은 고도로 훈련된 귀만이 변화를 감지할 수 있다고 깨닫는다. 그건 멀리 동굴 안쪽에서 물이 움직이는 소리였다. 탐루앙에 물이 다시 차기 시작한 것이다. 번은 구조 과정에서 다섯 명 정도는 잃을 수도 있다고 했던 하지스 소령의 암울한 예측을 떠올린다. 아직 아무도 잃지 않았다. 이제는 단 한 명의 소년도 잃고 싶지 않다.

오늘, 구조 잠수부는 네 명이 아니라 총 다섯 명의 야생 멧돼지 팀원을 데리고 나와야 한다. 가장 어린 타이탄과 마크, 퐁. 그리고 축구팀의 시간을 기록하는 티와 엑 코치다. 계획은 제이슨 맬린슨, 크리스 지웰, 릭 스탠턴과 존 볼랜턴이 처음 네 명을 데리고 나간다. 그러나 제이슨이 첫 번째 웅덩이를 지나 계속 나가지 않고, 인간 화물을 아일랜드 지원 잠수부인 짐 워니에게 건네면, 그가 나머지 잠수를 이어 간다. 제이슨은 9번 동공으로 돌아가서, 마지막 소년을 데리고 동굴 밖까지 계속 잠수해서 나갈 계획이다.

오늘 구조할 첫 번째 사람은 엑 코치다. 잠수팀은 코치에겐 진정제를 투여하려 하지 않았다. 그러나 첫날 구조가 잘 이루어진 후에 코치가 자신도 아이들과 똑같이 대해 주길 요청했다. 제이슨은 잠든 코치를 첫 번째 웅덩이를 지나 데리고 가서는 짐 워니에게 넘긴다. 그러고는 웅덩이를 다시 지나 9번 동공으로 돌아간다.

릭, 존, 크리스가 각각 한 명씩 소년들을 데려가면 제이슨은 마크와 함께 9번 동공에 마지막으로 남게 된다. 이제 마크 차례다. 마크가 잠수복과 장비를 착용하려는데 아주 큰 문제가 발견된다.

전면 마스크가 마크의 얼굴에 맞지 않는 것이다.

오늘 구조해야 할 사람이 다섯 명이었다. 전면 마스크가 하나 더 필요했고, 다섯 번째 마스크는 바로 어제 비행기로 날아왔다. 그 마스크까지 실험할 시간이 없었다. 기존의 것들과 비슷해서 맞을 줄 알았다. 그런데 지금 실제 상황에서 제이슨이 마크의 얼굴에 댔더니, 너무 커서 제대로 밀착되지 않는다. 제이슨이 마스크를 끈으로 묶고 최대한 꽉 움켜쥐어 보지만, 마크의 턱 밑에 여전히 틈이 생긴다. 마스크가 밀폐되지 않으면, 물이 새고 마크는 익사할 수도 있다.

제이슨은 중대한 결정을 내려야 했다. 밖으로 나가서, 더 작은 마스크를 갖고 돌아올까? 그럴 만한 시간이 될까? 아니다. 9번 동공으로 돌아올 때 제이슨은 느꼈다. 물살이 지난 이틀보다 분명히 더 세어졌다. 탐루앙 내부에 물이 차오르고 있고, 수위가 얼마나 빨리 상승할지 전혀 예측할 수 없다. 마크를 밖으로 데려갈 타이밍은 지금 이 순간뿐이다. 제이슨은 즉흥적으로 결정한다.

동굴 잠수부라면 누구나 항상 여분의 마스크를 갖고 다닌다. 제이슨 역시 다른 것만큼 튼튼하지 않지만, 여분의 전면 마스크가 하나 더 있었다. 어쩌면 그게 효과가 있을지도 모른다. 마크가 의식을 잃자, 제이슨은 그 여분의 마스크를 마크 얼굴에 씌운다. 기적이 일어났다! 그 마스크가 마크의 얼굴에 틈새 없이 밀착되는 것이다. 다른 마스크만큼 강하게 밀폐하진 않지만, 지금으로선 이 방법밖에 없다.

제이슨은 잠든 마크를 물속으로 끌어당겨 마지막 구조 잠수에 나선다.

입구로 나아가던 구조 잠수부 크리스 지웰도 곤경에 처한다. 크리스는 4번 동공과 3번 동공 사이의 마지막 직선 경로에서 퐁을 팔 아래에 잡고 있었다. 크리스는 오늘따라 몹시 지쳤다. 지난 이틀보다 물살이 거세어져 더욱 그랬다. 그런 상황에선 잠수부들이 더 빨리 잠수해야만 물의 흐름에 따라 헤엄쳐 나갈 수 있다. 하지만 동굴 안의 물은 강처럼 완만하게 굽이쳐 흐르지 않는다. 소용돌이치고 또 소용돌이치며 바닥의 침전물을 휘저어서 방향감각까지 잃게 만든다.

크리스는 팔 아래 소년을 움켜쥔 손을 바꾸려고 몇 초간 안내 밧줄을 놓는다. 그 짧은 순간에 완전히 밧줄을 놓치고 만다. 잠수부에게 최악의 악몽은 동굴에서 길을 잃는 것이다.

그는 손을 뻗어 손가락으로 밧줄을 더듬어 보지만, 아무것도 잡히질 않는다. 크리스는 팔을 앞으로 내밀어 물을 움켜쥔다. 어떤 줄이 손에 닿는데 안내 밧줄이 아니다. 동굴의 이곳이 물에 잠기기 일주일 전에 설치한 전선이 틀림없다.

만약 이 상황에서 크리스 혼자라면, 그는 시간을 갖고 방향을 잡으며 안내 밧줄을 기어코 찾았을 것이다. 공기통엔 산소도 충분히 많이 남았으니까. 하지만 지금은 자신이 아니라 팔 아래 잡은 소년이 걱정돼서 그럴 수가 없다. 지금 둘은 몇 시간째 잠수 중이고, 진정제 기운이 다해 퐁이 깨어나거나 저체온증에 걸리기 전에 물에서 꺼내야 하기 때문이다.

크리스는 전선도 동굴 밖으로 이어질 거라고 확신한다. 그는 그 전선줄을 잡고서 다시 발을 찬다.

어느 방향으로 나가는지 알려 주는 신호가 없는 완전히 밀폐된 공간에서 수영하다 보면 길을 잃기 십상이다. 외이도(귓구멍 어귀로부터 고막에 이르는 'S'자 모양의 관 - 옮긴이)에 물이 가득 차면, 신체 내부의 나침반이 엉망이 되기도 한다. 물이 탁하고 물살도 거세다면, 완전히 반대 방향으로 가면서도 한 방향으로 헤엄치고 있다고 착각할 수 있다.

이런 일이 정확히 지금 크리스에게 일어난 것이다.

동굴 잠수부라면 누구라도 하기 쉬운 실수지만, 동시에 동굴 잠수부를 죽일 수도 있는 실수이다. 하지만 다행히 크리스와 퐁은 수면 위로 올라왔다. 크리스는 주위를 둘러보며 3번 동공쯤일 거라고 생각한다. 그런데 대기하고 있어야 할 사람들이 보이지 않는다. 다들 어디에 있는 걸까? 그는 우선 퐁을 물 밖 마른 곳으로 끄집어낸다. 근처에 버려진 보온 담요를 발견하고는 체온을 유지시키려고 그것으로 퐁을 감싼다. 물갈퀴를 벗고 앞으로 걸어가며 자신의 위치를 표시한다. 몇 분이 지나서야 동굴 속 깊은 곳으로 도로 헤엄쳐 들어왔다는 걸 깨닫고 4번 동공으로 다시 돌아간다.

크리스는 어두운 동공에서 소리를 듣는다. 해리스 박사가 나가는 중이다. 크리스가 무슨 일이 일어났는지 설명하자, 해리스 박사가 퐁을 데리고 3번 동공까지 남은 길을 나가겠다고 제안한다. 지친 크리스는 뒤에서 따라간다.

세 사람은 제이슨 맬린슨 바로 다음으로 3번 동공 목적지에 도착한다. 4번 동공에서 크리스와 해리스 박사가 방향을 잡는 동안에 제이슨 맬린슨이 그들을 앞질러 갔다. 제이슨이 마크를 안전하게 구조했다. 마크의 전면 마스크를 둘러싼 봉인을 섬세하게 보호하려고 그는 마크의 머리를 자신의 턱밑에 단단히 대고서 헤엄쳤다. 마크의 머리가 자신의 두개골에 수십 번이나 부딪쳤지만, 계속 그 상태를 유지했다. 결국 그렇게 한 것이 효과를 거두었다. 마스크를 얇게 밀폐한 봉인이 마크를 결승선까지 데려가는 동안 충분히 오래 버텨 준 것이다.

오후 6시 47분. 동굴 안에 갇힌 지 18일 만에 마지막 아이까지 구급차에 실려 병원으로 이송되었다. 탐루앙에서 조난당한 열세 명의 축구팀 전원이 살아서 건강하게 옮겨졌다.

하지만 구조가 아직 완전히 끝나지 않았다. 세 명의 네이비실 대원과 팩 군의관이 아직 밖으로 나오는 중이다. 태국 네이비실과 미 공군은 전우이다. 하지스 소령이 그의 대원들에게 지시한다.

"모든 사람이 저 동굴 밖으로 나올 때까지 우리의 임무는 끝난 게 아니다."

남은 마지막 네 명은 탈출 잠수를 하는 동안 자신의 공간을 확보해야 한다. 탐루앙 안에서는 진흙과 침전물이 아주 심하게 소용돌이친다. 구조 잠수부들은 흙범벅이 된 조절기를 낀 채 물에서 나오고 있다. 조절기가 없으면, 잠수부는 탱크의 귀중한 공기를 호흡할 방법이 없다. 네 명의 태국 잠수부는 바로 다음에 오는 사람에게 문제가 될 침전물을 휘젓지 않으려고 45분 간격으로 잠수하기로 한다.

첫 번째 잠수부가 3번 동공으로 올라온다. 45분 후에, 두 번째 잠수부가 튀어나온다. 지금까지는 일이 딱딱 제시간대로 순조롭게 진행되었다. 그런데 세 번째 잠수부가 나타났을 때 3번 동공에서 큰 굉음이 들린다. 거기 있던 모든 인부의 귀에까지 들릴 만큼 큰 소리다. 모두들 아래를 내려다본다. 물이 솟구치고 있다.

하지스 소령은 3번 동공 펌프 하나가 고장 났다는 문자를 받는다. 모두 3번 동공에서 대피해야 한다. 그것도 지금 당장! 3번 동공이 물에 잠기려는데 마지막 태국 네이비실 대원이 아직도 모습을 드러내지 않는다. 인부들은 초조한 마음으로 동굴 안을 계속 주시하면서도 일단 손에 들 수 있는 모든 장비를 움켜쥐기 시작한다. 물이 점점 더 높아지며 발목까지 차오른다. 다른 것들은 그냥 남겨 두기로 한다. 수위가 빠르게 상승하고 있다. 마지막 한 사람은 어쩔 수 없이 동굴 안에 남겨 두고 나가야 할까?

나중에 하지스 소령은 당시 그 순간을 말하며 '영화 같은' 장면이라고 했다. 마지막 네이비실 대원이 수면 위로 올라오고, 모두가 한꺼번에 3번 동공에서 허둥지둥 빠져나오는데 그들 뒤로 물이 솟구쳐 올랐다.

잠자는 여인은 충분히 먹은 듯했다. 마지막 사람까지 동굴에서 나오자 동굴의 온 통로가 물로 가득 찼다. 그렇게 찬 물이 그 후로 몇달 동안 동굴 안을 계속 채웠다.

구조대원들이 동굴 입구에서 모습을 드러낸다. 그들을 향해 우레 같은 박수와 천 대의 카메라 플래시가 터진다. 이 일을 이뤄 낸 사람도 지켜본 사람도 어마어마한 안도감에 휩싸인다. 동굴에서 소년들을 데려 나올 때, 구조대원들은 전 세계 사람들의 걱정을 짊어지고 있었다. 그러나 어쨌거나 성공했다.

찰스 하지스 소령은 소년들의 가족과 교류하는 것을 애써 피해 왔지만, 이제는 그와 이야기를 나누려는 가족들의 요청에 어쩔 수 없었다. 소년의 가족들은 그에게 절을 하고 따뜻하고 눈물겨운 감사를 표한다. 감정을 억제해야 한다고 주장해 온 미 공군 지휘관은 결국 자신의 제1 규칙을 포기한다.

그뿐만이 아니다. 발에는 물집이 생기고 손은 갈기갈기 찢어진 채, 물에 흠뻑 젖고, 진흙 범벅이 되어, 구조 작전에만

초집중했던 구조대원들도 마침내 웃으면서 서로를 껴안는다. 다 끝났다. 드디어 모든 게 끝났다. 그들이 환호하며 하이파이브에 동참한다. 그제야 그 순간이 얼마나 낯설고 진귀한 현실인지 충분히 이해하기 시작한다.

어쨌든 그들은 끔찍한 역경을 이겨 냈다. 불가능한 구조였는데, 해내고 말았다. 그들은 열세 명 모두를 산 채로 데리고 나왔다.

구조 작전이 끝난 뒤에 지원 잠수부인 에릭 브라운과 미코 파시가
탐루앙에서 나오고 있다.

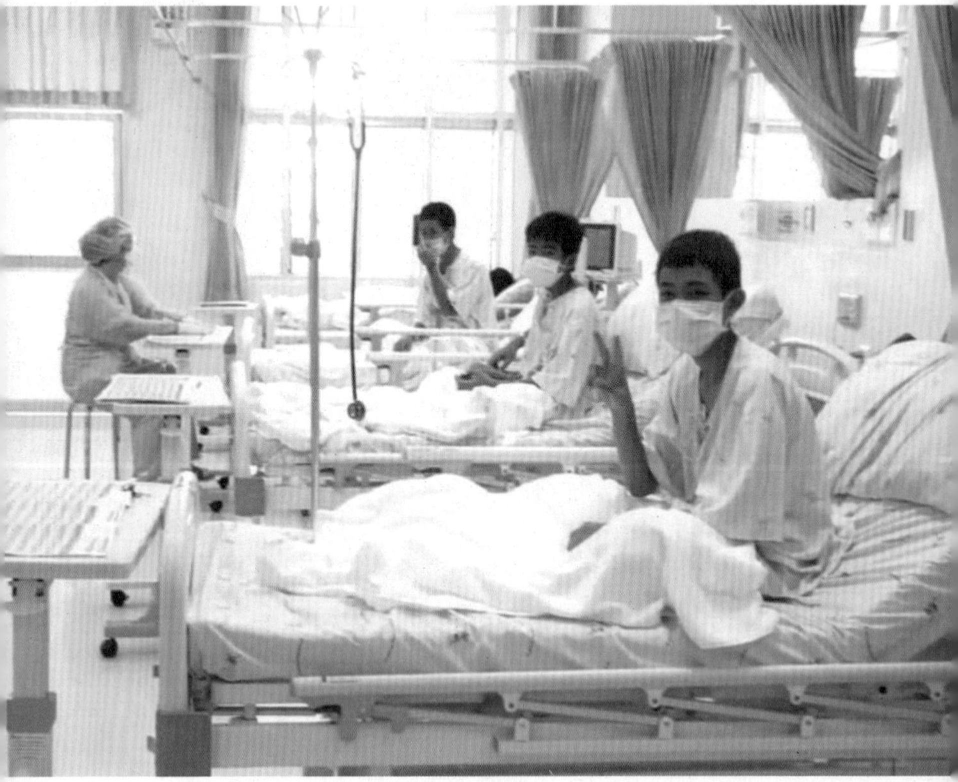

치앙라이의 병원에서 회복 중인 야생 멧돼지 축구팀 소년들

31
성공할 수가 없는데

소년들이 여전히 나른하고 힘이 없는 상태로 병원에서 깨어났을 때, 창문 너머로 눈물을 흘리며 손을 흔드는 부모들을 보았다. 면역 체계를 보호하기 위해 소년들은 격리 병동에 있었다. 아이들은 엄마, 아빠를 보자 울음을 터뜨렸다. 말로 표현할 수 없을 만큼 안도감과 행복을 느꼈다. 그 마음은 부모들도 똑같다. 마침내, 드디어, 영원히 잃을 뻔했던 아들을 보게 된 것이다.

격리가 끝나고, 아이들과 부모는 서로 팔을 두르고 얼굴을 감싸고 다시 울었다. 아이들은 마지막으로 안았을 때보다 훨씬 더 말랐지만, 모두 건강하다. 구조하는 동안 머리를 수없이 부딪치고 체온도 많이 떨어졌음에도 놀라울 정도로 건강하다. 엑 코치는 구조 직후 심부 온도(심장이나 방광 등의 신체 내부 기관의 온도 - 옮긴이)가 섭씨 29도로 저체온증의 임계치보다 낮게 측정되었다. 티는 열이 나서 진정제를 맞고 깨어났고, 나이트와 몇몇은 흉부 감염으로 항생제를 복용해야 했지만, 그게 다였다. 소년 중에 누구도 구조 과정에 대해 아무것도 기억하지 못했다.

며칠 후 소년들은 구조를 도와주었거나 그들의 귀환을 기도했던 모든 사람에게 감사의 메시지를 담은 영상을 녹화했다. 아이들은 퇴원하면 맨 먼저 먹고 싶은 음식으로 바삭한 돼지고기, 밥, 초밥 등을 이야기하며 마스크 너머로 미소 지었다. 아둘은 켄터키 프라이드치킨을 요청하기도 했다. 나이트, 닉, 노트와 돔, 이렇게 네 명은 동굴 안에서 생일이 지나갔다. 하지 못한 생일 파티를 가족들이 늦게라도 열어 주겠다고 약속한다.

소년들이 병원에서 요양하며 기운을 되찾는 동안에 의사들이 '2018 러시아 월드컵 결승전'을 볼 수 있게 텔레비전을 켜 주었다. 안타깝게도 소년들이 가장 좋아하는 잉글랜드 팀이 탈락해서 대신 프랑스를 응원했다. 어린 마크가 의사들을 제외하고 모든 사람 중에서 가장 크게 외쳤다. 어쨌든 월드컵이다.

일주일간 회복한 후에 아이들은 마침내 퇴원했다. 그동안 잘 보살펴 준 의사와 간호사들에게 눈물겨운 감사 작별을 고했다. 병원 직원들은 "가능한 한 빨리 정상 생활로 돌아가라.

여러분을 사랑하고 안전하게 느끼게 해 줄 사람들과 함께 있어라."고 아이들에게 조언했다. 소년들은 가족과 함께 집으로 가서 자기 침대에서 잠을 자고, 엑 코치는 그가 집이라고 일컫는 매사이의 왓 도이 와오 사원으로 돌아갔다.

이제 얼마 뒤엔 나머지 축구팀원들도 코치와 합류할 것이다. 소년들이 안전하게 회복될 때까지 아무도 아이들에게 구조에 대해 많은 얘기를 하지 않았다. 의사들이 완곡하게 사만 구난의 죽음에 대해서만 알려 줬다. 모두가 울었다. 모든 소년이 슬픔의 무거운 무게를 느꼈다. 소년들은 9번 동공에서 자신들을 가족처럼 돌봐 주었던 네이비실 대원과 팩 군의관에 대해 생각했다. 사만은 자신들을 구하기 위해 목숨을 바쳤다. 결코 만날 수 없지만, 사만 역시 소년들의 가족이었다.

엑 코치와 소년들은 사만의 희생을 기리자고 의견을 모은다. 탐루앙에서 그들을 빼내기 위해 혼신의 노력을 한 모든 사람에게 깊은 감사를 표하려고 뭐라도 하려고 한다. 모두가 불교 신자인 소년들은 왓 도이 와오에서 초보 승려가 되기로 한다. 이 사원은 아주 익숙한 곳으로 방과 후에 매일 놀면서 시간을 보내던 (그리고 스님들이 먹지 않고 남긴 음식을 먹은) 곳이다. 소년들은 기꺼이 석 달 동안 출가하려고 하지만, 주지 스님은 소년들이 학교와 평범한 일상으로 어서 빨리 돌아가기를 바란다. 그래서 아이들은 9일 동안 승려가 되기로 한다. 9일이란 동굴 안에서 릭과 존에게 발견되기 전 갇혀 있었던 밤의 수와 같다.

엑 코치와 소년들은 삭발식을 한다. 머리가 밀리고 씻긴 다음 축복을 받는다. 짙은 황색 승복을 입고 (아마도 서로 도와주어야 할 것이다!) 초보 승려의 맹세를 한다. 이제 그들은 동굴 안에서 생존 의지를 지켜 준 기도와 명상의 깊은 가르침을 받게 된다. 이러한 관행은 소년들을 안에서부터 밖으로 강하게 해 주며, 절을 떠난 후에도 마음을 안정되게 유지해 줄 견고한 기반이 되어 줄 것이다.

8월 6일, 학교로 돌아온 소년들을 반 친구들이 열렬히 환영했다. 돌아오니 너무 좋다! 친구들은 이날만을 간절히 기다렸다. 이제 소년들은 다시 친구와 농담을 주고받고, 모든 것을 정상처럼 느끼기 시작할 것이다. 야생 멧돼지 축구팀의 급우들은 소년들이 학업을 따라잡도록 도와주고 놓친 과목도 가르쳐 주겠다고 약속한다. 어서 빨리 함께 맛있는 거 사 먹으러 나갈 계획도 세운다.

8월 8일, 엑 코치와 무국적자인 세 소년은 태국 시민권을 부여받았다. 이제 그들은 처벌을 두려워하지 않고 나라 밖으로 여행하고, 공부하며 일할 수 있다. 수십만 명의 난민들을

사만 구난의 초상화에 감사 메시지를 써서 보여 주는 야생 멧돼지 축구팀원들

포함해, 아직도 태국에는 어둠 속에 사는 무국적자들이 350만 명에 이른다. 그들 중 다수가 어린이다. 야생 멧돼지 축구팀 소년들 구조는 이 문제에 대해 더 많은 관심을 끌어냈고, 이 사회적 문제를 해결하려는 활동가들의 요구가 더욱 활발해졌다. 사람들은 이 축구팀 구조와 정치적 변화로 태국 곳곳의 무국적자들이 어둠에서 벗어나 빛으로 나아갈 수 있는 개혁이 이뤄지기를 희망하게 되었다.

집으로 돌아간 축구팀 소년들의 삶은 평범했던 일상으로 돌아온 동시에 완전히 바뀌었다. 한때 '동굴에서 나가면 자전거를 타고 혼자서 집으로 후다닥 돌아가야지.' 하고 생각했던 소년들이 국제적인 유명 인사가 되었다. 낯선 사람들이 거리에서 그들을 보면 멈춰서 같이 사진 찍자고 한다. 전 세계에 걸쳐 여러 나라의 정부에서 공식적인 초청도 받았다. 그런 행사에 참석할 때마다 받은 축구 유니폼이 옷장을 가득 채울 정도가 되었다.

마음의 변화도 있었다. 소년들의 부모는 아들이 인내심이 더 강해지고 침착해졌다고 말한다. 소년들은 더 성숙하고 어른스러워졌으며, 작은 것에 감사하는 모습을 보인다. 자신들의 구조에서 정말 많은 것을 배웠다고 한다. 그리고 이젠 어디를 가든지 가장 먼저 부모에게 확실하게 말한다! 고된 경험으로 소년들은 미래에 대한 시야도 넓어진 것 같다. 물론 다들 커서 프로 축구 선수가 되고 싶어 하지만, 이제 몇몇 소년은 사만 구난 같은 네이비실 대원과 어둠 속에서 그들과 함께 해 준 용감한 사람이 되는 상상도 한다. 소년들은 또 학교를 마치고 좋은 직장을 구해서 가족을 부양할 수 있기를 바란다.

ABC뉴스와의 인터뷰에서 아둘은 자신의 나이를 훨씬 뛰어넘는 지혜를 보여 주며, 구조에 대한 통찰력을 드러내기도 한다.

"모든 분들께 감사드리고 싶어요. 여러분이 저희를 사랑했듯이 저희도 여러분 모두를 사랑합니다. 저희는 전 세계에 많은 부모님이 있는 것처럼 느껴요. 여러분을 만나서 마음속 깊이 감사드리고 싶어요. 저희는 아직 어리고 목표에 도달하려면 배워야 할 것들이 많아요. 하지만 모든 분들이 저희에게 바라는 대로 좋은 아이가 되도록 노력할게요. 최선을 다하겠다고 약속드려요."

야생 멧돼지 축구팀원들이 퇴원 후 처음으로 언론에 인사하고 있다.

작가의 말

2018년 6월 23일, 열세 명의 야생 멧돼지 축구팀원들이 실종된 그날, 내가 탄 비행기가 태국 북부에 착륙했다. 나는 탐루앙에서 불과 몇 시간 떨어진 치앙라이에 사는 가족을 방문해 그 지역을 여행 중이었다. 사실 우리는 치앙라이에 가서 몇몇 동굴을 구경하려고 했지만, 날씨가 좋지 않아서 취소했다. 우리 가족의 외출을 미루게 했던 바로 그 폭우가 결국 18일 동안 탐루앙에 소년들을 가두어 놓았다.

남은 휴가 동안, 나는 태국 텔레비전에서 24시간 보도하는 축구팀 구조 이야기를 지켜보았다. (내가 태국어를 할 줄 몰라서 아버지가 통역해 주었다.) 일단 아이들이 발견되자, 모두가 그 이야기만 했다. 릭과 존이 9번 동공에서 소년들을 발견했을 때 찍은 비디오 영상이 공항, 식당과 쇼핑몰의 화면에서 계속 반복적으로 나왔다. 비록 말을 알아들을 순 없어도, 나는 주위에 감도는 걱정과 희망의 감정을 강하게 느꼈다. 나는 소년들이 구조되기 전에 미국으로 돌아가야 했고, 구조대원들이 이 불가능한 구조를 정말 해낼 수 있을지 초조하게 기다리며 전화기에 붙어 있었다.

열세 명 모두가 안전하게 동굴 밖으로 나오자, 이 책을 쓰는 것을 진지하게 생각하기 시작했다. 나는 여러분이 이 믿을 수 없고 불가능한 구조의 전 과정을 알기를 원했고, 또한 태국이라고 하는 이 독특한 나라에 대해서도 말해 주고 싶었다. 다른 책들이 소년들을 동굴 밖으로 끌어낸 릭과 존, 그리고 다른 잠수부들의 영웅적인 구조 작전에 대해선 잘 말해 줄 것으로 짐작했다. 하지만 타넷과 아이, 그리고 수로 변경 팀의 대원들과 소년들의 생명을 구하기 위해 중추적인 역할을 했던 수천 명의 태국 사람들 이야기도 들려주고 싶었다. 여러분이 야생 멧돼지 축구팀원들 자체와 이 소년들이 특별하면서도 동시에 매우 평범한 이유를 더 많이 알았으면 했다. 이 구조의 이면에는 우리가 배울 교훈이 아주 많다. 내가 가장 공유하고 싶었던 교훈은 엑 코치와 소년들에게서 나온다. 그들은 구조대원들처럼 불가능한 역경을 이겨 냈다.

그들은 나에게 '불가능'은 오로지 당신의 마음속에만 존재한다고 가르쳐 주었다. 여러분은 자신이 상상할 수 있는 것보다 훨씬 더 많은 것들을 할 수 있다.

2018년 10월 초에, 나는 로스앤젤레스에 있는 태국 왕립 총영사관이 주최한 만찬에서 열세 명의 야생 멧돼지 축구팀원들과 그 가족을 직접 만나는 행복한 기회를 얻었다. 그때 소년들은 동굴 밖으로 나온 지 석 달이 되었다. 그들이 탄 관광버스가 오기를 기다리는데 살짝 초현실적으로 느껴졌다. 시차 적응이 너무 힘들어서기 때문이기도 하고, 지난 몇 주간 이 소년들에 관한 이야기를 쓰면서 보낸 연구 여행을 마치고 막 돌아왔기 때문이기도 했다.

바로 며칠 전까지 나는 태국 매사이에서 구조 작업에 참여했던 많은 사람과 이야기를 나누었다. 번 언스워스는 고맙게도 몇 시간 동안 탐루앙과 관련된 모든 것을 얘기해 주었다. 아이와 수로 변경대원, 상우트 대장과 싱하나트 대령과도 이야기를 나누었다. 왓 도이 와오 사원에 가서 몇몇 소년들의 부모와 형제들을 만났고, 프라크루 프라윳 주지 스님과 이야기를 나누며 시간을 보냈다. 나는 구조대원들에게 봉헌된 거대한 벽화가 있는 장소도 방문했다. 그러고는 사만 구난의 기념상에 경의를 표했다.

탐루앙 동굴까지도 먼지투성이 길을 차를 몰고 가 보았다. 그때도 동굴은 여전히 물이 가득 차 있어서 안으로 들어갈 수 없었다. 이 책이 2차 편집에 들어가고 유소년 축구팀의 조난으로부터 7개월이 지났는데도, 동굴은 삼약 갈림길을 지나 물에 잠겨 있었다. 한때 분주했던 구조 작전 베이스캠프가 있었던 주차장을 가로질러 소년들의 부모가 구조 작전 내내 아이들을 기다렸던 방까지 걸어갔다. 나도 아이들의 엄마로서 목이 메었다. 내 아이가 저 안에 갇혔는데, 날마다 거대한 돌산을 바라보며 그저 기도와 희망만으로 버티는 모습을 상상조차 할 수 없었다.

매사이에서 이야기를 나누었던 모든 사람은 여전히 한결같이 머리를 흔들거나 팔을 꼬집으며 그 구조는 불가능했던 일이라고 했다. 그 작전에 참여했던 사람 그 누구도 열세 명의 생명을 구할 수 있으리라 예상하지 않았다. 번 언스워스가 이렇게 말했다.

"난 아직도 믿을 수가 없어요. 그것은 성공할 수가 없는 일이었어요. 그냥 성공할 수가 없었어요."

하지만 성공했다. 그리고 구조된 소년들은 이제 세계적으로 유명해졌다. 내가 소년들을 만났을 때, 태국 정부는 축구팀 소년들이 국가 원수를 방문하러 가거나, 텔레비전 쇼에 출연하거나, 축구 경

구조대원 아이(오른쪽)의 통역으로 저자가 공원 경비원 녹(왼쪽)과 인터뷰하고 있다.

기의 특별 손님이 되어 달라는 국제 초청장을 이미 200개도 넘게 받은 참이었다! 소년들은 전 세계에서 축구 유니폼, 장난감, 축구화, 온갖 종류의 물건을 산더미만큼이나 선물 받았다.

나는 그런 즉각적인 명성이 매사이 출신의 시골 소년들에게 어떤 영향을 미칠지 궁금했다. 소년들은 이전의 평범한 삶을 살 수 있을까? 마침내 한 시간 늦게 소년들을 태운 관광버스가 도착했다. 수행원이 버스에서 내리며 사과했다. 소년들이 호텔에서 너무 신나게 수영하는 바람에 도저히 수영장에서 끄집어낼 수가 없었다고 했다. 나는 미소를 지었다. 그것은 누구나 듣는 말인 듯 아주 평범하게 들렸다.

당연히 소년들은 여전히 평범한 보통 아이들이었다! 겸손하고 예의 바르지만, 서로를 다정하게 놀리면서도 엉뚱하고 상냥했다. 긴 저녁 식사가 이어지는 가운데, 한 아이가 의자에서 잠이 들자 다른 친구들이 킥킥거리고, 잠든 아이의 얼굴 앞에 손가락을 대고 흔들어 대는 친구도 있었다. 각 소년은 가족과 함께 여행을 왔다. 부모들은 친절하고 여전히 아이들을 되찾은 데 정말 안도하는 듯했다. 그들은 미국을 여행할 기회를 얻어 무척 행복해했지만, 또한 집에 가기를 고대하고 있었다. 아무리 멋진 여행이라도 사랑하는 사람과 함께 집에 있는 것에 비할 바는 아니라는 것을 아이들은 벌써 아는 듯했다.

엑 코치는 쾌활하고 친절한 청년이었으며, 만나자 곧장 축구에 관해 이야기했다. 그는 스물다섯 살보다 훨씬 나이가 많고 지혜로워 보였다. 소년들이 그를 가깝게 느끼고 왜 닮고 싶어 하는지 확실히 이해할 수 있었다. 나는 아들에게도 말을 걸었다. 아들은 겸손하게 영어를 잘 못한다고 했지만, 정말로 잘했다. 소년들은 수다를 떨며 제 부모 옆에 바짝 붙어서 산더미 같은 태국 음식을 먹었다. 내게는 아이들이 단지 친구라기보다는 형제들처럼 보였다. 부모에 따르면, 그때의 시련이 소년들 사이의 유대를 한층 더 강하게 만들었다고 한다. 나는 소년들과 그 가족을 만나서 이야기를 들은 게 정말 영광이었다. 하지만 내가 가장 좋아하는 야생 멧돼지 소년들의 이야기는 다음과 같다.

최근에도 축구팀은 거대한 국제 행사인 청소년 올림픽 게임에 주빈으로 참석했다. 사람들이 가득 찬 경기장으로 걸어 나가기 직전, 소년들은 어떻게 등장할지 결정하기 위해 옹기종기 모였다. 평소의 스타일대로 엑 코치가 팀원들에게 질문했다. 손을 흔들까? 아니면 와이(절)를 할까? 아니면 손을 흔들고 나서 와이를 할까? 아니면 다른 걸 할까?

사소한 질문 같지만, 그 대답은 소년들의 성격을 잘 드러내 준다. 소년들은 의논을 통해 손을 흔드는 것은 영웅들이 하는 행동이라는 데 동의했다. '우리가 영웅이 아니다. 우리를 구해 준 사람들이 영웅이다.' 소년들은 다 함께 손을 흔들지 말자고 결정했다. 결국 걸어 나가서 감사와 겸손을 보이며 와이를 하기로 결정했다. 이게 바로 소년들이 한 행동이다.

그 이야기를 들었을 때 내 마음은 따뜻해졌다. 나는 소년들이 영웅으로 불리고 싶지 않은 이유를 이해한다. 하지만 나는 아이들이 꽤 믿음직스러워 보였다. 세상이 아이들이 평범하게 자라도록 내버려 둔다면, 계속해서 멋진 일을 할 아이들이란 느낌이 든다. 모두가 자신의 길을 잘 가고 있는 거 같다. 야생 멧돼지 축구팀에 대해 내가 마지막으로 들은 말은 소년들이 지금은 집으로, 학교로 그리고 꼭 있어야 할 장소인 축구장으로 돌아갔다는 것이다.

감사의 말씀

이 책을 쓴 과정 자체가 하나의 이야기이며, 감사드려야 할 사람들이 많습니다. 이 불가능한 구조를 이해하기 위해, 저는 먼저 탐루앙과 동굴을 전반적으로 이해해야 했습니다. 맨 먼저 연락한 사람은 태국의 동굴 전문가인 마틴 엘리스였습니다. 마틴은 참을성 있게 저의 많은 질문에 대답해 주었고 엄청난 도움이 되는 지도와 도표를 보내 주었습니다.

오스틴에 있는 텍사스 대학의 마커스 개리 박사는 카르스트 동굴의 지질학적 특성에 대해 많은 도움을 주었습니다. 개리 박사의 소개로 발명가이자 동굴 잠수부인 빌 스톤과 만나게 되었는데, 그는 여러 시간 동안 무시무시한 극한의 동굴 탐험 이야기와 재호흡기 기술에 관해 흥미로운 이야기를 해 주었습니다. 또한 그의 소개로 저는 번 언스워스와도 연락이 닿았습니다.

이 책을 만드는 데 있어, 번이 준 도움은 아무리 많이 감사해도 지나치지 않습니다. 그는 탐루앙을 광범위하게 탐험한 거의 유일한 사람으로 동굴 체계와 초기 구조 작업이 어떻게 전개되었는지 관해 상세히 알려 주었습니다. 번은 그가 참여한 초기 구조 작전에 관해서 몇몇 기자에게만 얘기해 줬을 뿐입니다. 그래서 번이 저에게 자신의 동료 틱과 함께 몇 시간에 걸쳐 그때의 일을 이야기해 주며 지도와 많은 사진까지 제공해 줬을 때 전 놀라고 대단히 고마웠습니다. 구조 작전이 종결된 이후에도 탐루앙의 변화무쌍한 매혹적인 모습의 최신 정보도 알려 주었습니다. 번에게 다시 한번 깊은 감사를 드립니다. 또한 번과 틱은 매사이 공동체의 친절한 일원으로 제게 아주 관대했습니다.

두 사람 덕분에 저는 다른 좋은 사람도 많이 만났습니다. 현지 태국인들이 구조 활동에 참여하고 기여한 부분에 대해 통찰력을 갖도록 저를 이끌어 준 아이, 노이와 라아에게 감사드립니다. 아이는 저를 녹과 상우트 매사이 구조대장에게 소개해 주었는데, 그들은 너그럽게 저와 대화하며 임무 첫날의 사진을 공유했습니다. 또한 니콘차이 포프루차이께 감사드립니다. 그는 수많은 정보와 그의 이야기를 생생하게 뒷받침하는 사진들을 저에게 공유해 주었습니다. 구조 작전의 기술적인 측면에 관해 상세하게 알 수 있도록 도움을 준 수위트 자이폼에게도 감사의 인사를 드립니다. 그 덕분에 저는 이 일이 태국인들에게 어떤 의미인지를 잘 이해할 수 있었습니다. 이 사건에서 엑 코치의 인성과 불교 신앙의 역할을 이해하는데 도움을 준 왓오이 와오 사원의 프라 크루 프라윳에게도 겸허히 감사를 드립니다.

구조 작업에 있어 미 공군의 중요한 역할에 관해 이야기해 준 찰스 하지스 소령에게 감사를 드립니다. 저는 그가 보여 준 전례 없는 위기 상황에서의 지도력과 대원들의 기술에 깊은 감명을 받았습니다. 수많은 사람과의 인터뷰를 준비하는 데 절대적인 도움을 준, 내 소중한 친구 제프 하슬리에게 감사를 전합니다. 저는 하지스 소령에게 인터뷰한 모든 사람에게 했던 똑같은 질문을 했습니다.

"언론에서 충분히 보도하지 않았다고 생각하는 구조 작전의 한 측면은 무엇입니까?"

그의 대답은 다른 사람들과 똑같았습니다. 그건 바로 물이었습니다!

저는 운 좋게도 타넷 나티스리와도 연락이 닿았는데, 그는 탐루앙에서 치른 물과의 전쟁에 관한 상세한 기록과 숨 막히는 사진을 저에게 공유해 주었습니다. 타넷은 저를 싱하나트 대령과 연결해 주었고, 싱하나트 대령은 이 책을 쓰는 데 있어 아주 중요한 정보들을 제공해 주었습니다. 정말 감사합니다.

높은 수준의 지식을 기꺼이 알려 준 콘텐츠 전문가이자, 그룹 역학 연구원으로 일하는 사회 심리학자인 셰릴 비숍 박사, 정신과 의사인 아민 지온지안에게도 감사를 드립니다. 그리고 매혹적인 사진을 제공해 준 동굴 생물학자이자 웅덩이 잠수부, 진 크레즈카 박사에게도 감사를 드립니다. 구조 작전 중 진정제 사용을 이해하는 데 도움을 준 마취 전문 간호사, 케메론 블록-앤더슨에게도 감사합니다.

네이비실의 결단력과 용기에 관한 이야기를 공유해 주신 태국 네이비실 사령관 차이야난타 피라나롱께 감사를 드립니다. 온우사 치엥쿨에게 모든 지원을 해 주고 아파콘 유우콩깨우 해군 소장과 연결해 준 데 감사드립니다. 제 질문에 성실히 답변해 주시고, 이 책에 태국 네이비실의 사진을 사용하도록 허락해 준 아파콘 해군 소장님께 깊은 감사드립니다.

잠수부 클라우스 라스무센과 이반 카라드지크에게도 감사합니다. 덕분에 구조 자체를 상세히 이해할 수 있었습니다. 이메일로 제 질문에 답변해 주신 로브 하퍼와 릭 스탠턴에게도 깊은 감사를 드립니다.

야생 멧돼지 축구팀 소년들과 직접 만날 수 있는 시간을 허락해 주신 로스앤젤레스의 태국 왕립 총영사관과 직원분들께 특별한 감사를 전합니다. 그리고 절 소개시켜 준 탄 삼촌! 고마워요. 아들들의 이야기를 기꺼이 저에게 공유해 준 가족분들께 감사합니다. 엑 코치 그리고 열두 명의 야생 멧돼지 축구팀 선수들! 많은 이야기를 나눠 줘서 고마워요. 여러분의 이야기를 책으로 쓰게 되어 영광이었습니다.

브렌트우드 초등학교의 질 스톡턴 선생님과 그녀의 4학년 학생들에게 감사합니다. 이 놀라운 구조 과정에서 아이들이 궁금해하는 것이 뭔지 그들 덕분에 알 수 있었습니다. 저에게 속성 강좌를 해 준, 로버트 브래드포드 기자에게도 감사드립니다. 태국과 태국인들을 기리는 이 책을 만드는 데 도움을 준 퀸시 수라스미스에게 감사를 전합니다. 언제나 길 안내와 조언을 해 준 저의 든든한 동료인 논픽션 작가, 신시아 레빈슨, 크리스 바톤, 로리 그리핀 번스, 트레이시 뱁티스트, 마사 브록큰브로우, 페이지 브리트와 카렌 블루멘탈에게 감사드립니다. 이 책의 제안서를 쓰는 과정에서 도움을 준 케이트 메스너에게 특별한 감사를 전합니다. 제 주변의 어린이 책 작가들은 정말로 이 세상에서 가장 친절한 사람들입니다.

책을 쓰는 긴 여정 동안 제 챔피언이자 측근이자 현명한 조언자였던 대리인, 스테파니 프렛웰-힐에게 깊은 감사를 드립니다. 당신과 카렌, 애비게일이 내게 해 준 모든 일들에 너무 감사합니다. 이 책의 편집자, 안드레아 톰파에게도 감사를 드리지 않을 수 없습니다. 이 책을 위해 그녀가 한 모든 일에 감사 드립니다. 그녀는 처음부터 이 이야기와 저에게 그것을 충분히 잘 말할 수 있는 능력이 있다고 믿어 주었습니다. 탁월함에 대한 그녀의 헌신 덕분에 훨씬 더 훌륭한 책이 만들어졌습니다. 우리의 영웅적 카피라이터인 케이트 슈워츠와 한나 마호니, 그리고 셰리 파틀라, 리사 루든과 카렌 미노트에게 책을 안팎으로 아름답게 만들어 준 데 감사드립니다. 책을 세상에 내놓은 제이미 탠에게 감사하며, 좋은 이야기를 아이들의 손에 쥐어 주기 위해 여러분이 한 모든 일에 대해 캔들위크 팀 모두에게 감사를 드립니다.

나의 가족에게 나의 끝없는 사랑과 감사를 전합니다. 미국인 사촌이 태국인의 관점으로 이 이야기를 이해하도록 도와준 제 소중한 사촌들인 안차리, 소드사이, 윈과 포르에게 감사드립니다. 가족을 위해 어떤 일이든 하고 어디든 가 주신 리 삼촌에게도 감사드립니다. 우리의 딸들을 키우는데 변함없는 지지, 사랑과 도움을 주신 어머니 밥과 리즈에게 감사드립니다. 당신들이 없었다면 우리가 어떻게 이 일을 할 수 있었겠어요? 엄마가 여행하면서 이 책을 쓰는 동안, 군인이 된 엘로윈과 에이븐에게 고맙다고 인사를 전합니다. 그리고 날마다 내게 영감을 주는 톰. 내 삶에 함께해 줘서 고마워요. 당신의 사랑이 모든 것을 가능하게 만들어요.

마지막으로 아버지께 감사드려요. 당신과 함께 이 책을 쓴 것은 제 삶에서 가장 자랑스러운 업적 가운데 하나입니다. 당신은 저를 위해 당신 삶을 헌신하셨어요. 비록 당신이 제게 주신 모든 것에 감사를 드리기에 절대 충분하지 않겠지만, 저는 이 책을 당신께 바칩니다.

크리스티나 순토르밧

자료 출처

나는 이 책을 쓰기 위해 야생 멧돼지 축구팀 동굴 구조 사건을 조사하며, 책에 담은 것보다 훨씬 더 많은 정보를 얻었다. 구조와 관련된 흥미로운 과학적 사실과 세부적 내용을 적절하게 선택하고 빼기도 어려웠지만, 구조를 위해 정말 열심히 일한 사람들의 이름을 빼는 것이 훨씬 더 어려웠다. 가령, 타넷 나티스리는 탐루앙의 물에 대항해서 진정한 영웅적 전투를 이끌었지만, 그 문제를 정면으로 다뤘던 다른 태국 공학자, 지질학자와 수문학자들도 있었다. 타넷은 치앙마이에 사는 조시 모리스라는 미국 암벽 등반 강사와 긴밀히 협력했는데, 이 부분은 간단히 언급할 수밖에 없었다. 조시는 국제 구조 자원봉사자와 태국 군대 간 통역 및 의사소통에도 중추적인 역할을 했다. 그래서 더욱더 그에 대해 많은 이야기를 하지 못한 점을 유감스럽게 생각한다.

다른 모든 사람에 대해 이 책에 다 싣지 못해 아쉽다. 수만 명의 태국인 자원봉사자가 야생 멧돼지들을 구조하는데 그들의 시간과 돈, 에너지를 바쳤다. 지면에 그들의 이야기를 일일이 말할 공간이 있었다면, 나는 기꺼이 그렇게 했을 것이다. (그랬다면 이 책은 무게가 무려 45kg이나 나갔을 것이다!) 결국 나는 구조에서 핵심적인 역할을 한 몇몇에게 초점을 맞추기로 정했지만, 소년들의 구조를 돕기 위해 밤낮으로 고생하며 그들이 할 수 있는 일은 무엇이든 하며 최선을 다했던 사람들이 책에 나온 것보다 훨씬 더 많았다는 점을 꼭 얘기하고 싶다.

태국에는 '피드 통 룽 프라'라는 말이 있다. 사원의 동상에 금을 붙이기 위해 기부하는 사람 중, 동상 앞면이 아니라 뒷면에 공물을 바치는 사람을 가리키는 말이다. 이 문구는 인정이나 보상을 기대하지 않고 자신의 성의를 다하는 사람들에게 경의를 표하는 말이다. 탐루앙 구조 현장에는 '피드 통 룽 프라'가 수천 명도 넘게 있었다. 나는 이 지면을 빌려 그들 모두에게 경의를 표하고자 한다.

이 책에 나온 정보의 거의 대부분은 내가 2018년 10월 태국 매사이를 여행하며 조사하고 수집했다. 그 여행길에 동행해 준 아버지와 사촌들에게 진

심어린 감사를 전한다. 덕분에 난 태국어 출처의 번역을 쉽게 했고, 현지인이 하는 말의 문화적 맥락과 의도를 이해할 수 있었다. 아버지는 태국어를 못하는 나를 대신해 야생 멧돼지 축구팀원들의 퇴원 후 기자회견과 몇몇 다른 정보 출처를 직접 번역해 주시기도 했다. 이 책의 모든 인용문은 실제 진술을 참조하지만, 한 언어에서 다른 언어로 번역되는 과정에 늘 그렇듯이 조금은 의미의 차이가 있을 수 있다. 그런 경우, 나는 가능한 한 최고의 선택을 하려고 노력했다. 2018년 10월 11일, 로스앤젤레스 야생 멧돼지 소년들과 만남 자리에서는 태국 영사관 직원분들이 통역해 주었다.

1. 평범한 토요일

p. 12 : 그가 팀원들을 데리고 …… 유효한지 궁금했다. : "Full News Conference 전체 기자회견"

p. 12 : 야생 멧돼지가 된다는 …… 헤엄치러 가곤 했다. : 2018년 10월 11일 로스앤젤레스에서 소년들의 모친 두 분과 나눈 대화 및 소년들이 구조된 뒤 ABC 뉴스와의 인터뷰에서 아둘이 한 발언 인용. "Exclusive Thai Rescue Interview 태국 구조 단독 인터뷰."

p. 12 : 지난번에는 인근의 도이퉁 …… 거기에 가기로 합의했다. : "Full News Conference"

p. 13 : 몇 명의 팀원들은 이 재미난 탐험에서 …… 되돌아오기로 한다. : "Full News Conference"

p. 14 : 야생 멧돼지 축구팀 소년들 : Thailand Ministry of Culture 태국 문화부, p. 26.

p. 13 : 소년들은 자전거를 타고 …… 그것들을 게걸스럽게 먹었다. : "Thai Cave Rescue: Birthday Snacks Likely Helped Sustain Footballers During First Days of Ordea. (태국 동굴 구조 : 생일날 간식은 시련의 첫날에 축구선수들이 견디는

데 많은 도움이 줬을 것이다.)" Straits Times, 2018년 7월 4일. https://www.straitstimes.com/asia/se-asia/thai-cave-rescue-birthday-snacks-likely-helped-sustain-footballers-during-first-days-of. 여느 다른 기사처럼, 이 기사에 따르면 가족을 포함한 많은 이가 소년들이 축구 연습 후에 간식을 산 것으로 알고 있었다. 언론은 소년들이 간식을 갖고 동굴에 갔다고 추측했다. 그러나 구조 후에 엑 코치는 탐루앙 동굴 안으로 어떤 음식도 가져가지 않았다고 밝혔다.

p. 16 : 자전거를 타고 가며 …… 서로의 이름을 불렀다. : Shibani Mahtani, 'It Was Just a Normal Day': Teammate of Trapped Thai Boys Remembers Day His Friends Vanished, 그날은 평범한 날이었다.' : 동굴에 갇혔던 태국 소년들의 팀 동료가 친구들이 사라졌던 날을 기억하다." Washington Post, 2018년 7월 5일, 비디오 영상. https://www.washingtonpost.com/world/asia_pacifi c/it-was-just-a-normal-day-trapped-thai-teammate-remembers-day-his-friends-vanished/2018/07/05/2eb3f7fc-7fc9-11e8-a63f-7b5d2aba7ac5_story.html.

p. 16 : 가장 나이가 많은 …… 코치와 꽤 친했다. : 이 정보는 내가 2018년 10월 매사이에서 몇몇 소년의 부모들과 직접 나눈 대화에서 알게 된 것이다. 당시 야생 멧돼지 축구팀은 아르헨티나와 미국으로 친선 임무 차 여행 중이었다. 엑 코치와 무국적자 세 명의 팀원이 태국 시민권을 막 부여받은 시점이었다. 태국 시민권이 없었더라면, 그들은 태국을 떠날 수 없었을 것이다. 안타깝지만, 그들의 가족은 시민권을 받지 못했다. 이것은 야생 멧돼지 축구팀 대부분의 소년들이 부모와 함께 해외여행길에 올랐지만, 몇몇 소년의 부모는 태국에 남아 있어야 했다는 의미다. 나는 그들 중 몇 분을 왓 도이 와오 사원에서 만날 수 있었다.

p. 16 : 팀에서 유일하게 불교 …… 과목에서 우등생이었다. : "'It Was Dark and Quite Scary': Thai Cave Survivors Speak on First Full Day With Families '그곳은 컴컴하고 꽤 무섭다': 태국 동굴 생존자들이 온전히 가족과 함께한 첫날에 말하다," CBS This Morning, 2018년 7월 19일.https://www.youtube.com/watch?v=Hv9sydI7Yjc.

p. 15 : 이곳은 매사이 : 2018년 10월. 매사이에서 자료 조사 여행하는 동안 만난

현지 가이드 해설

p. 15 : 야생 멧돼지들은 좋은 …… 보답할 수 있을 거라 믿었다.: 2018년 10월 4일에 난 왓 오이 와오 사원에서 프라 크루 프라윳과 인터뷰했다. 그는 소년들이 모두 착하고, 열심히 공부하는 학생들이라고 했다. 소년들의 부모는 한결같이 아이들이 축구 외에도 숙제와 학업에도 열심이었다고 말했다.

p. 16 : 아둘과 나란히 8학년인 …… 놀림을 받아들였기 때문이다: 2018년 10월 11일. 나는 로스앤젤레스 태국 영사관에서 야생 멧돼지들과 그들의 부모들을 만나는 기회를 얻었다. 당시, 기자들은 충격적인 기억을 되살리는 걸 염려해서, 소년들에게 동굴 안에서 겪은 시련과 관련된 질문은 되도록 삼갔다. 대신에 축구, 여행과 학교에 관해 이야기했다. 이것은 축구팀 아이들의 성격과 서로의 관계에 대해 알 수 있는 좋은 기회였다.
자전거를 탄 뷰에 대한 언급은 Shibani Mahtani와 함께 나타난, 그날 그가 찍은 동영상에 기반한다. "'It Was Just a Normal Day': Teammate of Trapped Thai Boys Remembers Day His Friends Vanished." Washington Post, 2018년 7월 5일,https://www.washingtonpost.com/world/asia_pacifi c/it-was-just-a-normal-day-trapped-thai-teammate-remembers-day-his-friends-vanished/2018/07/05/2eb3f7fc-7fc9-11e8-a63f-7b5d2aba7ac5_story.html.

pp. 17-18 : 부모들도 아들들이 …… 엑 코치와 함께 있었다. : Shibani Mahtani, ""'He Loved Them More Than Himself': How a 25-Year-Old Former Monk Kept the Thai Soccer Team Alive '그는 자신보다 그들을 더 사랑했다': 25세의 전직 승려가 태국 축구팀 소년들을 살아 있게 한 방법"
Washington Post, 2018년 7월 7일,https://www.washingtonpost.com/world/asia_pacifi c/he-loved-them-more-than-himself-how-a-25-year-old-former-monk-kept-the-thai-soccer-team-alive/2018/07/07/b4100076-815e-11e8-b3b5-b61896f90919_story.html.

p. 18 : 엑 코치는 자신의 임무가 …… 그렇게 되길 원했다. : 2018년 10월 11일 로스앤젤레스에서 엑 코치와 소년들의 부모와 나눈 대화 및 Shibani Mahtani,

"'He Loved Them More Than Himself': How a 25-Year-Old Former Monk Kept the Thai Soccer Team Alive' 그는 자신보다 그들을 더 사랑했다': 25세의 전직 승려가 태국 축구팀 소년들을 살아 있게 한 방법"
Washington Post Washington Post, 2018년 7월 7일,https://www.washingtonpost.com/world/asia_pacifi c/he-loved-them-more-than-himself-how-a-25-year-old-former-monk-kept-the-thai-soccer-team-alive/2018/07/07/b4100076-815e-11e8-b3b5-b61896f90919_story.html.

pp. 18-19 : 탐루앙은 축구장에서 겨우 …… 자전거를 끌고 걸어갔다. : 2018년 10월 탐루앙 방문

p. 19 : 엑 코치가 소년들을 동굴 …… 같은 물건을 챙겼다. : "Full News Conference"

p. 19 : 보통 그맘때면 동굴에 홍수가 …… 경고판을 지나쳐 들어갔다. : Hannah Beech et al., "'Still Can't Believe It Worked': The Story of the Thailand Cave Rescue '아직도 그것이 성공했다는 것이 믿어지지 않는다': 태국 동굴 구조 이야기" New York Times, 2018년 7월 12일,https://www.nytimes.com/2018/07/12/world/asia/thailand-cave-rescue-seals.html.

2. 물로 가득 찬 하늘

pp.21-22 : 태국은 더운 계절, 시원한 계절, …… 우기 내내 그곳에 맴돈다. : "Monsoon Systems 계절풍 구조," North Carolina State University Climate Office, https://climate.ncsu.edu/edu/Monsoons

p. 22 : 구름이 갈라지며 비가 …… 강수량의 90%가 쏟아진다. : "Thailand Climatological Data 태국 기후 자료," NOAA Central Library, National Oceanic and Atmospheric Administration NOAA,https://library.noaa.gov/Collections/Digital-Docs/Foreign-Climate-Data/Thailand-Climate-Data.

p. 22 : 비가 그치자마자, 커피 농장 …… 논의 땅이라고 불린다. : Swearer et al., 21.

pp. 22-23 : 아무리 대비를 해도 …… 사람들은 고립되기도 한다. : Chinnapat Chaimol, "500 Houses Inundated by Flash Flood in Chiang Rai 치앙라이에서 500채의 집이 갑작스러운 홍수로 침수되었다." Bangkok Post, 2018년 7월 31일, https://www.bangkokpost.com/news/general/1513198/500-houses-inundated-by-flash-flood-in-chiang-rai.

p. 23 : 근래엔 기후 변화로 계절을 …… 극단적인 양상으로 변해가고 있다.: Kendra Pierre-Louis, "Does Climate Change Have Anything to Do with Floods in Thailand? 기후 변화가 태국의 홍수와 어떠한 관계가 있을까?" New York Times, 2018년 7월 11일,
https://www.nytimes.com/2018/07/11/climate/climate-change-thailand-floods.html.

p. 23 : 탐루앙 동굴 주변 …… 비가 많이 왔다. : 2018년 9월 23일 타넷 나티스리와의 인터뷰 중에서.

3. 잠자는 여인의 동굴

p. 25 : 이 여인은 하인과 사랑에 …… 몸의 윤곽이 보인다. : Tassanee Vejpongsa and Keweewit Kaewjinda, "Spirit of Mythical Princess Looms Over Thai Cave Crisis 상상 속 공주의 영혼이 태국 동굴의 위기를 드러내다." Khaosod English, 2018년 6월 28일,http://www.khaosodenglish.com/featured/2018/06/28/spirit-of-mythical-princess-looms-over-thai-cave-crisis/.

p. 25 : 태국 북부 사람들은 …… 가두는 곳이기도 하다. : Swearer et al., 29.

p. 26 : 산은 힘이 있으며, …… 그 힘은 매력적이면서 위험하다. : Andrew Alan Johnson, "Thailand's Caves Are Dangerously Alluring 태국의 동굴들은 위험하게 매혹적이다," The Atlantic, 2018년 7월 10일, https://www.theatlantic.com/international/archive/2018/07/thailands-caves-are-dangerously-alluring/564806/.

pp.26-27 : 굵고 뾰족한 종유석이 …… 반짝이는 돌이 형성된다: "What Is the Difference Between a Stalactite and a Stalagmite? 종유석과 석순 사이의 다른 점은 무엇일까?" Ocean Explorer, National Oceanic and Atmospheric Administration, https://oceanexplorer.noaa.gov/facts/stalactite.html.

p. 27 : 6미터 위에 지난 …… 선 자국이 보였다. : 2018년 10월 29일, 구조 작전 동안 태국 정부에 조언한, 미 공군 320 특수 전술 대대 지휘관, 찰스 하지스 소령과의 인터뷰에서.

p. 28 : 탐루앙 동굴의 초입부 …… 측정 거리는 약 11킬로미터이다. : Ellis, 151–152, 168.

pp. 30-31 : 동굴은 사람이 갈 …… 느낄 수 있다: 2018년 10월 25일, 탐루앙 동굴 탐험가이자 전문가인 번 언스워스와의 인터뷰에서

pp. 31-32 : 그들 앞에 갑자기 물웅덩이가 …… 업혀서 따라갔다. : "Full News Conference."

pp. 32-33 : 이윽고 그 지역 사람들이 …… 물속에 들어가야 한다. : 2018년 10월 25일, 번 언스워스와의 인터뷰. 번은 구조 후에 병원에 있는 엑 코치를 방문했다고 말했다. 코치는 히든 시티로 돌아가는 여정에 관해 설명했다. 번은 특히 소년들이 맨발로 그렇게 먼 길을 갔다는 점에 놀라고, 한편으론 감명 받았다!

pp. 33-34 : 엑 코치가 물웅덩이 …… 탐루앙이 범람하고 있었다. : "Full News Conference"

4. 첫 번째 상황

달리 언급하지 않는 한, 이 장의 대부분은 2018년 10월 8일 시암 루암 자이 매사이 구조단 단장인 상우트 크함몽크혼과의 인터뷰를 바탕으로 한 것이다.

p. 37: 결국, 나이트는 생일파티에 나타나지 않았다. …… 실제적인 두려움으로 변했다. : "Family of Thai Cave Boy Long for Birthday Party Reunion. 태국 동굴 소년 가족이 생일파티 모임을 고대하다." France 24, 2018년 7월 4일, https://www.france24.com/en/20180704-family-thai-cave-boy-long-birthday-party-reunion.

p. 42 : 소년들의 부모들은 …… 널 기다리고 있어! : "Against the Elements."

5. 동굴에 갇히다

pp.45-47 : 야생 멧돼지 팀원들은 자전거에서 …… 소년들이 잡아당기는 게 느껴졌다. : "Full News Conference"

p. 47: 엑 코치가 물을 뚝뚝 …… 헤엄쳐서 나갈 수 있을 거라고 말한다. : "Exclusive Thai Rescue Interview."

p. 49 : 소년들은 며칠 전 …… 깨닫지 못했을 것이다. : 2018년 10월 5일, 번 언스워스와의 인터뷰

p. 49 : 카르스트 산의 터널들은 …… 만드는 동굴들도 있다. : 빌 스톤은 나의 고향인 텍사스 오스틴에 사는 최고 동굴 탐험가이자 엔지니어이며 발명가이다. 그는 세계에서 가장 길고 깊은 동굴 몇몇 곳을 탐험했다. 그리고 가장 수준 높은 동굴 잠수부들이 사용하는 주요 잠수 장비인, 동굴 잠수 재호흡기를 발명했다. 그는 멕시코의 우아우틀라에서 릭 스탠턴과 함께한 불쾌한 신체 회복 작업을 포함하여, 릭 스탠턴과 제이슨 맬린슨과 함께 일하고 있다. 내가 동굴의 홍수에 대해 알게 된 많은 내용은 빌 스톤과의 대화와 참고 도서에 나오는 그의 저서『Beyond the Deep 깊은 곳 너머』을 바탕으로 했다.

p. 50 : 동굴의 생성 : 2018년 8월 3일 오스틴에 있는 텍사스 대학 카르스트 지질학자 마커스 게리 박사와의의 인터뷰에서 "An Assessment of Protected Karst

Landscapes in Southeast Asia 동남아시아의 보호 카르스트 경관에 관한 평가," Cave and Karst Science st Science 27, no. 2 (2000년 가을호), 61–70, http://cavescience2-cloud.bcra.org.uk/3_CaveAndKarstScience/cks080.pdf.

pp. 52-54 : 토요일 오후 5시, …… 하나둘, 스르르 잠이 들었다. : "Full News Conference"

6. 동굴 탐험가

나는 2018년 10월 매사이 외곽의 작은 산악 마을인 파미에서 번 언스워스와 틱을 만났다. 번은 상당히 내향적인 사람이어서, 그가 인터뷰에 동의했다는 사실에 꽤 놀랐다. 번은 내가 이 책을 쓰기 위해 이야기를 나누었던 수많은 사람 중 가장 도움을 많이 준 사람 중 하나이다. 그는 인터뷰에 자신의 동굴 조사 내용을 준비해서 가져오고, 몇몇 동공의 도표까지 그려 주며 친절하게 설명해 주었다. 번은 동굴에 대한 자신의 전문 지식을 공유하는 데 매우 관대하고 열정적이었다.

p. 56 : 어떤 동굴 탐험가들은 …… 보석이 있는 동굴이었다.: Stone et al., 264.

p. 57 : 번은 조사했던 고도에 …… 대피해 있으리라 추측했다. : 번 언스워스와의 인터뷰에서. 번은 구조대에게 프랑스의 동굴 탐험가들이 '파타야 비치'라고 명명한 탐루앙 동굴 내 고지대에서 소년들이 발견될 거 같다고 말했다. 그런데, 파타야 비치는 외국 관광객들에게 인기 있는 방콕 근처의 해안 도시 이름이어서, 이 동공의 명칭은 사람들이 머리를 긁적이게 만들었다. 캄캄한 동굴 안에 있는 동공의 이름치고는 이상한데! 방송국은 구조대가 소년들이 머물러 있을 가능성이 높은 '파타야 비치'까지의 진입을 목표로 한다고 뉴스 보도했다. 실제로 파타야 비치 동공은 큰 역할을 하진 않았다. 왜냐면 소년들이 전혀 다른 곳에 피신해 있었으니까. 이 모든 혼란 때문에, 나는 이 책에서 파타야 비치라는 명칭을 사용하거나 지도에 표시하지 않았다.

p. 60 : "이 아이들은 운동 선수 …… 살아남으려고 최선을 다하고 있을 것입니다." : Richard C. Paddock, "Divers in Thailand Scour Cave for Missing Soccer Team and Coach 태국 잠수부들이 실종된 축구팀과 코치를 찾기 위해 뛰어다니고 있다," New York Times, 2018년 6월 25일, https://www.nytimes.com/2018/06/25/world/asia/thailand-cave-missing-soccer-team.html.

p. 60 : "저는 이 순간까지 …… 포기하지 않을 겁니다." : Chayut Setboonsarng, "Rescue Teams Battle High Water to Find Boys Missing in Thai Cave 태국 동굴에서 실종된 소년들을 찾기 위해 구조대가 높은 물과 싸우고 있다," Reuters, 2018년 6월 27일, https://af.reutersmedia.net/article/commoditiesNews/idAFL4N1TT1BW.

pp.60-61 : 소년들의 가족은 감정적으로 …… 웅얼웅얼 연달아 기도를 드렸다.: "Flood Waters Hamper Efforts to Rescue Boys Missing in Thai Cave 태국 동굴에서 실종된 소년들을 구조하기 위한 홍수 저지 노력들," The Guardian, 2018년 6월 25일, https://www.theguardian.com/world/2018/jun/25/thailand-cave-search-boys-missing-chiang-rai-province. 2018년 10월에 마크의 모친을 만났을 때, 그녀는 소년들이 동굴에 갇혀 있는 동안 자신은 날마다 기절했다고 말했다.

p. 61 : 태국 왕립 네이비실이 …… 드디어 또다른 희망이 도착했다. : "Against the Elements."

p.61 : 네이비실은 태국의 …… 이유를 설명해 준다.: Greg Norman, "Thailand's Versatile, Crime-Fighting Navy SEAL Unit Tasked with Mission to Save Soccer Team Trapped in Cave 동굴에 갇힌 축구팀을 구할 임무를 맡은, 태국의 다재다능한 범죄와 싸우는 네이비실 부대," Fox News, 2018년 7월 6일, https://www.foxnews.com/world/thailands-versatile-crime-fi ghting-navy-seal-unit-tasked-with-mission-to-save-soccer-team-trapped-in-cave; Mayuree Sukyingcharoenwong, "The Difficult Path to Be a Navy Seal 네이비실이 되는 고된 길," The Nation: Thailand National News, 2009년 6월 4일, https://web.archive.org/web/20100125153136/http://www.nationmultimedia.com/2009/06/04/national/national_30104335.php.

p. 61 : 네이비실은 아주 경험 …… 다이빙 강사를 하기도 했다. : 2018년 10월 30일, 은퇴한 전 태국 네이비실 지휘관 차이야난타 피라나롱 중위와의 인터뷰에서. 그는 은퇴했음에도 동굴 구조 작전에 다이빙 기술을 제공하기 위해 구조에 참여했다.

p. 63 : 네이비실 지휘관 아파콘 …… 임무에 필요한 자질이었다: 아파콘 소장 밑에서 일했던 오누사 치엥쿨과의 이메일 서신, 2018년 11월 29일

pp. 63-64 : "저는 여전히 아이들이 …… 소식이 있을 겁니다." : "Divers Enter Flooded Cave in Search of Missing Students 잠수부들이 실종 학생들을 찾아서 범람한 동굴에 들어가다," Bangkok Post, 2018년 6월 25일, https://www.bangkokpost.com/news/general/1492086/divers-enter-fl ooded-cave-in-search-of-missing-students.

p. 64 : 다이빙 장비를 장착하고 …… 발견할 수 있을 터였다. : 차이욘 '아이' 스리사무트와의 인터뷰, 2018년 10월 7일. '아이'는 소조, 곧 매사이 사람들과 잘 연결된 마을의 행정 지도자이다.

7. 동굴 잠수의 위험성

p. 67 : 6월 25일 동트기 직전, …… 막아주는 잠수복을 입었다. : 이 표현은 2018년 6월 24일 태국 네이비실 페이스북에 게재된 사진에 기초한다, https://www.facebook.com/ThaiSEAL/photos/a.1393158180807577/1618933988229994/.

p. 68 : 한 대원이 구멍 …… 아래로 밀어 넣었다.: 2018년 10월 6일 싱하나트 대령, 2018년 10월 7일 상우트 크함몽크혼과의 인터뷰에서. 그들은 네이비실이 삼약에서 어떻게 통로를 뚫었는지에 관해 설명했다. 태국 네이비실 아난 수라완 대령도 룬에서 똑같이 설명했다.

p. 70 : 골격은 자신을 …… 지탱한다.: 지구의 대기는 실제로 지구 표면 위로 9,700km 이상 뻗어 있지만, 공기의 대부분은 지표에서 80km 이내에 분포

한다. "Peeling Back the Layers of the Atmosphere 대기층 껍질 벗기기," National Oceanic and Atmospheric Administration, 2016년 2월 22일, https://www.nesdis.noaa.gov/content/peeling-back-layers-atmosphere; "Layers of Earth's Atmosphere 지구의 대기층," Center for Science Education, University Corporation for Atmospheric Research(UCAR), 2015년, https://scied.ucar.edu/atmosphere-layers.

p. 70 : 세계 최고의 프리 다이버들 …… 숨을 참을 수 있다: Erin Beresini, "How Long Can Humans Hold Their Breath? 인간은 얼마나 오랫동안 숨을 참을 수 있을까?" Outside online, 2013년 5월 9일, https://www.outsideonline.com/1784106/how-long-can-humans-hold-their-breath.

p. 70 : 계속 숨을 참으면 …… 익사하게 된다. : Aizita Magaña , "Waiting to Inhale: Why It Hurts to Hold Your Breath 들숨을 기다리며: 숨을 참는 것이 아픈 이유," Science Creative Quarterly, 2012년 3월 28일, https://www.scq.ubc.ca/waiting-to-inhale-why-it-hurts-to-hold-your-breath/.

p. 71 : 떨어진 손전등만이 길을 …… 다 써 버릴 수도 있다. : 이것은 참고 도서에 나오는 Sheck Exley의 책 『Caverns Measureless to Man 인간에게 무한한 동굴』에서 언급된 실화에 근거한다.

pp.72-73 : 아무런 지침도 없이 …… 돌아오기에도 충분하지 않았다. : "Against the Elements." 싱하나트 대령이 2018년 10월 6일 인터뷰에서 네이비실 대원들이 삼약을 지나 약 100m를 갔다가 돌아왔다고 말했다.

p. 74 : 당시 미국 플로리다에서는, …… 있다고 과신하지 않는다.: Exley, Basic Cave Diving, 43.

8. 굶주린 배, 또렷한 정신

p. 77 : 처음 이틀은 동굴에 …… 울기를 반복하며 보냈다.: 2018년 10월에 왓 도이

와오에서 몇몇 소년의 부모를 만났을 때, 그들은 아이들이 갇혔던 처음 이틀 동안 울었다고 했다.

p. 77 : 6월 26일: 열세 명의 소년이 …… 뭔가 할 일이 생겼다.: 2019년 3월 26일, 번 언스워스와의 인터뷰. 동굴의 물이 빠지고 마른 후인, 2019년 3월 26일에, 번과 조시 모리스, 차이욘 '아이' 스리사무트와 미코 파시를 포함한 소규모 자원봉사대가 야생 멧돼지 팀원들이 갇혔던 공간으로 돌아갔다. 그들은 그 지역을 탐험하는 동안, 동굴 벽에 야생 멧돼지 팀원들이 긁적여 놓은 이 메시지들을 발견했다.

p. 78 : 뷰와 돔이 예전에 …… 정말로 오래전 일이었다: "Full News Conference."

p.78 : 그 지역 주민들은 탐루앙 …… 자신의 백성들에게 돌아갔다는 얘기다.: 2018년 10월 5일 매사이에서 현지 구조대를 운영하며 구조 작전 내내 탐루앙에서 일했던 니콘차이 포프루에차이를 인터뷰했다. 이 이야기는 같은 날 이 전설적인 남자와 함께 일하는 조카가 나에게 들려주었다.

p. 79 : 물은 깨끗한 맛이 나고: "Full News Conference"

p. 79 : 사흘째 되던 날, 소년들의 …… 꿈을 꾸고 있었다.: Ibid.

p. 79 : 우리 몸은 음식을 빼앗길 때, …… 신진대사를 낮춘다.: N. G. Norgan, "Adaptations of Energy Metabolism to Level of Energy Intake 에너지 섭취 수준에 대한 에너지 대사의 적응," Food and Agricultural Organization of the United Nations, 1981년 10월, http://www.fao.org/3/M2997E/M2997E00.htm.

p. 80 : 인간은 약 섭씨 37도 정도의 체온을 유지해야 한다.: 번 언스워스와 이메일 서신, 2019년 1월 30일.

p. 81 : 엑 코치는 계속 …… 딱 한 개만 켰다.: "Full News Conference."

p. 81 : 동굴의 완전한 어둠은 …… 정신을 잃는 것이다.: Stone, 104. 2018년 9월 7일 텍사스주 오스틴에서 빌 스톤은 나와의 대화에서 황홀경에 대해 설명했다.

pp.81-82 : 엑 코치는 축구팀이 …… 마음의 주인이 되기로 한다.: 2018년 10월 4일 프라 크루 프라윳과 인터뷰. 나는 왓 도이 와오에서 엑 코치의 스승인 프라 크루 프라윳과 이야기를 나누면서 명상에 관한 엑 코치의 생각을 더 잘 이해할 수 있었다. 비록 불교도들에게 둘러싸여 자랐고 종종 태국의 사원 불공에 참석했지만, 나는 불교도가 아니다. 참고 도서에서 언급한, 줄리아 카사니티의 저서『Living Buddhism 살아있는 불교』를 통해 내가 평생 관찰하긴 했지만, 공식적으로 한번도 공부한 적 없는 믿음과 수행에 대해 더 잘 이해할 수 있게 되었다.

9. 물과의 전쟁

p. 85 : 6월 25일 월요일에는 …… 웅덩이로 쏟아졌다. : 2018년 10월 5일 번 언스워스와의 인터뷰.

p. 85 : 구조대는 소년들이 몽크 시리즈 …… 떠밀려 내려오는지 살폈다. : 2018년 10월 7일 상우트 크함몽크혼과의 인터뷰.

pp. 85-86 : 그들은 3번 동공에 …… 믿을 만한 물건이었다. : Forester.

pp. 86-87 : 처음에 펌프에서 휘발유가 …… 지상의 발전기와 연결시켰다. : 2018년 10월 6일 싱하나트 대령과의 인터뷰.

p.87 : 물이 차오르는 속도로 …… 내려갈 가능성은 현저히 적다. : 2018년 10월 5일 번 언스워스와 인터뷰에서, 그는 동굴로 흐르는 다양한 물의 원천에 관해 설명해 주었다. 그가 판단하기에 몽크 시리즈와 주 동굴 통로에 유입되는 물은 동굴 안 홍수가 심각해지고 있다는 신호였다.

p. 87 : 태국 네이비실 대원들이 …… 마스크가 찢어질 정도다. : Hannah Beech et

al. "'Still Can't Believe It Worked': The Story of the Thailand Cave Rescue, 아직도 그것이 성공했다는 것이 믿어지지 않는다: 태국 동굴 구조 이야기," New York Times 뉴욕 타임스, 2018년 7월 12일, https://www.nytimes.com/2018/07/12/world/asia/thailand-cave-rescue-seals.html.

p. 87 : 6월 26일에는 …… 완전히 철수한다. : 2018년 10월 5일 번 언스워스와 인터뷰

pp. 87-88 : 번은 진흙투성이가 되어 …… 소년들은 죽게 될 겁니다: 위와 같음.

10. 문제 해결자

이 장의 하지스 소령과 그의 대대 관련 정보, 문제 해결 기술에 관한 설명, 그리고 1번 동공의 불어나는 물에 관한 내용은 2018년 10월 29일, 하지스 소령과 나눈 대화 및 소령이 팟캐스트 'Patriot to the Core 철저한 애국자'에서 언급한 인터뷰를 기반으로 한 것이다. (참고 도서 Forester 참조)

p. 89 : 그의 대대는 신속히 …… C-130 수송기에 올랐다. : Hope Hodge Seck, "'Expecting Casualties': How Airmen Created the Incredible Thai Cave Rescue Plan '예상되는 사상자': 공군이 믿을 수 없는 태국 동굴 구조 계획을 만들어 낸 방법," Military.com, 2018년 9월 25일, https://www.military.com/daily-news/2018/09/25/expecting-casualties-how-airmen-created-incredible-thai-cave-rescue-plan.html.

p.92 : 첫 번째 방안은 …… 끌어올려 구조했다: Joseph Stromberg, "The Capsule That Saved the Chilean Miners 칠레 광부들을 구한 캡슐," Smithsonian, 2012년 1월, https://www.smithsonianmag.com/innovation/the-capsule-that-saved-the-chilean-miners-5620851/.

p. 93 : 현지인들이 숲에 탐루앙으로 …… 한다고 결론을 내린다: 2018년 10월 5일 인터뷰에서, 번 언스워스는 탐루앙 안으로 들어가는 다른 입구가 없으리라고 확신했지만, 현지인들이 제시하는 단서를 우선은 따르는 편이 낫다고 생각

했다 한다.

p. 93 : 태국 국립 공원 …… 주도하는 임무를 맡았다. : "Underwater Robot, Airborne Drones Aid Cave Search 수중 로봇, 드론이 동굴 조사를 돕다," Bangkok Post, 2018년 6월 26일, https://www.bangkokpost.com/news/general/1492678/underwater-robot-airborne-drones-aid-cave-search.

p. 93 : 오스트레일리아와 중국에서 …… 미 공군과 합류했다. : "Thailand Cave Rescue Efforts Pick Up Pace as Flooding Eases 홍수가 완화하면서 태국 동굴 구조 노력이 속도를 낸다," Voice of America, 2018년 6월 30일, https://www.voanews.com/a/thailand-cave-rescue-efforts-pick-up-pace-as-flooding-eases/4461538.html.

p. 94 : 이 가이드들은 태국의 …… 꽤 멀리 떨어져 있었다. : "Thailand: Highland Indigenous Peoples 태국: 고지 토착민들," Minority Rights Group International, https://minorityrights.org/minorities/highland-ethnic-groups/.

p. 94 : 수색에 참여한 …… 깜깜한 통로로 내려갔다. : "Thai Cave Rescue: Bird's Nest Collectors Scour for Ways into Cave to Save Youth Footballers 태국 동굴 구조: 새 둥지 수집가들이 청소년 축구선수들을 구하기 위해 동굴로 들어가는 길을 찾아 헤매다," Straits Times, 2018년 7월 5일,https://www.straitstimes.com/asia/se-asia/thai-cave-rescue-birds-nest-collectors-scour-for-ways-into-cave-to-save-youth.

p. 94 : 나롱삭 주지사는 헬리콥터와 …… 그 지역 사진을 찍게 했다. : "Flood Waters Hamper Efforts to Rescue Boys Missing in Thai Cave 태국 동굴에서 실종된 소년들을 구조하기 위한 홍수 저지 노력," The Guardian, 2018년 6월 25일, https://www.theguardian.com/world/2018/jun/25/thailand-cave-search-boys-missing-chiang-rai-province.

pp. 94-95 : 수색자들은 산속으로 …… 모두 막다른 통로였다. : Forester.

p. 95 : 너무 멀리까지 와서 …… 숲속에서 잠을 잤다. : 2018년 10월 7일 차이욘 '아이' 스리사무트와의 인터뷰.
pp. 95-96 : 베이스캠프에는 밤낮으로 …… 무릎을 꿇고 빌었다. : "Distraught Relatives Turn to Prayer Ceremony as Rescue Teams Continue Search for 12 Missing Football Players 구조대가 열두 명의 실종 축구선수들을 계속 수색하자 당황한 친척들이 기도 의식으로 눈을 돌린다," Chiang Rai Times, 2018년 6월 26일, https://www.chiangraitimes.com/distraught-relatives-turn-to-prayer-ceremony-as-rescue-teams-continue-search-for-12-missing-football-players.html.

p. 96 : 사람들은 징을 치고 …… 그물을 들었다. : "Underwater Robot, Airborne Drones Aid Cave Search 수중 로봇, 드론이 동굴 조사를 돕다," Bangkok Post, 2018년 6월 26일, https://www.bangkokpost.com/news/general/1492678/underwater-robot-airborne-drones-aid-cave-search.

pp. 97-98 : 동굴 탐험을 가지 않은 …… 삶이 정지된 듯하다. : "Parents on Edge as Rain Hinders Hunt 비로 인해 수색을 멈추자 초조해하는 부모들," Bangkok Post, 2018년 6월 27일, https://www.bangkokpost.com/news/general/1492834/parents-on-edge-as-rain-hinders-hunt; "'It Was Just a Normal Day': Teammate of Trapped Thai Boys Remembers Day His Friends Vanished 그저 평범한 날이었다: 동굴에 갇힌 태국 소년들의 팀 동료가 친구들이 사라진 날을 기억하다," Washington Post, 2018년 7월 5일, https://www.washingtonpost.com/world/asia_pacifi c/it-was-just-a-normal-day-trapped-thai-teammate-remembers-day-his-friends-vanished/2018/07/05/2eb3f7fc-7fc9-11e8-a63f-7b5d2aba7ac5_story.html; Steve George, "Thailand Cave Rescue: Friends Say Boys Ignored Warnings 태국 동굴 구조: 소년들이 경고를 무시했다고 친구들이 말하다," CNN, 2018년 7월 5일, https://www.cnn.com/2018/07/05/asia/thailand-cave-town-intl/index.html.

pp. 98-99 : 소년들을 애타게 기다리는…… 않을 수 있을까?: "Monk Who Predicted Thai Cave Rescue Hailed for Intervention 태국 동굴 구조를 예언했던 승려가 중재하다," The Irrawaddy, 2018년 7월 3일, https://www.irrawaddy.com/news/burma/monk-predicted-thai-cave-rescue-hailed-intervention.html; "A Mystical Take on the Thai Cave Rescue

태국 동굴 구조에 관한 신비로운 시도," Bangkok Post, 2018년 7월 4일, https://www.bangkokpost.com/news/general/1497458/a-mystical-take-on-the-tham-luang-cave-rescue. 몇몇 소년들의 부모를 포함한 매사이 지역민들과 대화할 때, 그들은 구조 성공의 상당 부분이 크루바 분첨의 존재와 중재의 공이라고 했다.

pp. 99-100 : 하지스 소령은 가족들의 …… 연결되지 않기 위해서였다. : Forester.

p. 100 : 그의 지휘관이 전화로 …… 찾을 수 있을 겁니다.": 2018년 10월 29일 하지스 소령과의 인터뷰.

p. 100 : 태국 공군은 침수된 …… 수중 드론을 사용했다. : "Underwater Robot, Airborne Drones Aid Cave Search 수중 로봇, 드론이 동굴 조사를 돕다," Bangkok Post, 2018년 6월 26일, https://www.bangkokpost.com/news/general/1492678/underwater-robot-airborne-drones-aid-cave-search.

p. 100 : 지금까지 아무도 …… 발명하지 못했다. : 2018년 9월 7일, 수중 로봇을 설계한 빌 스톤이 나에게 수륙양용 로봇의 한계에 대해 이렇게 설명했다.

11. 웅덩이 잠수부들

p.103 : 6월 26일에 번 …… 했다는 것을 알았다. : 2018년 10월 5일 번 언스워스와의 인터뷰. 번은 전화를 걸도록 설득하기 전에 태국 당국이 영국 동굴 구조 위원회(BCRC)의 도움을 받자는 그의 요청을 세 번이나 미루었다고 말했다. 아마추어 동굴 탐험가인 자신이 태국 군대 잠수부보다 더 많은 경험을 했겠냐고 당국이 회의적으로 생각해서 그랬을 거라고 짐작했다. 또한 그의 무뚝뚝하고 독단적인 의사소통 방식이 태국 지도부를 설득하지 못했을 거라고도 인정했다.

p. 104 : 결국, 미 공군, 베트남 …… 탐루앙 현장에 왔다. : "Thailand Cave Rescue Efforts Pick Up Pace as Flooding Eases 홍수가 잦아들면서 태국 동굴 구조 노력이 속도를 내다," Voice of America, 2018년 6월 30일, https://www.voanews.com/a/

thailand-cave-rescue-efforts-pick-up-pace-as-fl ooding-eases/4461538.html.

p. 105 : 이런 일이 동굴 …… 빠지는 웅덩이들도 있다: 2018년 9월 7일 빌 스톤과의 인터뷰.

pp. 105-106 : 동굴 잠수부들에게, …… 기록을 세우는 기회를 얻는다: 『The Darkness Beckons 어둠이 손짓하다』에서 동굴 잠수의 역사와 잠수부들의 정신력에 관한 부분에서 인용.

pp.106-107 : 영국 동굴 구조 위원회는 동굴에서 …… 런던 히스로공항으로 달려갔다. : Sharon Wheeler, "Behind the Scenes with the BCRC at the Thai Cave Rescue—Part One 태국 동굴 구조에서 영국 동굴 구조 위원회와 함께한 장면의 이면-1장," Darkness Below, 2018년 9월 9일, https://darknessbelow.co.uk/unsung-heroes-the-backroom-story-of-the-thai-cave-rescue-part-one/; "About Cave Rescue 동굴 구조에 관해" and "How Cave Rescue Works 어떻게 동굴 구조를 했을까," British Cave Rescue Council, http://www.caverescue.org.uk/about-cave-rescue/와 http://www.caverescue.org.uk/about-cave-rescue/how-cave-rescue-works/.

p. 107 : 동굴 잠수 세계 최고 …… 흥분이 그들을 계속 전진하게 했다. : "Rick Stanton 릭 스탠턴," Diver, 2007년 10월, http://archive.divernet.com/cave-diving/p302428-rick-stanton.html. 또한, 『The Darkness Beckons 어둠이 손짓하다』 참조, Martyn Farr(참고 도서에 언급), 이 책에는 릭과 존의 업적과 모험에 관해 다양한 이야기가 실려 있다.

p.107 : 6월 27일 저녁, …… 곧장 동굴로 데려갔다. : 워라난 '틱' 라트라위파쿤과의 인터뷰, 2018년 10월 5일 태국 연구 여행 동안 틱을 만났다. 그녀는 구조대를 지원하기 위해 자신이 했던 많은 일과 책임에 관해 설명해 주었다.

p. 107 : 기자들이 주변으로 …… 할 일이 있습니다.": Lunn.

pp. 107-108 : 그들은 동굴을 먼저 …… 출구로 달려나가야 했다. : 2018년 10월 25일 번 언스워스와의 인터뷰. 번에 따르면, 실제로 이 일화는 꽤 무서웠다고 한다. 번은 동굴을 보기 위해 릭, 존과 로브를 안으로 데려갔다. 2번 동공과 3번 동공 사이 웅덩이에 물이 있었지만, 그때까지는 범람하지 않았다. 번은 물이 동굴 안으로 밀려드는 소리가 점점 커지며, 갑자기 물이 눈앞에서 차오르기 시작했다. 그들은 재빨리 달려 나가야 했고, 동굴 안에서 가장 먼 곳에 있던 로브 하퍼는 미친 듯이 달려 나가야 했다.

p.108 : 다음날인 6월 28일 …… 감전될까 봐 여전히 긴장되었다. : 번과 틱은 나에게 물속에 얼마나 많은 전기 장비가 잠겨 있는지 알아서, 릭과 존이 정말 걱정했다고 말했다.

pp. 108-113 : 물은 탁한 커피 …… 헤엄쳐야만 할 것이다: 2018년 9월에 토니 브록클밴크에서 보도한 대로, 릭과 존이 예기치 않게 구조한 사람들에 관한 이야기는 릭이 2018년 9월 'Hidden Earth 숨겨진 지구' 컨퍼런스에서 강연을 할 때까지 공개되지 않았다. "Breaking News: British Cave Divers Also Rescued Four Trapped Thai Rescuers in Tham Luang Cave 놀라운 뉴스: 영국 동굴 잠수부들이 탐루앙 동굴에 갇힌 태국 구조대원들도 구했다," Darkness Below, 2018년 9월 24일, https://darknessbelow.co.uk/breaking-news-british-cave-divers-also-rescued-four-trapped-thai-rescuers-in-tham-luang-cave/. 또한 Kaweewit Kaewjinda 참조, "Hapless Helpers Recount Own Rescue by Divers from Thai Cave 태국 동굴에서 잠수부들에게 구조된 불운한 조력자들에 대해 열거하다," Associated Press, 2018년 9월 26일, https://www.apnews.com/22fcc19fb54344609fde9deb50f0aa23. 참고 도서에서 열거한 크레이그 차렌은 강의에서 릭과 존의 정신을 들게 한 경험에 대해 언급하며, 느닷없는 구조 동안에 거의 공황 상태에 가까운 태국 일꾼들의 행동을 보고, 릭과 존이 어린이들을 공황 상태에 빠지지 않게 하고 잠수해서 데리고 나오는 것이 얼마나 어려울 것인지 강조했다고 말한다.

12. 엑 코치

p. 115 : 야생 멧돼지 팀원들은 느닷없이 …… 거의 3미터나 치솟았다. : Full News Conference." 기자회견에서 소년들과 엑 코치는 물이 급상승했던 날을 지적하지 않았다. 번 언스워스 같은 구조대원이 언급한 사건들을 중심으로, 홍수가 심해지기 시작한 때가 그 이틀이라고 했다. 그래서 나는 이런 갑작스러운 홍수가 6월 26일이나 27일에 일어났다고 추정한다.

p. 115 : 작은 침실만 한 비교적 편평한 공간 : 2019년 3월 26일 번 언스워스와의 인터뷰.

pp. 115-116 : 앞서 그들의 길을 …… 이중으로 갇힌 셈이었다. : 홍수의 원인에 대한 설명은 2018년 10월 5일 번 언스워스와의 인터뷰를 기반으로 한다.

p. 116 : 위험한 상태지만, 소년들은 …… 주변인에게 말하고 가겠다는 것. : 2018년 10월 11일 소년들의 모친과 만났을 때 소년들이 서로에게 한 약속에 대해 말해 주었다.

p.116 : 소년들이 절망에 빠지지 …… 상상하자 위안이 되었다. : 소년들은 회복된 후에, 지역 예술가들과 함께하는 미술 치료 수업에 참여했다. 아트 브리지 치앙라이 재단(Art Bridge Chiang Rai Foundation)의 수위트 자이폼 회장을 만났는데, 그가 나에게 소년들이 동굴 안에 있을 때의 생각을 표현하기 위해 만들고 그렸던 조각상과 그림을 보여주었다. 모든 아이가 가족의 그림을 그렸다.

p. 116 : 엑 코치의 마음을 다잡아 …… 샨족 마을에서 태어났다: 로이터 통신은 엑 코치가 타이루 족 후손이라고 보도했다. (Panu Wongcha-um and Patpicha Tanakasempipat, "Coach of Rescued Thai Soccer Team a 'Country Boy' Longing for Citizenship 구조된 태국 축구팀 코치 '시골 남자'가 시민권을 갈망하다," Reuters, 2018년 7월 12일, https://www.reuters.com/article/us-thailand-accident-cave-coach/coach-of-rescued-thai-soccer-team-a-country-boy-longing-for-citizenshipidUSKBN1K21H8). 타이루 족은 타이 북부와 미얀마 그리고 중국 남부의 산악지역에 자리를 잡은 고원 토착민 중 하나이다. 그러나 뉴욕 타임스는 엑 코치가 소수민족인 샨족이라고 보도했다(Hannah Beech, "Stateless and Poor, Some Boys in Thai Cave Had Already Beaten Long Odds 태국 동굴에 갇혔던 무국적의 가난한 몇몇 소년들은 이미 고비를 넘겼다," New York Times, 2018년 7월 10일, https://www.nytimes.com/2018/07/10/world/asia/thailand-cave-soccer-stateless.html). (난 엑 코치가 미얀마의 샨 지역 출신일 가능성이 가장 크다는 것 이상의 해명을 찾아내지 못했다. 샨 지역은 33개의 뚜렷한 민족 집단의 본거지다.("Shan," Minority Rights Group International, https://minorityrights.org/minorities/shan/).

p. 117 : 이민자 아이들은 태국에서 …… 마약 중독에 빠지는 경우도 많다. : "UNICEF Thailand Annual Report 2018 2018년 태국 유니세프 리포트," UNICEF, p. 8, https://www.unicef.org/thailand/reports/unicef-thailand-annual-report-2018. 태국 사회의 마약 거래에 관한 충격적 실태는 예컨대 국제 공공 정책 회의록처럼 잘 기록되어 있다.

p. 117 : 그의 할머니가 아홉 살의 엑을 …… 초보 승려로 살았다: 2018년 10월 4일 왓 도이 와오 사원을 방문했을 때, 난 엑 코치가 야생 멧돼지 팀 코치가 되기 전 사원에서의 삶에 관한 이야기를 그의 멘토인 프라 크루 프라윳에게 들었다. 2018년 7월 4일 자 오스트레일리아 신문기사인 "Thai Cave Boys: The Story Behind Coach Ekkapol Chantawong 태국 동굴 소년들: 엑카폴 찬타웡 코치 이야기,"처럼 몇몇 신문기사에서는 엑 코치가 그 지역에 가족이 산다고 보도했다. 하지만 프라 크루 프라윳은 엑 코치에게는 할머니 외에는 가족이 없다고 말했다. 그에 의하면 구조가 대형 뉴스가 되자, 많은 사람이 코치의 가족이라고 주장하며 그가 살 곳을 제공하겠다며 사원을 찾아왔다고 한다. 지난 4년 동안 어떤 가족도 엑 코치를 찾아오지 않았는데 말이다. 진짜 친척이 아니더라도 나이 많은 여성을 "아주머니 Aunt"라고 부르는 태국의 풍습 때문에 언론에서 약간의 혼동을 일으켰을 수도 있다.

pp. 119-120 : 엑 코치는 그곳 주지 스님의…… 안전한 곳이자, 집이었다. : 프라 크루 프라윳이 엑 코치의 마음과 성격에 대해 설명했다.

p.120 : 불교 신앙 외에도 …… 꿈이 실현된 것 같았다. : 엑 코치의 개인 삶에 관한 정보는 2018년 10월 12일 로스앤젤레스에서 그와 나눈 대화 및 2018년 10월 4일 프라 크루 프라윳과의 인터뷰를 기반으로 한 것이다.

p. 121 : 계속 싸우자고!: 이 말은 태국에서 흔히 사용하는 문구이자 정서로, 누군가의 영혼을 위로할 때 쓴다. 2018년 8월 23일 ABC 뉴스의 야생 멧돼지 팀원들과 단독 인터뷰에서, 소년들은 서로에게 "계속 싸우자."라고 어떻게 말했는지 얘기한다.

p. 122 : 엑 코치와 야생 멧돼지 …… 많은 사람이 어린이다. : "Thailand," International Observatory on Statelessness, http://www.nationalityforall.org/thailand.

p. 122 : 미얀마, 라오스와 중국에서 …… 잠을 자는 사람들도 있다: 매사이는 태국과 미얀마 사이 국경에 있다. 내가 그곳을 여행하는 동안에도 날마다 국경을 건너는 이주노동자들을 쉽게 볼 수 있었다.

p. 123 : 폭력과 박해를 피해 …… 어쩔 수 없이 국경을 건넌다.: "Shan," Minority Rights Group International, https://minorityrights.org/minorities/shan/.

p. 123 : 미얀마의 로힝야족 같은 …… 심지어 죽음에 직면한다. : "MSF Surveys Estimate That at Least 6,700 Rohingya Were Killed During the Attacks in Myanmar 국경 없는 의사회(MSF) 조사에 의하면 미얀마의 공격 중에 최소 6,700명의 로힝야족이 살해되었다고 추정한다." Médecins Sans Frontières, 2017년 12월 12일, https://www.msf.org/myanmarbangladesh-msf-surveys-estimate-least-6700-rohingya-were-killed-during-attacks-myanmar; Supalak Ganjanakhundee, "Thailand's Refusal to Recognise Rohingya as Refugees Leaves Them in Illegal Limbo 로힝야족을 불법 체류자 지역에 머무는 난민으로 인정하는 것을 거절한 태국," The Nation/Thailand, 2018년 3월 4일, https://www.nationmultimedia.com/detail/aseanplus/30340157; Nikki Ostrand, "The Stateless Rohingya in Thailand 태국의 로힝야 무국적자들," Center for Migration Studies, https://cmsny.org/the-stateless-rohingya-in-thailand/.

pp. 123-124 : 태국의 무국적자들은 학교에 …… 설움이 대를 이어 계속된다. : "Blood, Soil, and Paper: Thailand's Mission to Reduce Statelessness 혈통, 나라, 그리고 서류: 무국적자들을 줄이기 위한 태국의 임무," The Conversation, 2018년 8월 2일, https://theconversation.com/blood-soil-and-paper-thailands-mission-to-reduce-statelessness-100519.

p. 124 : 태국 당국은 시민권에 …… 개혁 과정을 늦추기도 한다. : "Thailand," International Observatory on Statelessness, http://www.nationalityforall.org/thailand.

p. 124 : 야생 멧돼지 팀원인 …… 투지가 있다."고 말한다. : Hannah Beech, "Stateless and Poor, Some Boys in Thai Cave Had Already Beaten Long Odds 태국 동굴에 갇혔던 무국적의 가난한 몇몇 소년들은 이미 고비를 넘겼다," New York Times, 2018년 7월 10일, https://www.nytimes.com/2018/07/10/world/asia/thailand-cave-soccer-stateless.html.

p. 125 : 오늘날 약 4억 8,800만 …… 스스로 불교도라고 칭하며: "Buddhists," Pew Research Center, 2012년 12월 18일 https://www.pewforum.org/2012/12/18/global-religious-landscape-buddhist/. 참고 도서에도 언급한 줄리아 카사니티의 『Living Buddhism』에서 태국의 불교 사원의 역사와 중요성에 대해 많은 것을 알게 되었다.

p. 127: 초보 승려 의식을 통해 …… 첫 도전이 되곤 한다!: 내 아버지와 사촌들은 태국에서 여러 번 초보 승려로 봉사했다. 삭발식에 관한 이야기, 사원 생활에 적응하는 어려움과 그들이 배운 많은 교훈에 대해 나에게 이야기해 주었다.

13. 물 전문가

타넷 나티스리는 탐루앙 구조를 도운 경험에 대한 상세한 일지를 간직하고 있었고, 그것을 정중하게 나에게 공유했다. 달리 언급하지 않는 한, 이 장은 그의 일지와 2018년 9월 22일, 25일, 28일의 대화에서 가져온 내용들이다.
p. 129 : 길가의 도랑은 …… 개울과 마찬가지였다. : 내가 탐루앙을 방문했을 때 이 도랑을 보았고, 구조 당시에는 거기가 물로 가득 찼다는 가이드의 설명을 들었다.

p. 129 : 그는 태국에서 토목 …… 다루는 일을 배웠다.: 타넷 나티스리의 장인인, Veera Vasinvarthana도 탐루앙에서 물 관리 문제에 대해 조언했다.

p.136 : 수제 고성능 펌프는 태국 …… 나가라는 별명을 얻었다. : 2018년 10월 6일 싱하나트 대령과의 인터뷰

p. 136 : 농부들은 구조를 돕기 위해 …… 제안을 받아들이지 않아, : "Against the Elements."

14. 구조대

p. 139 : 부모들은 집에서 아들의 …… 소년들이 있는 곳이다: "The Thai Cave Rescue: Drones, Dogs, Drilling, and Desperation 태국 동굴 구조: 드론, 개, 굴착 그리고 절망," BBC News, 2018년 6월 30일, https://www.bbc.com/news/world-asia-44652397.

pp. 140-141 : 시신은 회수되어야 한다. …… 더욱더 까다롭다. : Stone et al., 169. 이 구절에서 빌 스톤은 1994년에 멕시코의 우아우틀라 동굴 깊은 곳에서 사망한, 릭의 동료 잠수부이자 친구인 이안 롤랜드의 시신을 회수하는 일이 얼마나 어려웠는지 설명한다. 릭이 비참한 일에 다가갔던 확고한 방법은 그의 정신력과 체력에 대해 꽤 많은 것을 보여 준다.

p.141 : 누가 잠수를 하든 …… 이해할 수 없다. : 영국 잠수부들과 태국 당국 간의 견해 차이에 대해 2018년 10월 5일 번 언스워스, 10월 18일 클라우스 라스무센이 나에게 설명했다.

p. 142 : 잠수팀과 태국 당국 …… 데리고 나오는 일. : 영국 잠수팀과 태국 당국 사이의 의견 불일치와 긴장감은 내가 인터뷰한 몇몇 사람들이 공통적으로 얘기한 바이다. 이러한 의견 불일치에 관해 나롱삭 주지사의 견해를 들어볼 수 있는 인터뷰 기회는 없었다. 결국, 국적이 다른 수십 명의 구조대원과 이야기를 나눈 뒤, 그들이 많은 차이점에도 불구하고, 구조대의 모든 대원이 오로지 단 하나의 목표를 위해 단결했으며, 이것이 궁극적으로 구조 작전을 성공시킨 핵심 요인이라고 생각한다.

pp. 142-143 : 벨기에 잠수부인 벤 …… 어떻게 될지 지켜보기로 한다. : 구조가 이루어지는 동안, 탐루앙 안에서 안내용 밧줄을 설치하는 데 큰 역할을 한 레이 메넌츠는 2018년 7월 12일 BBC 라디오와의 인터뷰에서 릭과 존이 조건 때문에 구조를 포기하고 집으로 돌아가려고 짐을 꾸리고 있다고 주장했다. 번 언스워스와 찰스 하지스 소령 둘 다 나에게 릭과 존이 완전히 포기하진 않았지만, 6월 29일과 30일에는 상황이 너무 끔찍해서 잠수가 불가능하다고 말했다. 하지스 소령은 이와 같은 위험에 대한 그들의 판단을 전적으로 존중했다. 2018년 10월 18일 클라우스 라스무센과의 인터뷰에서 나는 이 부분에 대한 몇 가지 세부사항을 명확히 확인했다.

p. 144 : 침착하라. : 나는 타넷 나티스리와 클라우스 라스무센과의 인터뷰에서 서구 구조대원과 태국 지도부 간의 문화적 차이와 이것이 구조에 어떤 영향을 끼쳤는지를 논의했다. 태국인 아내와 자녀가 있으며 태국에서 15년 동안 산 클라우스는 문화적 규범의 차이가 캠프 간의 긴장 관계의 원인이 되기도 했다고 확신했다.

15. 아름다운 게임

p. 147 : 동굴에 흐르는 물이…… 곧바로 마셔도 되었다. : "Full News Conference."

p. 147 : 처음 며칠 동안 …… 물에 소변만 본다: 2019년 3월 29일 번 언스워스와의 인터뷰. 2019년 3월 28일 번 언스워스는 소년들이 갇혔던 동공으로 다시 들어갔다. 그는 구조에 참여했던 몇몇 사람과 태국 네이비실 대원들과 함께, 번은 동굴에 남은 네이비실의 장비 일부를 작동시켜 보려고 그곳에 있었다. 그는 그 무리의 한 명이 바로 동굴에 갇혔던 축구팀의 소년이라는 걸 알고 엄청난 충격을 받았다. 그 아이는 믹스였는데, 동굴 안에 내버려 둔 손전등 하나를 되찾으려고 친구와 함께 들어왔던 것이다. 모두가 예상하는 것과는 달리, 믹스는 동굴에 다시 들어가는데 전혀 불안해하거나 정신적 충격을 받지 않았다. 그들이 9번 동공으로 돌아오는 동안, 믹스는 번에게 축구팀원들이 머물렀던 곳과 '화장실'로 사용했던 장소를 알려 주기도 했다.

pp. 147-148 : 소년들 몸에 남은 얼마 안 되는 …… 그리 멀지 않다.: Leach, 90.

p. 148 : 체온이 섭씨 35도 …… 저체온증에 빠지게 된다: "Hypothermia 저체온증," Mayo Clinic, https://www.mayoclinic.org/diseases-conditions/hypothermia/symptoms-causes/syc-20352682.

p. 148 : 야생 멧돼지 팀원들은 다행히 …… 소년들은 몸을 떨었다. : 난 직접 젖은 동굴에 가 봤기 때문에, 그곳에서 건조하게 지내는 것이 얼마나 어려운지 경험을 통해 안다. 이 문제는 Stone 외. 그리고 Tabor에도 설명되어 있다.

p. 148 : 티가 아침과 밤이 …… 유지하려고 노력했다.: 태국에서 소년들 부모와의 대화에서

p. 148 : 하지만 서로 가까이 모여 …… 환각에 시달릴 위험도 있다.: Walker, 3–7.

p. 149 : 이 말은 생존에 …… 경우가 종종 있다: Leach, 149–169 and 173–175.

p. 150 : 저체온증의 단계: Lynne McCullough and Sanjay Arora, "Diagnosis and Treatment of Hypothermia 저체온증의 진단과 치료," American Family Physician 70 (2004년 12월 15일), no. 12: 2325–2332.

pp. 151-152 : 모든 축구선수는 …… 모든 것을 경기장에 쏟아라. : 나는 축구 경기를 관람하고 직접 하는 것도 좋아한다. 그러나 경쟁적인 수준에서 축구를 해 본 적은 없다. 축구 경기 도중 최선을 다하는 것이 어떤지에 대한 이 설명은 어린 시절 축구 시합을 해 본 친구들과 가족들의 얘기를 토대로 하여 적었다.

p. 152 : 엑 코치는 소년들에게 …… 이 경기를 포기하지 않는다: "Full News Conference."

16. 다시 안으로

pp. 153-154 : 학교에서는 특별 집회를 …… 그들이 살아있게 해 주세요. : "Nation Prays for Safe Return of Team 온 나라가 팀의 무사 귀환을 위해 기도하다," Bangkok Post, 2018년 6월 29일, https://www.bangkokpost.com/news/general/1494146/nation-prays-for-safe-return-of-team.

p. 154 : 아무도 자기 생각을 …… 진실을 마주하는 순간이었다. : 이 감정은 매사이에서 축구팀 소년 중 아이를 만났을 들은 얘기다. 프라 크루 프라윳과 소년들의 가족 외에, 내가 인터뷰했던 다른 사람들은 아이들이 산 채로 발견되지 못할 거라고 여겼다 한다.

p. 154 : 타넷은 물이 장화의 …… 동굴 밖으로 쏟아내고 있었다.: 2018년 9월 25일 타넷 나티스리와의 인터뷰.

pp.154-155 : 인근의 2.2㎢가 넘는 논은…… 무슨 일이라도 돕겠다고 한다.:

"Against the Elements."

pp. 155-156 : 7월 1일 일요일 아침 …… 다시 동굴 속으로 들어가기로 결정했다. : 2018년 9월 25일 타넷 나티스리와의 인터뷰.

pp. 156-157 : 태국 네이비실이 3번 동공에 …… 두 시간 정도 걸렸다. : Ryn Jirenuwat and Richard C. Paddock, "Thailand Rescuers Report Progress in Search for Soccer Team 태국 구조대원들이 축구팀 수색에 진전이 있다고 보고하다," New York Times, 2018년 7월 1일, https://www.nytimes.com/2018/07/01/world/asia/thailand-cave-soccer-boys.html.

p. 158 : 릭과 존이 3번 동공 전초기지로 …… 왔다고 언론에 발표한다. : Ryn Jirenuwat and Richard C. Paddock, "Thailand Rescuers Report Progress in Search for Soccer Team 태국 구조대원들이 축구팀 수색에 진전이 있다고 보고하다," New York Times, 2018년 7월 1일, https://www.nytimes.com/2018/07/01/world/asia/thailand-cave-soccer-boys.html.

pp. 158-159: 일기예보는 …… 촉박할 수도 있다는 의미다. : 2018년 9월 25일 타넷 나티스리와의 인터뷰.

17. 배수로 만들기

달리 언급하지 않는 한, 이 장은 타넷 나티스리의 구조 일지 및 인터뷰를 통해 알게 된 내용을 토대로 하였다.

p. 168 : 베이스캠프의 의료팀 …… 대원을 치료하느라 분주했다. : 니콘차이 포프루차이가 탐루앙의 의료 텐트 중 한 곳을 관리했는데, 가벼운 부상은 매일같이 발생했다고 회상했다.

18. 마지막 시도

나는 재호흡기의 작동법을 상업용 다이빙 재호흡기 발명가인 빌 스톤이 쓴 책『Beyond the Deep』(참고도서목록 참조) 를 읽고 알게 되었다. Farr와 Tabor도 재호흡기 기술의 발전에 대한 훌륭한 정보를 갖고 있다.

p. 170 : 릭 스탠턴은 되도록 …… 장비를 설계하고 만들었다. : "Rick Stanton," Diver, 2007년 10월, http://archive.divernet.com/cave-diving/p302428-rick-stanton.html.
pp. 170-171 : 릭은 재호흡기도 …… 발견할 수 있다고 생각했다. : 2018년 9월 7일 빌 스톤과의 인터뷰. 그의 말을 그대로 옮기자면, "그 남자는 냉장고 위에서 잠수할 수 있어요."였다.

pp. 172-173 : 릭 스탠턴은 물에 들어가기 …… 지녀야 할 최고의 기술이다: Tabor, 146.
p. 173 : 현재에 모든 신경의 초점을 …… 동굴 잠수부들도 있다. : E. R. Straughan, "Touched by Water: The Body in Scuba Diving 물에 닿은: 스쿠버 다이빙의 시체." Emotion, Space, and Society 5 (2012년 2월), 19–26.

pp. 173-174 : 오래지 않아 밧줄이 …… 사람의 배설물 냄새! : "Rick Stanton Gives Incredible Account of Thai Cave Rescue 릭 스탠턴이 태국 동굴 구조에 대해 믿을 수 없는 이야기를 들려준다." ITV 인터뷰에서 릭은 예의를 차리느라 그 냄새가 무엇인지 직접적으로 말하진 않았다. 번 언스워스도 나와 이야기하면서, 그 부분을 솔직하게 인정하지 않았다! 번은 릭이 처음에 시체가 썩는 냄새를 맡았다고 생각했다 한다. 그들은 적어도 한 명 정도의 소년은 죽어 있는 모습을 보게 될지도 모른다고 마음의 준비를 하고 있었다 한다.

19. "대단하구나"

별도의 언급이 없는 한, 이 장은 병원에서 퇴원한 후에 전체 기자회견과 왓 도이 와오에서 봉사를 마친 후 ABC News와의 인터뷰에서 소년들과 엑 코치가 말한 진술을 토대로 쓴 것이다. 소년들과 잠수부들의 대화는 2018년 7월 2일 태국 네이비실의 페이스북에 게재된 영상(https://www.facebook.com/ThaiSEAL/videos/1631228493667210/)에서 인용하였으며, 번역은 내 아버지가 했다.

p. 175: 모두가 이제 어둠 속에서 …… 윙윙거리는 소리도 들렸다.: 왓 도이 와오에서 소년들의 가족을 만났을 때 그들이 아이들이 동굴 속에서 명상할 때 헬리콥터와 동물들 소리를 들었다고 했다고 알려 주었다. 이것이 아이들에게 누군가 자신들을 찾으러 오고 있다는 희망을 주었다고 한다.
pp. 175-176 : 물이 돌에 떨어지며 …… 깨달을 때가 있다. : 번 언스워스에 따르면, 이 것은 동굴 탐험가들도 흔히 경험하는 현상이라고 했다.

p. 181 : 남자들이 소년들에게 내일 …… 올 것이라고 말한다. : 하지스 소령에 따르면, 미군은 그다음 날 태국 네이비실이 잠수해서 소년들에게 갈 것이라고 생각하지 않았다 한다. 이 말은 당시 상황에서 릭과 존이 아이들에게 희망과 용기를 북돋아 주려고 했을 수도 있다.

p.182 : 릭과 존은 떠나기 …… 일은 일반적이지 않다: 릭 스탠턴은 번 언스워스에게 그들이 9번 동공을 떠나기 전에 소년들이 그들을 껴안았다고 말했다. 그리고 번은 문자로 이것을 나에게 알려 주었다. 2019년 1월, 릭은 그 소년들이 먼저 포옹하려 했는지 아니면 존 볼랜턴이 그렇게 했는지 기억나지 않는다고 말했다. 태국 문화에서 포옹에 대한 설명은 내 자신의 경험과 가족과의 토론에 기반한다.

p. 182 : 소년들은 구해 준 데 …… 가족처럼 느낀다는 의미였다. : 야생 멧돼지 축구팀은 몇몇 구조대원과 함께 2018년 10월 영국의 'ITV This Morning'에 손님으로 출연했다. 금욕적인 구조대원들조차 눈물을 흘린 짧은 연설에서, 엑 코치는 그들의 희생에 감사하며 자신과 소년들이 그들을 가족처럼 여긴다고 말했다. ("Thai Cave Survivors Reunited with British Rescue Divers 태국 동굴 생존자들이 영국 구조 잠수부들과 재회하다," ITV This Morning, 2018년 10월 30일, https://www.youtube.com/watch?v=wTCFwjjaaMg)

pp. 182-183 : 동굴을 통과하는 잠수는 …… 전혀 다른 일입니다: Rosemary E.

Lunn, "Thailand Cave Rescue: John Volanthen Speaks 태국 동굴 구조: 존 볼랜턴이 말하다," X-Ray Magazine, 2018년 7월 14일, https://xray-mag.com/content/thailand-cave-rescue-john-volanthen-speaks.

20. 이제 어떻게 할까?

p.185 : 공원 본부 건물 …… 분명히 좋은 소식이겠지?: "All Children, Coach Found Alive in Cave. 모든 어린이, 코치가 동굴에서 살아서 발견되다." Khaosod English, 2018년 7월 2일, http://www.khaosodenglish.com/news/crimecourtscalamity/calamity/2018/07/02/all-children-coach-rescued-from-cave/.

p. 186 : 야생 멧돼지 팀원들은 탐루앙 동굴 속 …… 약 600m 떨어진 곳에 있다. : "Thai Cave Rescue. 태국 동굴 구조."
pp. 186-188 : 그들을 구조하려면 …… 전속력으로 가동될 것이다. : Forester.

pp. 188-190 : 릭과 존이 소년들이 …… 동료들이 살아 나와서였다. : 결국 태국 네이비실 대원들과 팩 군의관이 9번 동공에 있게 된 이유와 경위에 관한 이야기는 번 언스워스와 하지스 소령이 따로 나에게 들려주었다. 그리고 참고 도서에 언급한, "Against the Elements" 다큐멘터리에서 자세히 다루었다. 팩 박사는 태국 비자 뉴스와의 인터뷰에서 탐루앙에서의 잠수가 무서운 경험이었다고 설명했다. "SEAL Rescuer Dr. Pak Recalls 'Close Shave with Death' Inside Tham Luang Cave 네이비실 구조대원 팩 군의관이 탐루앙 동굴 안에서 '아슬아슬했던 죽음의 순간'을 기억하다," 2018년 9월 23일, https://thaipbsworld.com/seal-rescuer-dr-park-recalls-close-shave-with-death-inside-tham-luang-cave.

p.190 : "저는 동굴에 들어가겠다고 …… 그곳에 있었을 겁니다.": "Full News Conference."

p. 191: 소년들은 켄터키 프라이드치킨 …… 먹는 꿈을 꾸었다.: 위와 동일.

pp.191-192: 소년들이 가장 먼저 받은 …… 사탕 벵벵이었다. : 2018년 10월 7일 샤이욘 '아이' 스리사무트와의 인터뷰. 이 두 가지 음식은 아이와 그의 팀이 주선했다.

p. 192 : 7월4일, 릭과 존은 …… 이번에는 즉석식품: 2018년 10월 29일 하지스 소령과의 인터뷰. 식품의 내용물은 미군 웹사이트에서 설명하고 있다, https://www.goarmy.com/soldier-life/fi tness-and-nutrition/components-of-nutrition/meals-ready-to-eat.html.

p. 192 : 네이비실은 소년들이 비탈 꼭대기까지 …… 평평한 난간을 깎아 놓았다. : 2019년 3월 29일 번 언스워스와의 인터뷰.

p. 192-193 : 특히 네이비실 대원들 …… 웃음을 주고 놀림을 받는다. : "Full News Conference."

p. 193 : 소년들은 릭과 존이 …… 인내심을 잃어버렸을지도 모른다. : 아들이 사원 출가한 후 ABC 뉴스와 한 인터뷰("Exclusive Thai Cave Rescue Interview 태국 동굴 구조 단독 인터뷰")에서 이 오해에 관해 설명한다.

p. 194 : "정말 평정심이 대단했어요.": "Out of the Dark 어둠 속에서,"의 제이슨 맬리슨, transcript, p. 13.

p. 194 : 태국의 관광 슬로건은 …… 유지하는 방법이라고 여긴다. : 이 설명은 내가 태국에서 겪은 경험과 태국 문화에서 웃는 것에 대해 가족과 다른 친구들과 나눈 대화에 기반한다. 소년들과 상호작용을 한 영국과 오스트레일리아 잠수부들은 대부분의 인터뷰에서 소년들이 탐루앙에 계속 갇혀 있어야 하는 상황에서도 웃는 것을 보고 정말 놀랐다고 언급한다. 태국 사람들도 소년들의 긍정에 용기를 얻었지만, 난 솔직히 웃고 있는 소년들에게서 충격을 아주 받진 않았다. 이것에 대해 태국 사촌에게 전화를 걸어서도 물어봤는데, 그녀의 반응은 "맞아. 걔들 웃고 있었어! 걔들 긴장했잖아. 너는 긴장하면 어떻게 해? 그냥 웃어야지!?" 난 이 점이 아이들이 어떻게 행동할지에 관해 태국인과 서양인이 가지는 다른 기대치를 나타내는 좋은 본보기라고 생각했다.

pp.194-195 : 네이비실은 9번 동공의 …… 이제 집으로 돌아가야 한다. : 2018년 7월 3일, 태국 네이비실 페이스북에 게재된 비디오 영상, https://www.facebook.com/ThaiSEAL/videos/1634041306719262.

21. 해결사

달리 언급하지 않는 한, 이 장의 정보는 2018년 10월 태국 여행 중에 만난 아이, 노이, 라, 틱, 녹과의 인터뷰에 기반한 것이다.

p. 197 : 어느새 캠프에는 1만 …… 명의 자원봉사자로 붐볐다. : Hannah Beech et al., "'Still Can't Believe It Worked': The Story of the Thailand Cave Rescue '아직도 그것이 성공했다는 것이 믿기지 않는다': 태국 동굴 구조 이야기," New York Times, 2018년 7월 12일, https://www.nytimes.com/2018/07/12/world/asia/thailand-cave-rescue-seals.html.

p. 202 : 태국 왕은 탐루앙 …… 2천 개의 비옷도 보냈다. : Muktita Suhartono and Richard C. Paddock, "Soccer Team Is Found Alive in Thailand Cave Rescue 축구팀이 태국 동굴 구조에서 살아서 발견되다," New York Times, 2018년 7월 2일, https://www.nytimes.com/2018/07/02/world/asia/thailand-boys-rescued.html.

22. 공황 상태

p. 205 : 소년들이 물에 잠긴 …… 줄 수 있는 게 아니다. : Sharon Wheeler, "Behind the Scenes with the BCRC at the Thai Cave Rescue—Part One 태국 동굴 구조에서 영국 동굴 구조 위원회와 함께한 장면의 이면-1장," Darkness Below, 2018년 9월 9일, https://darknessbelow.co.uk/unsung-heroes-the-backroom-story-of-the-thai-cave-rescue-part-one/; "Tham Luang Nang Non Cave, Thailand—Update 탐루앙낭논 동굴, 태국-업데이트," British Cave Rescue Council, 2018년 7월 5일, https://www.caverescue.org.uk/tham-luang-nang-non-cave-thailand-update-4/.

p. 206 : 제이슨 맬리슨과 크리스 지웰이 가장 먼저 …… 잠수했던 탐험대의 일원이었다. : 제이슨 맬린슨, 릭 스탠턴, 존 볼랜턴과 네덜란드 동굴 잠수부 르네 후벤은 8,800m의 가장 긴 동굴 잠수 세계 기록을 공유하고 있다.

p. 206 : 이 아이들은 못 나온다. : "Out of the Dark," transcript, p. 6. 영화에서 마크 월러시와 인터뷰하는 동안, 제이슨 맬린슨은 "가장 먼저 그들이 빠져나오지 못한다고 생각했습니다."라고 말했다.

pp. 206-207 : 이 시기 각종 뉴스 매체에서는 …… 수영할 줄 모른다는 것이다.: 어떤 이유에서인지, 이 세부사항은 그 당시 거의 모든 뉴스에 보도되었다. 그런데, 부모들이 말하길, 몇 명의 아이가 다른 애들에 비해 수영을 잘 못하지만, 다들 수영할 줄 알았다고 한다.

p. 207 : "공황은 칼의 끝과 …… 빠져나오기가 거의 불가능합니다.": 2018. 2018년 9월 7일 빌 스톤과의 인터뷰.

pp. 207-208 : 경험이 많은 잠수부들도 …… 잠수부가 저도 모르게 하게 된다. : Exley, Caverns Measureless to Man. 셰크 엑슬리의 책에는 동굴 잠수를 하는 동안 죽을 고비를 넘긴 수많은 믿기 어려운 이야기들로 가득하다. 정말로 '침착의 왕'인 그도, 물속에서 당황하는 사람들을 경시하지 않는다. 그것은 극한 상황에서 인간이 보이는 자연스러운 반응이라고 말한다.

pp. 208-209 : 우주 탐사 회사인 …… 방법이 없기 때문이다: Ashley Wong, "Elon Musk Sends an 'Escape Pod' to Help in Thai Cave Rescue 일론 머스크가 태국 동굴 구조를 돕기 위해 'Escape Pod'를 보내다," USA Today, 2018년 7월 9일, https://www.usatoday.com/story/tech/2018/07/09/elon-musk-sends-escape-pod-help-thai-cave-rescue/768988002/; Muktita Suhartono and Julia Jacobs, "Thai Navy May Put Elon Musk's Mini-Submarine to Use. One Day 어느 날, 태국 해군이 일론 머스크의 소형 잠수함을 사용할 수도 있다," New York Times, 2018년 7월 12일, https://www.nytimes.

com/2018/07/12/world/asia/elon-musk-thai-cave-submarine-nyt.html. 차렌 '태국 동굴 구조'에서 크레이그 차렌이 캡슐의 가스 모니터링 부족을 설명하다.

pp. 209-214 : 소년들에게 부모님께 짧은 글을 …… 너무나 행복해했다. : "Cave Rescue: Thai Boys and Parents Send Letters of Love and Reassurance 동굴 구조: 태국 소년들과 부모들이 사랑과 기운 나게 하는 편지를 보내다," BBC News, 2018년 7월 7일, https://www.bbc.com/news/world-asia-44748927. 나는 이 편지들을 아버지가 번역해 준 대로 이 책에 인용했는데, 이 기사의 번역본과 약간 다르다. 제이슨 맬린슨이 <Out of the Dark> 복사본 12페이지에서 동굴 안팎으로 메모를 가져오는 생각에 관해 설명했다.

p. 214 : 공기 질 측정기가 …… 15%로 떨어졌다고 나타낸다. : Kocha Olarn et al., "Thai Cave Rescuers Face Race Against Time as Oxygen Levels Drop 산소 농도가 떨어지면서 시간과의 경쟁에 직면한 태국 동굴 구조대원들," CNN, 2018년 7월 6일, https://www.cnn.com/2018/07/05/asia/thai-cave-diver-intl/index.html; Challen. 차렌은 강의에서 9번 동공의 산소 농도가 정말로 이렇게까지 낮아졌는지에 대해 회의적이라고 말했다. 그가 잠수해서 소년들에게 돌아갔을 때 산소 농도가 눈에 띄게 떨어진 것을 느끼지 못했다고 한다. 또한, 그는 물이 활발하게 동굴을 통과할 때, 수면에서 산소를 운반하고 이산화탄소를 흡수해서, 일종의 공기 필터 역할을 한다고 지적한다. 내가 인터뷰한 동굴 탐험 전문가 빌 스톤도 그 부분에 대해 회의적인 의견을 보였다. 그는 산소 계량기가 잘못 읽혔거나 제대로 측정되지 않았을 가능성도 있다고 했다. 그럼에도 불구하고, 9번 동공의 산소가 떨어지고 있다는 믿음은 구조 결정을 내리는데 결정적인 요인이 되었다.

p. 214 : 산소 농도가 19% …… 기절하고 죽게 된다. : Edward Naranjo, "Oxygen Deficiency: The Silent Killer 산소 부족: 침묵의 살인자," EHS Today, 2007년 12월 1일, 2007, https://www.ehstoday.com/fi re_emergencyresponse/ehs_imp_77598.

pp. 214-215 : 태국 지도부는 떨어지는 산소 …… 발생했다는 전화를 받는다. : 2018년 10월 29일 하지스 소령과의 인터뷰.

23. 비극적인 사고

p. 217 : 며칠째 잠도 …… 붙이는 것으로 때웠다. : 2018년 10월 5일 니콘차이 포플루에차이와의 인터뷰. 그는 구조 작전 동안, 네이비실은 동굴 안에서 잠을 잤다고 했다.
pp.217-218 : 탐루앙 구조 현장의 …… 제쳐두고 매사이로 달려왔다. : 2018. 2018년 10월 3일 태국 네이비실 지휘관인 차이야난타 피라나롱과의 인터뷰.

pp. 218-219 : 사만 구난은 퇴역한 네이비실 대원 …… "아이들을 집에 데려다 주자고.": Asaree Thaitrakulpanich, "'Sergeant Sam, Cave Rescue Hero Who Wanted to Bring Boys Home', '샘 상사, 소년들을 집에 데려다주고 싶었던 동굴 구조 영웅.'" Khaosod English, 2018년 7월 6일, http://www.khaosodenglish.com/news/2018/07/06/sgt-sam-cave-rescue-hero-who-wanted-to-bring-boys-home/.
p. 219 : 7월 5일 밤늦게 …… 탱크를 뒤에서 끌고 갔다.: "Ex-Navy Diver Dies on Oxygen Supply Mission전 해군 잠수부가 산소 공급 임무 중 사망하다," BBC News, 2018년 7월 6일, https://www.bbc.com/news/world-asia-44734385; Michael Safi and Jacob Goldberg, "Former Thai Navy SEAL Diver Saman Kunan Dies Inside Cave from Lack of Air 전 태국 네이비실 잠수부 사만 구난이 산소 부족으로 동굴 안에서 사망하다," The Guardian, 2018년 7월 6일, https://www.theguardian.com/world/2018/jul/06/former-thai-navy-seal-diver-saman-kunan-dies-from-lack-of-air-inside-cave.

p. 219 : 3번 동공에 자리잡은 …… 비웠다는 것을 알아차린다. : "Against the Elements."

p. 219 : 마침내 사만의 파트너 …… 없는 사만을 끌어당긴다. : "Ex-Navy Diver Dies on Oxygen Supply Mission 전 해군 잠수부가 산소 공급 임무 중 사망하다," BBC News, 2018년 7월 6일, https://www.bbc.com/news/world-asia-44734385; Michael Safi and Jacob Goldberg, "Former Thai Navy SEAL Diver Saman Kunan Dies Inside Cave from Lack of Air 전 태국 네이비실 잠수부 사만 구난이 산소 부족으로 동굴 안에서 사망하다," The Guardian, 2018년 7월 6일, https://www.theguardian.com/world/2018/jul/06/former-thai-navy-seal-diver-saman-kunan-dies-from-lack-of-air-inside-cave.

p. 219 : 산소 튜브에 뭉툭한 …… 더 위험해지기도 한다.: 2018년 10월 29일 하지스 소령과의 인터뷰. 하지스 소령은 사만이 엉망진창인 튜브와 전선에 얽혀서 벗어나려고 애쓰다가 사망했을 거라고 말했다. 사만이 어떻게 익사했는지 확실히 알 수는 없지만, 동굴 잠수가 너무 위험해서 여러 가지 요인이 그의 사망 원인이 될 수 있다.

p. 220 : 네이비실은 가족과 같다. …… 비장한 각오를 한다: 2018. 2018년 10월 30일 차이야난타 지휘관과의 인터뷰.

24. 위험을 무릅쓰고

p. 222 : "열세 구의 시체를 꺼내오게 될 겁니다.": 2018년 10월 5일 번 언스워스와의 인터뷰.

p. 222 : 산소 밀도에 대한 인간의 반응: Edward Naranjo, "Oxygen Deficiency: The Silent Killer 산소 부족: 침묵의 살인자," EGS Today, 2007년 12월 1일, https://www.ehstoday.com/fi re_emergencyresponse/ehs_imp_77598.

p. 223 : 이틀 전, 나롱삭 …… 안전한 방법이 결코 아니다. : 2018년 10월 29일 하지스 소령과의 인터뷰; "New Video Emerges of Trapped Thai Football Team in Good Spirits 좋은 영혼에 갇힌 태국 축구팀이 등장하는 새 비디오" France 24, 2018년 7월 4일, https://www.france24.com/en/20180704-thailand-new-video-football-team-boys-trapped-cave-good-spirits.

p. 223 : 태국 지도부는 그들이 입수한 …… 끌어내려고만 하는가?: 타넷 나티스리의 구조 일지.

pp. 223-224 : 7월 6일 아침, …… 모두 쓸려버릴 수도 있다. : 위와 동일.

p. 224 : 탐루앙의 수위가 …… 잠수는 불가능해진다. : 2018년 10월 29일 하지스 소령과의 인터뷰

p. 224 : 전날 영국 잠수팀은 …… 9번 동공에 비축했다. : 타넷 나티스리의 구조 일지.
pp. 224-225: 소년들이 우기가 끝나기까지 …… 생존하지 못할 것이다. : 2018년 10월 29일 하지스 소령과의 인터뷰.

pp. 226-227 : 타넷과 싱하나트 대령은 …… 간단한 대화에 동의한다: 타넷 나티스리의 구조 일지.

p. 228 : 소장의 얼굴은 점점 …… 사용하도록 허락한다. : 2018년 10월 18일 클라우스 라스무센과의 인터뷰; 타넷 나티스리의 구조 일지.

p. 228 : 그날 저녁, …… 회의를 하기로 한다. : 타넷 나티스리에 의하면, 그날 오후 일부 태국 지도부들과 즉석 회의가 있었다. 내무부 장관은 회의를 소집하고 스피커폰으로 참여했다. 첫 번째 회의를 하는 동안, 그들은 잠수 구조 계획을 좀 더 공식적으로 발표할 수 있을 때인, 그날 저녁 늦게 모든 지도부가 참석한 가운데 전체 회의를 열기로 했다. 간결함을 위해 나는 이 '회의에 관한 회의'는 본문에서 생략했다.

25. 아주 중요한 회의

7월 6일에 열린 결정적인 만남은 극비였다. 아무도 비디오 녹화를 해서는 안 되고, 내부 장관은 언론에 아무것도 유출하지 말라고 지시했다. 이 시점까지는 모두가 구조를 하게 되더라도 적어도 몇 명의 소년들은 죽게 될 것이라고 확신하고 있었다. 그래서 대참사로 끝날지도 모를 이 계획을 추천하는 어떤 기록도 남기고 싶어 하지 않았다. 이 회의에 대한 설명은 타넷 나티스리와 찰스 하지스 소령과의 인터뷰에서 나온 것이다.

p. 231 : 릭, 존과 번은 …… 한 사람만 참석한다. : 2019년 6월 3일 번 언스워스와의

인터뷰. 개리 미첼이 이 회의에 영국 잠수팀을 대변했다.

pp. 236-237 : 탐루앙 잠수 구조 계획: 잠수부의 이름과 위치는 번 언스워스와 마틴 엘리스가 제공해 주었다.
p. 238 : 하지만 그는 이 계획만이 앞으로 …… 서한을 보내야 한다. : 2018년 9월 25일 타넷 나티스리와의 인터뷰. 태국은 입헌군주국으로, 국왕이 헌법에 명시된 법에 따라 국가 원수로서 상징적인 역할을 한다. 시민들은 국회의원을 선출하고, 국회의원은 총리를 뽑는다. 2014년, 태국 군부는 쿠데타로 정부의 권력을 장악하고 선거를 중단하고, 프라윳 찬오차 육군 장군을 총리로 임명한다. ("Thailand Military Seizes Power in Coup 태국 군부 쿠데타로 권력을 장악하다," BBC News, 2014년 5월 22일 https://www.bbc.com/news/world-asia-27517591). 태국 정부의 수장으로서 총리는 잠수 구조 계획을 진행할 것인지에 대한 최종 결정을 내렸다. 하지만 내가 알기로 와치랄롱꼰 태국 국왕은 구조 작전에 매우 신경을 쓰고 모든 사건에 대한 정보를 계속 보고 받았다.

p. 238 : 잉크가 마르며 모든 것이 제자리를 잡는다. : 2018년 10월 29일 인터뷰에서 하지스 소령은 그날 밤 파오친다 장관으로부터 잠수 구조 계획을 수행할 수 있는 공식 허가를 받았는지, 아니면 여전히 총리로부터 허가를 받았어야 했는지 분명하지 않다고 말했다. 어느 쪽이든 준비는 곧바로 시작되었고 총리는 구조 계획을 지지했다.

26. 1단계: 예행연습

pp. 241-242 : 릭과 존, 그들의 동료들은 …… 전적으로 계획한다. : 2018년 10월 29일 하지스 소령과의 인터뷰.

p. 242 : 첫째는 아이들에게 맞는 …… 새어 나온다는 의미다: Lunn.

pp. 242-243 : 적절한 마스크를 찾는 …… 런던 공항으로 보낸다. : Lunn. Lunn의 85페이지 기사 The Tech Talk(기술 상담) 사이드바(신문, 웹사이트 등에서 주요 기사에 곁들여 나오는 짧은 관련 기사)는 탐루앙에 전면 마스크를 가져다주기 위한 브리스톨 채널 다이빙 가게의 노력에 관해 설명하고 있다. 참고 문헌에 언급된 Matt Gutman,의 'The Boys in the Cave 동굴에 갇힌 소년들'을 포함해, 구조에 관한 다른 기사들은 궁극적으로 네 개의 전면 마스크가 모두 미군에 의해 제공되었다고 언급한다. 이 경우에도, 브리스톨 채널 다이빙 가게의 관대함과 신속한 행동은 어떻게 전 세계 사람들이 구조 작전을 준비하고 기꺼이 도왔는지 보여 준다.

p. 243 : 아이와 이 문제 해결 전담반 멤버들이 …… 돕겠다고 자원한다. : 2018년 10월 7일 차이욘 '아이' 사리사무트와의 인터뷰

p. 243 : 잠수복에서 잘라낸 네오프렌 …… 적합한 마스크를 얻었다. : Lunn.

pp. 243-244: 앞에서 언급했듯 잠수 중 '공황'은 …… 전혀 놀랍지 않다. : "Cave Rescue: The Australian Diving Doctor Who Stayed with the Boys 동굴 구조: 소년들과 함께 머물렀던 오스트레일리아 잠수 의사," BBC News, 2018년 7월 11일, https://www.bbc.com/news/world-australia-44789693; Yaron Steinbuch, "Doctor Details 'Frightening' Decision to Sedate Thai Soccer Boys 의사가 태국 축구 소년들에게 진정제를 투여하기로 한 '무서운' 결정에 관해 자세히 말하다," New York Post, 2018년 7월 24일, https://nypost.com/2018/07/24/doctor-details-frightening-decision-to-sedate-thai-soccer-boys/.

p. 244 : 축구팀 소년들에게 진정제를 …… 나오는 것은 불가능해.": Harris, "Thai Cave Rescue 태국 동굴 구조."

p. 244 : 그는 환자들을 마취할 때 …… 다룬다는 평판을 듣곤 했다. : "Cave Rescue: The Australian Diving Doctor Who Stayed with the Boys 동굴 구조: 소년들과 함께 머물렀던 오스트레일리아 잠수 의사," BBC News, 2018년 7월 11일, https://www.bbc.com/news/world-australia-44789693; Yaron Steinbuch, "Doctor Details 'Frightening' Decision to Sedate Thai Soccer Boys 의사가 태국 축구 소년들에게 진정제를 투여

하기로 한 '무서운' 결정에 관해 자세히 말하다," New York Post, 2018년 7월 24일, https://nypost.com/2018/07/24/doctor-details-frightening-decision-to-sedate-thai-soccer-boys/.

p. 245 : 소년들의 부모에게는 …… 보안에 붙이기로 한다.: 2018년 10월 7일 차이용 '아이' 사리사무트와의 인터뷰. 이때 나와 아이는 구조 작전의 진정제 부분을 말하지 않기로 한 태국 정부의 결정에 관해 의논했다. 그는 진정제라는 개념이 '정상이 아니다.'라고 말했고, 그 지역의 많은 사람이 그것을 이상하고 무섭게 여겼을 거라고 말했다. 실제로, 구조가 거의 끝나갈 즈음에도 총리는 아이들이 진정제를 맞았다는 것을 부인했다. '아이들이 긴장하지 않고, 무서워하지 않도록 무언가를' 줬을 뿐이라고 주장했다. ("All 12 Boys, Coach Brought Out 12명의 모든 소년과 코치가 구조되다," Bangkok Post, 2018년 7월 10일, https://www.bangkokpost.com/news/general/1501006/all-12-boys-coach-brought-out).

pp.245-246 : 하지스 소령은 그들이 …… 하나의 계획을 수립하는 것이다.: 2018년 10월 29일 하지스 소령과의 인터뷰.

pp.246-247 : 잠수 구조 계획 전반이 …… 표준적인 절차일 뿐이다. : Hope Hodge Seck, "'Expecting Casualties': How Airmen Created the Incredible Thai Cave Rescue Plan '예상되는 사상자': 공군이 믿을 수 없는 태국 동굴 구조 계획을 만들어 낸 방법," Military.com, 2018년 9월 25일, https://www.military.com/daily-news/2018/09/25/expecting-casualties-how-airmen-created-incredible-thai-cave-rescue-plan.html; Lara Seligman, "Mission Impossible: Inside the Dramatic Cave Rescue of a Thai Soccer Team 불가능한 임무: 태국 축구팀의 극적인 동굴 구조 속으로," ForeignPolicy.com, 2018년 9월 20일, https://foreignpolicy.com/2018/09/20/mission-impossible-inside-the-dramatic-cave-rescue-of-a-thai-soccer-team/.

p.247 : 다른 구조대원들도 마스크 …… 좋은 방법을 고민하고 연습한다. : 2018년 7월 20일 태국 네이비실 페이스북 게재, https://www.facebook.com/ThaiSEAL/posts/1663048723818520.

p. 248 : "우리는 지금 물과 전쟁 중입니다. ": Morgan Winsor, "Thai Cave Rescuers at 'War' Against Water in Race to Evacuate Boys' Soccer Team 태국 유소년 축구팀을 안전하게 옮기기 위한 경쟁에서 물과 '전쟁' 중인 태국 동굴 구조대원들," ABC News, 2018년 7월 7일, https://abcnews.go.com/International/thai-cave-rescuers-war-water-race-evacuate-boys/story?id=56424543.

p.249 : 지난 며칠간 비가 많이 오지 않아서…… 희망을 갖고 바라는 일뿐이다.: 타넷 나티스리의 구조 일지.

p. 250 : 연습이 완벽함을 만든다. : Leach, 123–135, 144; Joe Spring, "Come Out Alive: Practicing Survival Skills 살아서 나오기: 생존 기술 연습하기," Outside online, 2009년 11월 25일, https://www.outsideonline.com/1817061/come-out-alive-practicing-survival-skills.

p. 251 : 네이비실은 탐루앙으로 돌아가서 …… 도로도 정리된다. : "One Way Out 해결 수단."
p.251 : 구조대가 생존자를 …… 구급차가 대기한다. : "Out of the Dark," transcript, p. 15.

27. 2단계: "오늘은 디데이"

달리 언급되지 않는 한, 이 장은 참고 도서에 열거된 리처드 해리스의 두 가지 강의에 근거한다. SWAN 회의 참석자들은 그곳에서 해리스 박사의 발표를 녹음하여 온라인에 올렸는데, 나는 그것을 보며 기록했다. 또한, 마취 전문 간호사(CRNA: Certified registered Nurse Anesthetist)인 카메론 블록–앤더슨과 얘기 나누며, 약의 부작용과 투여 방법에 대한 자세한 정보를 포함해 해리스 박사가 사용한 약물에 관한 상세한 정보도 얻었다.

p. 253 : 오늘은 디데이: James Doubek 등에서 인용된 나롱삭 주지사, "First Boys Are Rescued from Cave in Thailand 첫 소년들이 태국 동굴에서 구조되다," "NPR, 2018년 7월 8일, https://www.npr.org/2018/07/08/626986096/operations-begin-to-rescuethai-boys-from-cave.

pp. 253-254 : 해리스 박사는 태국 …… 직접 잠수해서 탈출하기로 한다. : "Full News Conference." 이 기자회견에서 엑 코치는 소년들이 잠수해서 나갈 순서를 어떻게 제안했는지 설명했다. 우연히도 축구팀에서 가장 멀리 살았던 소년 중에 가장 큰 소년들이 있었다. 난 그것이 우연의 일치였는지 궁금하다. 엑 코치는 성공하면 구조대에게 좋을 것이고, 더 크고 강한 소년들이 탈출 성공 가능성이 크다는 것을 알았을 것이다. 엑 코치가 가장 큰 아이들부터 동굴에서 나가도록 선택했다고 보여 주는 인터뷰를 발견하지 못했다. 하지만 확실히 그렇게 하는 것이 구조 작전을 위해 더 영리하고 유연한 방법이었을 것이다.
나는 왓 도이 와오에서 소년들의 부모 몇 분을 만났을 때, 그들은 어떤 순서로 데나올지를 포함해 전에 알지 못했던 구조에 관한 몇 가지 사항을 얘기해 주었다. 소년들의 한 어머니가 7월 8일에 처음으로 네 명의 소년이 어떻게 첫날에 나왔는지 알게 되었다. 그리고 다음 두 번째로 나올 소년들이 누군지도 알았다. 하지만 그녀는 두 번째나 마지막 날 잠수 구조의 정확한 순서에 대해 얘기하진 않았다.
p. 256 : 모든 약을 주입한 뒤 …… 시간을 벌어 줄 것이다. : Stephen Wright, "US Air Force Rescuer Details High-Risk Thai Cave Mission 미 공군 구조대원이 매우 위험한 태국 동굴 작전을 상술하다," Military.com, 2018년 7월 11일, https://www.military.com/daily-news/2018/07/11/us-air-force-rescuer-details-high-risk-thai-cave-mission.html.

p. 257 : 첫 번째 자원 구조 잠수부는 제이슨 맬린슨이다. : "One Way Out."

p. 259 : 그는 아이의 몸무게 1kg당 5mg의 케타민을 투여하기로 한다. : 해리스 박사는 2018년 SWAN 외상 회의를 하는 동안 구조 과정에서 사용된 복용량에 대한 참석자의 질문에 답하기 위해 트위터를 했다. "필요한 경우 태국 잠수부들이 도중에 PO 알프라졸람(0.5mg)과 IM 케타민 절반을 추가로 투여했습니다. 마취 측면에서의 실수를 너무 강조해서 그렇게 되었지요. 원활한 의사소통이 필수적인 걸 또다시 입증한 셈이지요." Dr. Richard Harris (@drharry64), Twitter, 2018년 7

월 28일. 이 트윗은 그 후 삭제되었다.

p. 259 : 그럼에도 약 40분 후에 약 기운이 사라질 것을 예상해: Harris, "Thai Cave Rescue." 이 강의에서, 해리스 박사는 동굴에서 나오는 세 시간 동안에 각 소년이 추가로 2회에서 3회의 케타민을 받았다고 언급했다.

28. 어둠 속에서 홀로

달리 언급되지 않는 한, 이 장은 참고 도서에 나오는, ABC 20/20 에피소드 "One Way Out"의 에피소드에 포함된 제이슨 맬린슨과 크리스 지웰과의 인터뷰로 구성된다.

pp. 262-263 : 덴마크의 다이빙 강사 …… 또래의 아들이 한 명 있다: 2018년 10월 18일 클라우스 라스무센과의 필자 인터뷰.

pp. 263-267 : 클라우스는 동굴 잠수부인 …… 기다림은 가장 힘든 부분이다.. : 2018년 10월 18일 필자가 클라우스 라스무센과 인터뷰하는 동안에, 그가 나이트의 무서운 사건을 포함해서, 8번 동공을 통해 처음의 네 소년을 데려나오던 그때를 설명했다. 해리스 박사도 이것에 대해 "Extraordinary Cave Rescues and Retrievals 특별한 동굴 구조와 복구"에서 토론했다.

pp. 267-268 : 제이슨 맬린슨은 거의 녹초가 …… 알아내는 데만 몇 분이 걸린다. : "Out of the Dark," transcript, pp. 16–17.

p. 269: 어제 플라스틱 물병에 …… 평생 놓아 본 적이 없다. : 주사를 투여한 경험이 부족하다는 것은 차렌의 "Thai Cave Rescue."에서 설명하고 있다.

p. 270 : 앤더슨 상사는 구조의 남은 …… 달려갈 준비를 하고 있다. : Rosemary E. Lunn, "Thailand Cave Rescue: Dr. Richard Harris Tells His Story 태국 동굴 구조: 리처드 해리스 박사가 그의 이야기를 말하다," X-Ray Magazine, 2018년 7

월 13일, https://xray-mag.com/content/thailand-cave-rescue-dr-richard-harris-tells-his-story; Michael Safi , "'We Don't Know How It Worked': The Inside Story of the Thai Cave Rescue '우리는 그것이 어떻게 작동했는지 모른다': 태국 동굴 구조의 내부 이야기 ," The Guardian, 2018년 7월 14일, https://www.theguardian.com/news/2018/jul/14/we-dont-know-how-it-worked-the-inside-story-of-the-thai-cave-rescue.

p. 270 : 번 언스워스는 다른 …… 지켜보는 일 외에는…. : 2018년 10월 5일 번 언스워스와의 인터뷰.

29. 가능한 작전

p. 273 : 노트는 동굴 구조 작전의 마지막 …… 노트가 살아 있다! : "Against the Elements."

pp. 273, 275 : 의료진은 재빨리 다른 바이탈 사인 …… 높이 들어 올렸다.: "One Way Out."

p. 274 : 본 삽화는 다음의 정보에 근거해 그렸다. Hannah Beech et al. "'Still Can't Believe It Worked': The Story of the Thailand Cave Rescue '아직도 그것이 성공했다는 것이 믿어지지 않는다': 태국 동굴 구조 이야기," New York Times, 2018년 7월 12일, https://www.nytimes.com/2018/07/12/world/asia/thailand-cave-rescue-seals.html, 미 공군이 찍은 사진들과 "Thai Cave Rescue: How the Boys Were Saved 태국 동굴 구조: 소년들이 구조된 방법," BBC, 2018년 7월 18일, https://www.bbc.com/news/world-asia-44695232. 크레이그 차렌은 올드 플리어 그룹(Old Flier's Group)에서 했던 강의에서, 이 이미지가 가장 정확한 이유를 설명한다(Challen, "Thai Cave Rescue 태국 동굴 구조"). 2019년 8월 30일 릭 스탠턴과의 이메일 서신은 소년들이 어떻게 나왔는지에 관한 중요한 세부 사항을 제공했다.

p. 275-276 : 번 언스워스는 다른 구조대원과 …… 인질을 풀어 주었다.: 2018년 10월 5일 번 언스워스와의 인터뷰.

p. 276 : 타넷이 파미 마을 너머 …… 마침내 그렇게 되었다. : 2018년 9월 25일 타넷 나티스리와의 인터뷰.

p. 276 : 사이통 동굴 산 아래에서는 …… 작동 소음이 묻혀버렸다.: 2018년 10월 6일 싱하나트 대령과의 인터뷰.

p. 277 : 베이스캠프에서는 나롱삭 주지사가 ……언론에 소식을 전할 준비를 한다. : "Against the Elements."

p. 277 : 텔레비전 뉴스 보도만 …… 팔짝팔짝 뛰며 환성을 내지른다. : Dumrongkiat Mala, "Football Pitch Turns into Ghost Town 축구 경기장이 유령 도시로 변하다," Bangkok Post, 2018년 7월 10일, https://www.bangkokpost.com/news/general/1500558/football-pitch-turns-into-ghost-town.

p. 279 : "16일 후에, 우리는 …… 실물을 보게 되었습니다.": "Against the Elements."

p. 279 : "어머, 성공했나 봐. 네 명을 먼저 구출했대." : 이 말은 나의 말이다. 나는 2018년 6월 23일에서 7월 7일 사이에 태국에 있다가 잠수 구조가 시작되기 직전에 미국으로 날아왔다. 첫날 밤에 난 거의 잠을 이루지 못했고, 첫 번째 소년들이 구조되었다는 것을 알 때까지 전화기를 확인하고 또 확인했다.

30. 잠자는 여인의 마지막 말

p. 281 : 첫 날 구조된 네 명의 …… 팩 군의관이 안에 남았다. : "Against the Elements."

pp.281-282 : 다행히 이틀째 구조는 …… 잡아야 할지 등을 익혔다. : "One Way Out." "Thai Cave Rescue 태국 동굴 구조,"에서 해리스 박사는 매일의 구조 작전을 맡을 시간을 설명한다.

p. 282 : 구조 잠수부들이 부드럽게 …… 덧대서 충격을 완화시키기로 한다. : Challen, "Thai Cave Rescue."

p. 283 :잠수부들의 손은 갈가리 찢기고 감염되었다. : 2018년 10월 25일 번 언스워스와의 인터뷰, 번은 지독한 염증이 생긴 릭의 양손을 기억해서 말해 주었다.

p. 283 : 연이은 구출 작전 사이에 …… 그럴 수 없다. : 2018년 10월 18일 클라우스 라스무센과의 인터뷰.

pp. 283-286 : 타넷 팀 역시 고된 일정을 …… 동굴 안으로 들어갈 준비를 한다.: Thanet Natisri, rescue diary. 타넷 나티스리의 구조일지.

p. 286 : 번 언스워스는 입구 근처 …… 잃고 싶지 않다. : 2018년 10월 5일 번 언스워스와의 인터뷰.

p. 286-287 : 오늘, 구조 잠수부는 …… 잠수해서 나갈 계획이다. : "One Way Out." I2018년 9월 4일 영국동굴구조협회(BCRC)의 마틴 엘리스와의 이메일 서신에서, 그는 마지막 날 짐 워니가 코치를 잠수해서 데리고 나온 것에 대해 말했다.

p. 287 : 오늘 구조할 첫 번째 …… 똑같이 대해 주길 요청했다.: Harris, "Thai Cave Rescue."

p. 287 : 마크가 잠수복과 장비를 …… 얼굴에 맞지 않는 것이다. : "One Way Out."

pp. 288 : 제이슨은 중대한 결정을 …… 마지막 잠수 구조에 나선다: "One Way Out"; "Thai Cave Survivors Reunited with British Rescue Divers 태국 동굴 생존자들이 영국 구조 잠수부들과 재회하다," ITV This Morning, 2018년 10월 30일, https://www.youtube.com/watch?v=wTCFwjjaaMg.

pp.288-289 : 입구로 나아가던 …… 퐁을 팔 아래에 잡고 있었다. : "One Way Out"; "Thai Cave Rescue: British Diver Lost Rope Guide for Four Minutes during Mission 태국 동굴 구조: 영국 잠수부가 구조하는 동안 4분간 안내 밧줄을 놓치다," 5 News, 2018년 7월 18일, https://www.youtube.com/watch?v=FM_0oBhvyAc. 나는 소년들의 부모와 이야기하며 아이들이 나온 순서에 대해선 알았지만, 참고 도서에도 나오는 ABC 특파원 매트 구트만의 저서『The Boys in the Cave 동굴 속의 소년들』에서 어떤 소년을 옮겼는지 알게 되었다.

pp. 290-291 : 크리스는 어두운 동공에서 …… 충분히 오래 버텨 준 것이다.: "One Way Out."

p. 291 : 오후 6시 47분 …… 건강하게 옮겨졌다. : "Against the Elements."

pp. 291-293 : 하지만 구조가 아직 …… 뒤로 물이 솟구쳐 올랐다.: 2018 2018년 10월 29일 하지스 소령과의 필자 인터뷰; Forester.

p. 293 : 구조대원들이 동굴 입구에서 …… 그리고 어쨌거나 성공했다: "Out of the Dark."

pp.293-294 : 찰스 하지스 소령은 소년들의 …… 충분히 이해하기 시작한다: 2018년 10월 29일 하지스 소령과의 인터뷰.

31. 성공할 수가 없는데

p. 297 : 소년들은 비틀거리며 힘없이 …… 안도감과 행복을 느꼈다. : "Exclusive Thai Cave Rescue Interview."

p. 297 : 모두 건강하다. : "Thailand Cave Rescue: Boys, Coach Mourn Diver's Death, Observe Minute of Silence in His Honor 태국 동굴 구조: 소년들, 코치가 잠수부의 죽음을 애도하며, 명예롭게 침묵의 시간을 지키다," FirstPost.com, 2018년 7월 15

일, https://www.fi rstpost.com/world/thailand-cave-rescue-boys-coach-mourn-divers-death-observe-minute-of-silence-in-his-honour-4745351.html.

p. 297 : 엑 코치는 구조 직후 …… 임계치보다 낮게 측정되었다.: Harris, "Thai Cave Rescue."

p. 297 : 티는 열이 나서 진정제를 맞고 깨어났고, : 티의 부모님 얘기

pp.297-298 : 나이트와 몇몇은 흉부 …… 복용해야 했지만, 그게 다였다.: Harris, "Extraordinary Cave Rescues and Retrievals."

p. 298 : 소년 중에 누구도 …… 기억하지 못했다..: 2018년 10월 15일, 엘렌 드제네레스 쇼(Ellen DeGeneres Show)에 나온 야생 멧돼지 축구팀의 모습 https://www.ellentube.com/video/ellen-talks-to-thai-soccer-team-in-their-fi rst-in-studio-interview-since-cave-rescue.html.

p. 298 : 며칠 후 소년들은 구조를 …… 켄터키 프라이드치킨을 요청하기도 했다. : "Thai Soccer Players Eager to Eat Their Favorite Foods as They Wait to Go Home 태국 축구 소년들은 집으로 가기를 기다리면서 가장 좋아하는 음식을 먹고 싶어 하다," CBS News, 2018년 7월 14일, https://www.cbsnews.com/news/thai-cave-rescue-soccer-players-eager-to-eat-their-favorite-foods-as-they-wait-to-go-home-2018-07-14/.

p. 298 : 소년들이 병원에서 요양하며 …… 외쳤다. 어쨌든 월드컵이다. : "Exclusive Thai Cave Rescue Interview."

p. 298 : 아이들은 마침내 집에 …… 감사의 작별을 고한다: "One Way Out."

p.pp.298-299 : 병원 직원들은 …… 왓 도이 와오 사원으로 돌아갔다. : 2018년 10월 4일 프라 크루 프라윳과의 인터뷰.

p. 299 : 나머지 축구팀원들도 …… 소년들의 가족이었다: "Thai Cave Rescue:

Boys Are Told of the Death of Former Navy SEAL Diver Saman Gunan 태국 동굴 구조: 소년들이 전 네이비실 잠수부 사만 구난의 죽음에 대해 듣다," Australian Broadcasting Corporation News, 2018년 7월 15일, https://www.abc.net.au/news/2018-07-16/thai-cave-rescue-boys-told-of-diver-saman-gunan-death/9997680; "Full News Conference."

p.299 : 모두가 불교 신자인 …… 밤의 수와 같다: 2018년 10월 4일 프라 크루 프라 윳과의 인터뷰. 세상을 떠난 사람들을 기리기 위해 또는 그들에게 '영광을 돌리기' 위해 승려가 되는 것은 태국에서 흔히 볼 수 있는 관습이다.

p. 300 : 엑 코치와 소년들은 …… 기반을 되어 줄 것이다. : Hannah Ellis-Petersen, "Thai Cave Boys' Heads Shaved Before Ordination Ceremony 서품식 전 태국 동굴 소년들의 삭발한 머리 ," The Guardian, 2018년 7월 24일, https://www.theguardian.com/news/2018/jul/24/boys-rescued-from-thai-cave-become-buddhist-novices.

p.300 : 8월 6일, 학교로 돌아온 …… 사 먹으러 나갈 계획도 세운다.: Chinnapat Chaimol, "Wild Boars Back to Class in High Spirits 야생 멧돼지들이 기분 좋게 교실로 돌아가다," Bangkok Post, 2018년 9월 7일, https://www.bangkokpost.com/news/general/1517062/wild-boars-back-to-class-in-high-spirits.

pp.300,302 : 8월 8일, 엑 코치와 무국적자인 …… 이뤄지기를 희망하게 되었다.: "Stateless Boys and Coach Granted Citizenship 시민권을 부여받은 무국적 소년들과 코치," The Guardian, 2018년 8월 8일, https://www.theguardian.com/world/2018/aug/09/thai-cave-rescue-stateless-boys-and-coach-granted-citizenship; "Thailand," International Observatory on Statelessness: Thailand, http://www.nationalityforall.org/thailand.

p. 304 : 마음의 변화도 있었다 …… 감사하는 모습을 보인다. : 태국에서 몇몇 소년들의 부모님을 만났을 때, 그들이 말해 주었다.

pp. 302-303 : 그리고 이젠 어디를 가든지 …… 사람이 되는 상상도 한다: "Full News Conference."

p. 303 : 소년들은 또 학교를 마치고 …… 최선을 다하겠다고 약속드려요. : "Exclusive Thai Cave Rescue Interview." 내 부친이 아들의 대답을 번역해 주었는데, ABC 뉴스 번역과는 조금 다르다.

참고 도서

Against the Elements." Channel News Asia, August 8, 2018. https://www.channelnewsasia.com/news/video-on-demand/against-the-elements/against-the-elements-10600394.

Cassaniti, Julia. Living Buddhism: Mind, Self, and Emotion in a Thai Community. Ithaca, NY: Cornell University Press, 2015.

Challen, Craig. "Thai Cave Rescue." Lecture, Old Fliers Group, Jandakot, Western Australia, October 15, 2018. https://www.youtube.com/watch?v=IJGfsd8YHOI.

Ellis, Martin. The Caves of Thailand. Vol. 2, Northern Thailand. Somerset, UK: Shepton Mallet, 2017.

"Exclusive Thai Cave Rescue Interview: Boys' Soccer Team, Coaches on Harrowing Experience." ABC News, August 23, 2018. https://www.youtube.com/watch?v=Jw0_5UlFwHA.

Exley, Sheck. Basic Cave Diving: A Blueprint for Survival. 5th ed. National Speleological Society, 1986.

———. Caverns Measureless to Man. St. Louis, MO: Cave Books, 1994.

Farr, Martyn. The Darkness Beckons: The History and Development of World Cave Diving. Sheffi eld, UK: Vertebrate Publishing, 2017.

Forester, Thad. "Episode 59: Inside the Thai Soccer Team Rescue with Major Charles Hodges." Patriot to the Core (podcast), August 20, 2018. http://www.thadforester.com/charleshodges/.
"Full News Conference: Thai Cave Rescue Boys Relive 'Moment of Miracle.'" BBC News, July 18, 2018. https://www.youtube.com/watch?v=62TWYuFn6xM&t=29s. The Thai government held a large televised press conference with the Wild Boars on July 18, 2018, after they were released from the hospital. An English-translated version was broadcast by the BBC and the Washington Post, but I have mostly relied upon my father's translation of the Thai-language version broadcast by Global News.

Gutman, Matt. The Boys in the Cave: Deep Inside the Impossible Rescue in Thailand. New York: Harper Collins, 2018.

Harris, Richard. "Extraordinary Cave Rescues and Retrievals." Lecture, SWAN 2018: Trauma, Critical Care, and Emergency Services Conference, Sydney, Australia, July 28, 2018.

———. "Thai Cave Rescue." Video lecture, World Extreme Medicine Conference, Edinburgh, Scotland, November 25, 2018. https://extremedicineexpo.com/extreme-medicine-video-library/.

Leach, John. Survival Psychology. New York: New York University Press, 1994.

Lunn, Rosemary E. "Getting the Boys Out: Tham Luang Cave Rescue." X-Ray Magazine, August 27, 2018. https://xray-mag.com/content/getting-boys-out-tham-luang-cave-rescue.

"One Way Out: Thailand Cave Rescue 해결 수단: 태국 동굴 구조." Episode of 20/20. ABC, July 27, 2018. https://abc.go.com/shows/2020/episode-guide/2018-07/27-072718-one-way-out-thailand-cave-rescue.

"Out of the Dark." Episode of Four Corners. Australian Broadcasting Corporation, July 16, 2018. https://www.abc.net.au/4corners/out-of-the-dark/10000580.

"Rescued Thai Soccer Team Holds a News Conference." Washington Post, July 18, 2018. https://www.youtube.com/watch?v=ID8VUkkgLEs.

"Rick Stanton Gives Incredible Account of Thai Cave Rescue." ITV News, July 17, 2018. https://www.youtube.com/watch?v=SnXwvyZhm24.

Stone, William, Barbara am Ende, and Monte Paulsen. <Beyond the Deep 깊은 곳 너머 >Beyond the Deep: The Deadly Descent into the World's Most Treacherous Cave. New York: Warner Books, 2002.

Swearer, Donald K., Sommai Premchit, and Phaithoon Dokbuakaew. Sacred Mountains of Northern Thailand and Their Legends. Chiang Mai, Thailand: Silkworm Books, 2004.

Tabor, James M. Blind Descent: The Quest to Discover the Deepest Cave on Earth. New York: Random House, 2010.

"Thai Cave Rescue," Season 2, Episode 9 of Drain the Oceans. National Geographic, September 2, 2019.

Thailand Ministry of Culture. The Tham Luang Cave Rescue: A Global Mission. Thailand: 2018.

"Thai Soccer Players Eager to Eat Their Favorite Foods as They Wait to Go Home." CBS News, July 14, 2018. https://www.cbsnews.com/news/thai-cave-rescue-soccer-players-eager-to-eat-their-favorite-foods-as-they-wait-to-go-home-2018-07-14/.

Walker, Matthew. Why We Sleep: Unlocking the Power of Sleep and Dreams. New York: Scribner, 2017.

이미지 출처

p. 14: Photo by John Peters/Manchester United via Getty Images

p. 17: Copyright © by Christina Soontornvat

p. 20: Copyright © by Thanet Natisri

pp. 23 and 24: Copyright © by Christina Soontornvat

p. 26: Copyright © by Christina Soontornvat

p. 27: Copyright © by Nikornchai Phopluechai

p. 35: Copyright © by Sangwut Khammongkhon/Siam Ruam Jai Mae Sai Rescue Organization

p. 38: Copyright © by Christina Soontornvat

pp. 41 and 43: Copyright © by Sangwut Khammongkhon/Siam Ruam Jai Mae Sai Rescue Organization

p. 44: Copyright © by Christina Soontornvat

p. 48: Courtesy of Thomas Hirsch, licensed under CC BY-SA 3.0

pp. 54 and 58: Courtesy of Vernon Unsworth

p. 59: Shutterstock.com/MemoryMan

pp. 62,63 and 65: Courtesy of Royal Thai Navy SEALs

p. 69: Courtesy of Vernon Unsworth

p. 73: Shutterstock.com/Shutter_fern168

p. 75, top: Pixabay

p. 75, bottom: Courtesy of Jean Krejca

p. 76: Courtesy of Mikko Paasi/Koh Tao Divers

p.78: Pixabay

p. 83: Shutterstock.com/SantiPhotoSS

p. 84: Shutterstock.com/MemoryMan

p. 86: Courtesy of Nikornchai Phopluechai

p. 88: Courtesy of U.S. Air Force/Captain Jessica Tait

p.95: Copyright © by Nikornchai Phopluechai

p. 97: Copyright © by Christina Soontornvat

p. 99: Copyright © by Nikornchai Phopluechai

p. 102: Shutterstock.com/Jig Evil

p.109: Courtesy of U.S. Air Force/Captain Jessica Tait

p.111: Copyright © by Nikornchai Phopluechai

p.118: Shutterstock.com/Kumpol Vashiraaskorn

pp. 122-123 and 125,126: Copyright © by Christina Soontornvat

p.132: Copyright © by Nikornchai Phopluechai

pp.133,135 and 137: Courtesy of Thanet Natisri

pp. 141,145 and 146: Courtesy of U.S. Air Force/Captain Jessica Tait

p. 156: Copyright © by Thanet Natisri

p. 157: Courtesy of U.S. Air Force/Captain Jessica Tait

p. 158: Courtesy of Royal Thai Navy SEALs

pp. 160,164,165,166 and 167: Copyright © by Thanet Natisri

p. 168: Courtesy of Royal Thai Navy SEALs

p. 171: Courtesy of Danreind, licensed under CC BY-SA 4.0

p. 172: Copyright © by Commander Chaiyananta Peeranarong

p. 174: Shutterstock.com/Jig Evil

p. 179: Courtesy of Tham Luang Rescue Operation Center via Associated Press

p. 189: Courtesy of Royal Thai Navy SEALs

p. 196: Shutterstock.com/Jig Evil

p. 200: Courtesy of Chaiyon Srisamoot

pp. 201 and 203: Copyright © by Christina Soontornvat

pp. 204, 210 and 211: Courtesy of Royal Thai Navy SEALs

p. 213: Courtesy of Thanet Natisri

p. 215: Courtesy of U.S. Air Force/Captain Jessica Tait

p. 216: Courtesy of Royal Thai Navy SEALs

p. 218: Copyright © by Commander Chaiyananta Peeranarong

p. 220: Shutterstock.com/2p2play

p.227: Courtesy of Thanet Natisri

pp. 229 and 230: Courtesy of U.S. Air Force/Captain Jessica Tait

p. 232: Copyright © by Christina Soontornvat

p. 239: Courtesy of Thanet Natisri

p. 248: Courtesy of Royal Thai Navy SEALs

p. 252: Shutterstock.com/Jig Evil

pp. 260,264 and 265: Courtesy of Mikko Paasi/Koh Tao Divers

p. 272: Courtesy of Royal Thai Navy SEALs

p. 278: Courtesy of Thanet Natisri

p. 280: Shutterstock/plew koonyosying

p. 282: Courtesy of U.S. Air Force/Captain Jessica Tait

p. 285: Courtesy of U.S. Air Force/Senior Airman Omari Bernard

p. 295: Copyright © by Thanet Natisri

p. 296: Courtesy of Thailand Government Spokesman Bureau via Associated Press

p. 301: Courtesy of Thailand's Ministry of Health and the Chiang Rai Prachanukroh Hospital via Associated Press

p. 304: Shutterstock.com/2p2play

p. 308: Courtesy of Christina Soontornvat The appearance of U.S. Department of Defense (DoD) visual information does not imply or constitute DoD endorsement.